FALLER UND DIE TOTE VON KÖLN

Reinhard Rohn, 1959 in Osnabrück geboren, lebt seit über dreißig Jahren in Köln und arbeitet als Verlagsleiter in einem Berliner Verlag. Neben seinen Kriminalromanen erschien bei Emons sein Roman »Die ersten Tage der Liebe«.

REINHARD ROHN

FALLER UND DIE TOTE VON KÖLN

Köln Krimi

emons:

Bibliografische Information der Deutschen Nationalbibliothek
Die Deutsche Nationalbibliothek verzeichnet diese Publikation
in der Deutschen Nationalbibliografie; detaillierte bibliografische
Daten sind im Internet über http://dnb.d-nb.de abrufbar.

© Emons Verlag GmbH
Alle Rechte vorbehalten
Umschlagmotiv: mauritius images/MERVYN REES/
Alamy/Alamy Stock Photos
Umschlaggestaltung: Nina Schäfer, nach einem Konzept
von Leonardo Magrelli und Nina Schäfer
Umsetzung: Tobias Doetsch
Gestaltung Innenteil: DÜDE Satz und Grafik, Odenthal
Lektorat: Dr. Marion Heister
Druck und Bindung: CPI – Clausen & Bosse, Leck
Printed in Germany 2024
ISBN 978-3-7408-2054-1
Köln Krimi
Originalausgabe

Unser Newsletter informiert Sie
regelmäßig über Neues von emons:
Kostenlos bestellen unter
www.emons-verlag.de

Für Hejo Emons

1

Beim ersten flüchtigen Hinsehen hielt er das Tier, das vor seinem Küchenfenster saß, für eine Katze – klein, schwarz-weiß gescheckt hockte das Tierchen da und starrte ihn an. Katzen waren in seiner Straße nicht selten, ein kleiner Park, eher eine Ansammlung von Gebüsch, lag ein paar Meter weiter, und er hatte sich schon häufiger gewundert, warum er auf der viel befahrenen Venloer Straße, die sich dreihundert Meter entfernt befand, noch nie eine tote Katze gesehen hatte. Vielleicht waren sie einfach zu klug oder doch zu schnell, um sich überfahren zu lassen.

Dann gab das Tier einen jaulenden Ton von sich und sprang von dem Fensterbrett. Es war ein winziges Hündchen, erkannte er, ein Pudel, schwarz-weiß gelockt. Braune Augen schauten zu ihm auf, und als er die Tür zu Helens Atelier öffnete, folgte ihm der Hund, huschte hinter ihm hinein, als wäre er hier zu Hause.

Kauf dir einen Hund, ein Hund ist immer ein treuer Begleiter – an diesen Satz musste er denken. Helen hatte ihn gesagt, zumindest in seinen Gedanken. Das war kurz nach ihrem Tod gewesen. Sie war in seiner Straße von einem Van überfahren worden. Ihr Tod hatte ihn aus dem Gleichgewicht gebracht, und zugleich war er wieder zu dem geworden, der er einmal gewesen war: ein engagierter Journalist. Ausgerechnet Valentin Graf, mit dem Helen vor der Zeit mit ihm liiert gewesen war und den alle Welt nur den Malerfürsten nannte, weil seine Bilder Millionen wert waren, hatte ihn mit der Journalistin Julia Blum zusammengebracht, und nun gaben sie eine Internetzeitung heraus – den Rhein-Pegel –, und einmal in der Woche zeichneten sie im Hinterhofsalon an der Aachener Straße eine Diskussionssendung auf – den Rhein-Talk –, die sie über YouTube und andere Plattformen verbreiteten. Die Klickzahlen waren in jeder Woche gestiegen; in der ersten Woche hatten sie kaum fünfhundert Zugriffe gehabt; nun – in der achten Woche – waren sie bei über dreitausend, und er hatte endlich wieder das tun können, was er liebte, recherchieren, schreiben und nun auch auf einer offenen Bühne diskutieren.

Und doch hatte er die Trauer immer noch nicht überwunden.

Mit Julia war er zweimal in der Südstadt essen gewesen, aber Helens Bilder hatte er ihr noch nicht gezeigt.

Das Hündchen schien förmlich an seinem Bein zu kleben.

Faller schaute hinab. »Was willst du hier? Bist du irgendwo abgehauen?«

Der Hund hielt kurz inne, und dann tat er etwas, das Faller nicht erwartet hatte, er machte einen gewaltigen Satz und sprang an ihm hoch.

Fang mich auf!, bedeutete dies eindeutig. Nimm mich in den Arm!

Mit einer fahrigen Bewegung wehrte Faller den ersten Versuch ab und durchquerte Helens Atelier, um in die Küche zu gelangen.

Was tat man mit einem Hund, der einem nachlief? Gab es eine Stelle, wo Leute ihre Hunde als vermisst meldeten? Oder musste man in einem Tierheim anrufen, und dann kam jemand vorbei und nahm den Hund mit?

In der Küche kochte er sich einen Kaffee, es war später Nachmittag. Mit Julia hatte er die nächste Sendung vorbereitet, die am Donnerstag aufgezeichnet werden sollte. Diesmal würde Julia moderieren – sie taten das im Wechsel. Faller war für die politischen Themen zuständig – die Politik in Köln, Wohnung, Verkehr, Verwaltung. Sie redeten über all das, was in dieser Stadt so schieflief. Julia hingegen bearbeitete die softeren Themen – wie kann ein Leben gelingen, wie finden wir Entspannung, warum sind die Kirchen so leer. In der nächsten Sendung sollte es um Musik gehen – warum lieben Menschen es, zu singen, was passiert, wenn sie Musik hören.

Der Hund hatte sich an der Tür postiert und beobachtete jede seiner Bewegungen ganz aufmerksam.

»Wo kommst du her?«, fragte Faller ihn mit lauter Stimme. »Und was willst du hier bei mir?«

Für einen Moment kam ihm sogar der Gedanke, dass Valentin Graf ihm das Hündchen vor die Tür gesetzt hatte. Sie waren in den letzten Monaten keine Freunde geworden, dafür waren sie zu unterschiedlich, aber seit den Ereignissen um Helens Tod – der Fahrerflucht und den Ermittlungen danach – hatten sie sich oft gesprochen, und Faller wusste, dass ohne Grafs Geld Julia niemals ihr Unternehmen hätte starten können. Aber ein Hündchen als Geschenk vor die Tür setzen? Nein, das war ein wenig zu weit hergeholt.

Als Faller sich mit seinem Kaffee an den Küchentisch setzte, jaulte das Hündchen kurz auf, dann nahm es Anlauf und sprang ihm auf den Schoß.

Für einen Moment war er verblüfft. Taten solche Hund das – wildfremden Menschen auf den Schoß springen? Dann strich er dem Hund über das schwarz gelockte Köpfchen. Dankbar schaute das Tier zu ihm auf. Es trug ein rotes Halsband, erkannte Faller, aber keine Marke, nichts, mit dem man es identifizieren konnte. Allerdings – hatten Hunde nicht neuerdings einen Chip am Ohr, den man beim Tierarzt auslesen lassen konnte? Er versuchte, etwas zu ertasten, konnte jedoch nichts erfühlen. Die Berührungen schienen dem Hund zu gefallen, er schmiegte sich an Faller, als sei ihm kalt und als wolle er sich ein wenig Körperwärme holen. Das Tier war mager, man konnte leicht die Rippen ertasten, trotzdem sah es nicht abgemagert oder verwahrlost aus.

Er überlegte, Julia anzurufen oder seinen Freund Matthias Brasch, den Privatdetektiv, um sich einen Rat geben zu lassen, was er mit dem Hund anfangen sollte. Es war gleich siebzehn Uhr. Wahrscheinlich würde er da bei einem Tierheim niemanden mehr erreichen. Oder war es besser, den Hund für eine Nacht zu behalten, ihn zu fotografieren und Zettel an

Laternenpfähle in der Straße zu kleben? Namenloser Hund zugelaufen …

Aber wahrscheinlich war es wohl am besten, dem Hund erst etwas zu trinken und zu fressen zu geben. Vorsichtig schob er den Hund von seinem Schoß. Er füllte eine kleine Plastikschale mit Wasser, immer aufmerksam von braunen Hundeaugen beobachtet, dann öffnete er den Kühlschrank. Wurst war keine mehr da, aber noch ein Stück geräucherte Forelle, die er neben die Schale legte. Der Hund zögerte ein paar Sekunden, dann hob er den Kopf, als müsse er gewisse Düfte erschnüffeln.

Im selben Augenblick, als er sich über den Fisch hermachte, summte Fallers Smartphone.

Er erkannte die Nummer, die nichts Gutes verhieß. Sein Vater rief ihn an, was eigentlich niemals vorkam. Der alte Literaturprofessor aus dem noblen Kölner Stadtteil Marienburg, der seinen Sohn nicht einmal respektiert hatte, als er eine Zeit lang der Starjournalist beim »Magazin« in Hamburg gewesen war.

Faller überlegte, den Anruf zu ignorieren, doch vielleicht handelte es sich um einen Notfall. Sein Vater war achtundsiebzig Jahre alt, und auch wenn er bei seinem letzten Besuch vor ein paar Wochen kerngesund gewirkt hatte, konnte sich so etwas schnell ändern.

»Was gibt es, Herbert?«, fragte er statt einer Begrüßung, auch weil er wusste, dass sein Vater es gar nicht schätzte, mit seinem altertümlichen Vornamen angesprochen zu werden.

»Robert …« Die Stimme seines Vaters klang ältlich und zitterte. »Könntest du vorbeikommen? Sofort? Es ist was passiert … bei mir … Ein Mord, aber ich … ich bin nicht der Mörder …« Dann brach die Verbindung ab.

2

Ein Mord, aber ich bin nicht der Mörder? Faller musste die Worte seines Vaters noch einmal laut nachsprechen, doch auch dann verstand er sie nicht. Betrunken hatte sein Vater nicht geklungen, verwirrt allerdings schon, verwirrt und sehr aufgeregt.

Er rief seinen Vater zurück, zuerst auf dessen Mobilnummer. Ein altes Nokia-Telefon würde nun summen, stellte er sich vor, weil sein Vater sich weigerte, sich ein Smartphone zuzulegen, obschon er ansonsten mit Computer und Tablet gut ausgestattet war. Sein Vater hob nicht ab; auch auf der Festnetznummer meldete sich niemand.

Das Hündchen sah interessiert zu ihm auf. Es hatte mittlerweile den Fisch aufgefressen.

»Monday«, sagte Faller zu dem Tier, das daraufhin den kleinen Kopf schräg legte. »Ich nenne dich Monday, weil ich dich an einem Montag gefunden habe, oder nein, du hast ja mich gefunden, und morgen mache ich ein Foto von dir und hänge es an ein paar Laternenpfähle. Bestimmt sucht dich jemand, und bei mir kannst du auf keinen Fall bleiben.«

Als Faller zur Tür ging, trippelte Monday ihm nach und jaulte dann enttäuscht auf, als er vor ihm durch die Tür ins Atelier schritt.

Hier hatte sich seit Helens Tod nichts verändert, obschon ihn Lorenz Münter, ihr Galerist, fast jede Woche anrief, um Interessenten vorbeizuführen. Für »Sonnenkuppe«, Fallers Lieblingsbild, eine Komposition aus Sand und grellen gelben Farben, hatte Münter bereits mehrfach hundertfünfzigtausend Euro geboten. Ein Irrsinn, trotzdem war Faller nicht schwach geworden. Einen Verkauf hätte er wie Verrat an Helen empfunden.

Sein alter Volvo stand am Ende der Straße und sprang zum

Glück sofort an. Wann hatte er seinen Vater zuletzt gesehen? Er wusste es nicht mehr – es musste etliche Wochen her sein, nein, es war dessen achtundsiebzigster Geburtstag Anfang April gewesen, also vor zwei Monaten. Der Professor hatte ihn zu einem Kaffee auf das Schiff »Alte Liebe« eingeladen, das ein paar hundert Meter von seinem Haus entfernt am Rhein lag. Schon nach einer halben Stunde hatten sie sich nichts mehr zu sagen gehabt. Herbert Faller passte das alles nicht mehr – so drückte er sich aus. »Es passt mir nicht mehr.« Die Verhältnisse an seiner alten Universität, die Artikel in den Zeitungen – dass man heutzutage keine alten Sprachen mehr lernen müsse, dass alle so geschichtsvergessen geworden seien.

In dem Haus in Marienburg war Faller schon länger nicht mehr gewesen. Als er sechzehn war, war seine Mutter an Darmkrebs gestorben – sie hatte er wirklich geliebt, doch sein Vater war stets der unnahbare kühle Dozent geblieben, der von seinem Sohn vollkommen enttäuscht war, weil der sich nicht für Literatur interessierte, sondern mit achtzehn auszog, um Journalist zu werden.

Das Haus lag in einer ruhigen Seitenstraße, aber eigentlich gab es in so einem noblen Vorort wie Marienburg nur ruhige Seitenstraßen. Er fand einen Parkplatz direkt vor dem Haus. Alles war ruhig, nichts deutete darauf hin, dass etwas passiert sein könnte. Auch einen zweiten Anruf hatte sein Vater nicht angenommen. Das Haus war ein weißer Backsteinbau aus den dreißiger Jahren, der schon zu groß für sie gewesen war, als seine Mutter und er noch dort gewohnt hatten.

Faller überlegte zu klingeln, obwohl er noch einen Schlüssel für die alte hölzerne Haustür besaß. Er tat das auch, hörte, wie der dunkle Gong, den er als Jugendlicher so gehasst hatte, durch das Innere des Hauses wogte. Wie erwartet kam niemand an die Tür.

Er schloss auf und rief nach seinem Vater. Die Diele war dunkel. Garderobe, Spiegel, auf der anderen Seite ein Foto von Rilke, dem Säulenheiligen seines Vaters.

Keine Antwort.

Die Tür zum Wohnzimmer stand offen. Hier gab es tatsächlich eine Neuerung – ein großer Flachbildschirm hing an einer Wand, die Ledermöbel waren ein wenig nach hinten gerückt, und eine riesige Regalwand, in der früher die klassischen Schallplatten gestanden hatten, war verschwunden.

Wieder rief er ein lautes »Herbert!«. Er begann sich unwohl zu fühlen. Etwas schien absolut nicht zu stimmen. Auf dem Tisch im seitlichen Bereich des Wohnzimmers, wo sie früher gesessen hatten, um zu essen, stapelten sich Zeitungen, Schallplatten und alte Fotos. Dass sie alt sein mussten, erkannte Faller daran, dass sie schwarz-weiß waren und sich bereits wellten. Hatte sein Vater sein Fotoarchiv gesichtet? Aber eigentlich erledigte er solche Dinge in seinem Arbeitszimmer unter dem Dach.

Faller wollte schon zurück in die Diele und dann in die Küche gehen, als sein Blick in den Garten fiel.

Der Garten war weitläufig, fast achthundert Quadratmeter mit einem steinernen Gartenhaus am Ende.

Da saß sein Vater, vor dem Gartenhaus auf einem Baumstumpf, und sah zu ihm herüber.

Faller öffnete die Tür zur Terrasse, eilte über die Marmorplatten, vorbei an einem hölzernen Gartenstuhl über den Rasen, der schon länger nicht gemäht worden war.

Sein Vater kauerte da, hatte den Blick wieder gesenkt. Er trug ein weißes Hemd, das voller Blut war, und auch seine dunkelbraune Cordhose war blutig. In der Hand hielt er ein Messer, ebenfalls voller Blut, das er kurz hochhielt, eine müde, irgendwie resigniert wirkende Begrüßung.

»Vater …« Jetzt kam Faller dieses fremde Wort doch über die Lippen. »Was ist passiert?«

Sein Vater hob kurz den Blick, seine Augen waren dunkel, wie erloschen. Er deutete hinter sich, in das Gartenhaus, dessen Tür offen stand.

Faller schob sich an ihm vorbei, legte ihm dabei kurz die

Hand auf die knochige Schulter und betrat dann das Gartenhaus. Es war vollkommen anders möbliert als noch vor drei, vier Jahren, als er zuletzt einen Blick hineingeworfen hatte. Das Häuschen hatte zwei kleine Zimmer, Strom und sogar einen Wasseranschluss gab es. In den dreißiger Jahren mochte eine Hausangestellte hier gewohnt haben.

Die Frau bemerkte er nicht sofort, er roch jedoch das Blut, bevor er sie sah. Vor der Spüle lag sie auf dem Boden, rabenschwarze Haare, eine weiße Leinenbluse, die voller Blut war, dazu ein roter, mittellanger Rock. Ihre Beine waren von der Sonne gebräunt. Wie alt sie sein mochte, war nicht zu erkennen. Keine ganz junge Frau jedenfalls. Ihre Füße waren nackt.

Was machte eine tote Frau im Gartenhaus seines Vaters?

Unvermittelt war der Professor neben ihm. Sein Mund zitterte. Er atmete stoßweise, wie nach einer viel zu großen Anstrengung.

»Sie hat am Boden gelegen …« Er brachte die Worte nur stockend hervor. »Ich habe das Blut gesehen, habe mich über sie gebeugt, und da … Ich habe gedacht, sie ist tot, aber sie hat plötzlich die Augen aufgeschlagen und dann … Sie muss gedacht haben, dass ich sie angegriffen habe, dass ich … Mit letzter Kraft hat sie nach dem Messer gefasst und hat versucht … Ich musste ihren Arm umfassen, musste ihr das Messer aus der Hand nehmen …« Sein Vater schluchzte plötzlich auf. »Ich habe ihr nichts getan. Wird man mir das glauben?«

Der Professor schaute ihn mit seinen wasserblauen Augen an, die nun ganz trüb und dunkel waren.

Wie dünn sein graues Haar geworden ist. Dieser absurde Gedanke überfiel Faller.

»Es hört sich unglaublich an, nicht wahr?« Das Kinn seines Vaters bebte wieder.

Ja, hätte Faller ihm beinahe recht gegeben. Das hörte sich unglaublich an. Stattdessen fragte er: »Wer ist diese Frau überhaupt? Und wie kommt sie hierher?«

»Das ist Blanche, die Sängerin. Kennst du sie nicht? Sie

war früher einmal meine Studentin – Maria Derkum heißt sie in Wahrheit.« Die Stimme seines Vaters klang ein wenig gefasster.

»Und warum war sie hier?« Faller schob seinen Vater zurück. Der metallische Geruch von Blut, der sich ausbreitete, setzte ihm zu.

»Sie ist krank und wollte in Köln noch eine Platte aufnehmen«, sagte sein Vater, als wäre das eine ausreichende Erklärung.

Warum hast du nicht sofort die Polizei gerufen? Diese Frage ging Faller durch den Kopf. Früher hatte sein Vater ihm solch inquisitorische Fragen zu allen möglichen Dingen gestellt, aber natürlich wusste er, warum Herbert Faller ihn, seinen im Grunde nichtsnutzigen Sohn, angerufen hatte. Sein Vater hatte das Messer angefasst, er war voller Blut …

»Was sollen wir jetzt tun?« Unsicherheit und Angst schwangen in der Stimme eines Vaters.

Gleich sinkt er zusammen, dachte Faller ohne Mitleid.

Mittlerweile war die Sonne herausgekommen – ein schöner Juniabend brach an. Warmes Licht fiel durch die hohen Bäume, die das Grundstück begrenzten und vor Blicken schützten.

Was sollte diese Frage? Hatte sein Vater etwa überlegt, die Leiche verschwinden zu lassen? Sollte er ihm dabei helfen, einen Mord zu verheimlichen, indem sie eine tote Frau irgendwo vergruben? Ein Gedanke, den er gar nicht zu Ende denken wollte …

»Wie lange ist diese Frau hier bei dir?«, fragte Faller, während er sein Smartphone hervorzog.

»Seit fünf Wochen und sechs Tagen.«

Faller schaute den Professor beinahe vorwurfsvoll an. Aber nein, wieso sollte er ihm vorwerfen, dass er nichts davon gewusst hatte?

»Wir machen Folgendes«, sagte Faller. »Wir rufen die Polizei an. Ich frage meinen Freund Brasch, der war früher

Polizist, an wen wir uns am besten wenden. Und dann ziehen wir einen Anwalt hinzu. Hast du einen guten Anwalt?«

Sein Vater nickte, und fast hätte er ihn umarmt, doch dann bemerkte er im letzten Moment, wie blutig sein Hemd und seine Hände waren.

3

Sein Vater war der Grund gewesen, warum er sich niemals hatte vorstellen können, zu studieren, nicht in Köln, aber auch nicht an einem anderen Ort, wo man den Literaturprofessor Dr. Herbert Faller nicht kannte. Schon in der Schule hatten die Lehrer ihm Vorhaltungen gemacht: »Bist du nicht der Sohn vom Uni-Faller?« – »Weiß dein Vater davon, was du hier für einen Unsinn erzählst?« – »Ihr müsst doch das Haus voller Bücher haben – warum interessierst du dich dann nicht für Literatur?«

Nur eine Lehrerin – die blonde, kurzhaarige Frau Dombrowski, die einige für eine Lesbe hielten – hatte begriffen, warum er sich lieber auf Sport und Biologie konzentrierte. Wenn sie nicht gewesen wäre, hätte er nicht einmal das Abitur geschafft. Sein Vater hatte damals schon aufgegeben, ihn für eine Karriere an der Universität zu begeistern. »Wenn du so weitermachst, kannst du noch Pferdewirt in der Eifel werden« – so hatte einer seiner ständig wiederkehrenden Sprüche gelautet.

Trotzdem war er dann Journalist geworden – und er hatte sogar Kurzgeschichten geschrieben, die er Frau Dombrowski gezeigt hatte, aber niemals seinem Vater. Frau Dombrowski hatte ihm dann auch das Praktikum beim Stadt-Anzeiger vermittelt.

Und nun hatte er, als er kurz wieder das Haus betreten hatte, durch das Küchenfenster gesehen, wie sein stolzer, stets aufrecht gehender Vater geduckt in einem Polizeivan saß und verhört wurde.

Zuerst hatte er Brasch angerufen, der ihm geraten hatte, einen ganz gewöhnlichen Notruf abzusetzen und keinesfalls länger damit zu warten. Keine acht Minuten später war mit Blaulicht und Sirene der erste Streifenwagen vorgefahren. Vier

Polizisten waren durch den Seitengang neben dem Haus in den Garten gestürmt. Nach weiteren dreißig Minuten war auch die gesamte Kavallerie der Polizei eingetroffen – so war es ihm erschienen. Zwei weitere Streifenwagen, zwei Vans und dann zwei Fahrzeuge in Zivil.

Eine gut aussehende Polizistin mit kurzen blonden Haaren hatte sich beiläufig vorgestellt. Sie hatte sich dann mit seinem Vater, dem man zwei durchsichtige Plastiktüten über die Hände geschoben hatte, vor das Haus zu einem Van begeben, der genau in der Garageneinfahrt parkte. Sie hieß Birte Jessen. Zu ihr hatte sich wenig später ein älterer Mann gesellt, ebenfalls ein Hauptkommissar. Sein Name lautete Rüdiger Köster. Seinem Akzent nach stammte er aus Köln. Er kümmerte sich um die Spurensicherung, beobachtete Faller von der Terrasse aus, wohin man ihn verbannt hatte, nachdem er sich als Sohn des Hauses ausgewiesen hatte.

Köster kam wieder vom Gartenhaus auf ihn zu. Er mochte Anfang fünfzig sein, trug ein abgewetztes blaues Jackett und eine grobe Hornbrille. Sein Haarschnitt wirkte so, als hätte ihm ein gänzlich untalentierter Friseur die strohblonden Haare genau einen Zentimeter unterhalb der Ohrmuschel abgesäbelt.

Köster bedachte ihn mit einem auffordernden Nicken und klappte ein schwarzes Notizbuch auf. »So«, sagte er. »Wir müssen den Ablauf einmal kurz durchgehen. Sie haben uns alarmiert, nicht wahr? Aber vorher hat Ihr Vater Sie angerufen?«

»Korrekt«, sagte Faller. Eine Bewegung hinter ihm im Haus irritierte ihn. Die blonde Polizistin kam heraus.

»Herr Faller«, sagte sie zu ihm. »Wir müssen Ihren Vater zur kriminaltechnischen Untersuchung mit auf das Präsidium nehmen. Es wäre hilfreich, wenn Sie sich dort auch in etwa einer Stunde einfinden könnten.«

Bevor Faller etwas erwidern konnte, hatte die Kommissarin wieder abgedreht.

Hauptkommissar Köster sah ihn an, dazu musste er sich immer wieder eine Haarsträhne aus der Stirn wischen. »Haben Sie eine Erklärung für das alles?« Er machte eine Bewegung, die sowohl die Terrasse als auch den Garten und das Gartenhaus umfasste.

Faller schüttelte den Kopf. »Nein«, erwiderte er.

Die ersten Spurensicherer, die in ihren weißen Anzügen wie verirrte Astronauten aussahen, zogen an zwei postierten Uniformierten vorbei und betraten das Gartenhaus. Zwei Scheinwerfer warfen ein grelles Licht hinein, als würde da ein Film gedreht werden.

»Ich habe keine Erklärung – ich kenne diese … Frau nicht, und mein Vater …« Er brach ab. Was wusste er überhaupt von seinem Vater? War diese Frau seine Geliebte gewesen? Hatte er schon früher Frauen in seinem Gartenhaus wohnen lassen?

»Ihr Vater war Professor, nicht wahr?« Kösters Augen hinter der Hornbrille funkelten ihn an. »Ein honoriger Mann – trauen Sie ihm einen Mord zu?«

Faller zögerte, obschon ihm eine innere Stimme sagte, dass er keineswegs zögern sollte. »Nein«, sagte er dann, »eigentlich nicht.«

Köster zog eine Augenbraue in die Höhe und wischte sich dann wieder eine Haarsträhne aus dem Gesicht. »Eigentlich nicht?«

»Nein«, sagte Faller dann, »ich traue meinem Vater keinen Mord zu. Er ist kein wirklich warmherziger Mensch, aber dass er mit einem Messer eine Frau …«

Er zuckte mit den Achseln. Die äußerste Gewalt, die er von seinem Vater erlebt hatte, war, wenn er mit zusammengekniffenen Augen und schneidender Stimme gesprochen hatte. Und einmal, als ihr Krebs schon weit fortgeschritten war, hatte Faller gesehen, wie sein Vater seiner Mutter eine Zigarette aus dem Mund gerissen und mit einer heftigen Bewegung in einem Aschenbecher ausgedrückt hatte. Aber an der Universität war er gefürchtet gewesen, wie sich sogar bis in die Redaktion des Stadt-Anzeigers herumgesprochen hatte. Eugen Pohl, der Feuilletonchef, hatte bei ihm studiert und wäre in der mündlichen Prüfung beinahe durchgefallen, weil ihm nichts zu Brechts Theater eingefallen war – oder zumindest nicht das Richtige.

»Was ist mit Ihrer Mutter?«, fragte Köster. Wieder legte sich eine Haarsträhne vor seine Augen. Er klang nun gleichmütig, gar nicht sonderlich interessiert. Im nächsten Moment grüßte er eine Frau mit dunkelrot gefärbten Haaren, die durch den Seiteneingang in den Garten kam und sich kurz orientieren musste, um dann auf die Tür des Gartenhauses zuzuhalten. In ihrem Schlepptau trugen zwei Männer einen Zinksarg heran. Vermutlich die Rechtsmedizinerin, schätzte Faller.

»Meine Mutter starb vor über dreißig Jahren«, sagte Faller.

»Und seitdem lebt Ihr Vater hier allein?« Köster machte sich eine Notiz. Ein Hauch Erstaunen schwang in seiner Stimme mit.

Faller nickte. »Zwei Jahre war mein Vater an einer Uni in den USA und ein Jahr in Berlin an einem Kolleg, aber sonst war er immer hier – allein mit seinen Büchern.«

Er registrierte, dass sein Smartphone summte. Julia, dachte er, konnte sie schon gehört haben, was passiert war? Aber als er auf das Display blickte, leuchtete Braschs Nummer auf.

Im nächsten Moment erklangen laute Stimmen von der Garageneinfahrt.

»Lasst mich durch!«, rief eine jüngere Männerstimme. »Was ist hier los? Ist sie tot, die Hexe?«

Dann stürmte ein schwarzhaariger Mann in einer schwarzen Lederjacke an dem Haus vorbei in den Garten. Zwei Polizisten folgten ihm und warfen ihn zu Boden, bevor er das Gartenhaus erreichen konnte.

»Ich will sie sehen.« Die Stimme des Mannes klang gedämpft, weil ihn der größere der beiden uniformierten Polizisten zu Boden drückte.

Köster hatte sich von Faller gelöst und lief über den Rasen

auf den Mann zu, der dann auf die Beine gezerrt wurde. Der jüngere Uniformierte hatte sogar seine Waffe gezogen.

Der Eindringling blickte Köster wütend an. Er mochte Mitte dreißig sein, er trug einen Dreitagebart, eine goldene Kette baumelte um seinen Hals.

»Wer sind Sie?«, fragte Köster. Mit einer Kopfbewegung forderte er den jüngeren Polizisten auf, seine Waffe wieder einzustecken.

Der Mann blickte zum Haus hinüber. »Sie ist tot?«, sagte er. »Nicht wahr? Hat der alte Professor sie umgebracht? Oder hat sie sich selbst getötet?«

Köster packte den Mann am Kragen seiner Lederjacke. So viel Energie hatte Faller, der alles gebannt beobachtete, ihm gar nicht zugetraut.

»Wer sind Sie?«, fragte er erneut.

Der Blick des Mannes irrte nun durch den Garten, als suche er etwas. »Für Schönheit hat sie immer einen Sinn gehabt«, sagte er, nun viel leiser. »Sie konnte nicht nur auf eine ganz besondere Art singen, sondern sie hat sich wie eine Königin angezogen. Alle Männer haben sich in sie verliebt. Aber eigentlich hat sie sich nur für sich selbst interessiert …« Plötzlich lachte der Mann auf. »Ich wette, sie hat sich umgebracht – aber ganz auf die melodramatische Weise. Deshalb sind Sie alle hier, nicht wahr? Der große inszenierte Abgang von Blanche.« Wieder ein Lachen, diesmal hohl und unecht. Der Blick des Mannes glitt zu Köster zurück. »Sie wollen wissen, wer ich bin? Ich bin ein Niemand, ein Nichts – und außerdem der Sohn der wunderbaren Blanche.«

4

Sie hatte eigentlich ein paar Tage Urlaub nehmen wollen, um nach Hamburg zu fahren, ihre Lieblingsstadt, wo sie lange gelebt hatte, danach weiter an die Nordsee auf eine Insel. Keine Autos, kein Stress, kein Nachdenken über ihre Beziehung zu Max.

»Wie alt bist du eigentlich?«, hatte er sie kürzlich gefragt, und sie hatte genau gewusst, worauf er hinauswollte. Trotzdem hatte sie sich offenbar dumm gestellt.

»Ich werde siebenunddreißig«, hatte sie geantwortet, kein Wort mehr.

Max hatte auch nichts gesagt – nicht: Mit siebenunddreißig sollte frau wissen, ob sie ein Kind will oder nicht.

Vor zwei Tagen hatte er sich mit seinem Fahrrad aufgemacht, um nach Santiago de Compostela zu fahren. Gehen konnte er die Strecke von Köln leider nicht – er war ein vielversprechender Triathlet gewesen, bis ihn vor Jahren, als sie sich noch nicht gekannt hatten, bei einer Trainingsfahrt ein Lastwagen angefahren hatte und ihm der rechte Unterschenkel hatte amputiert werden müssen.

Mit dem Fahrrad jedoch würde Max es schaffen. Schließlich war er eine Zeit lang Fahrradkurier gewesen, ehe er einen Roman veröffentlicht hatte, der aber dann furchtbar gefloppt war. Zuletzt hatte ihn ein anderer Verlag in Köln beschäftigt, für den er Lesungen organisierte und den Instagram-Account betreute.

Am ersten Tag war Max bis nach Trier gekommen – über hundertsechzig Kilometer und trotz etlicher Steigungen ohne große Mühe, wie es schien.

Aber ihre Urlaubspläne hatte sie über den Haufen werfen müssen – als genau um achtzehn Uhr vierzehn der Anruf kam, dass in Marienburg eine Leiche gefunden worden war.

Obendrein hatte Rolf Dauner, der Oberstaatsanwalt, den Fall an sich gezogen, nachdem bekannt geworden war, dass ein namhafter, allerdings bereits emeritierter Literaturprofessor der erste Tatverdächtige war.

»Geben Sie mir genau Bericht, Frau Hauptkommissarin Jessen«, hatte Dauner sie am Telefon aufgefordert. Sie mochte ihn nicht sonderlich, er galt als der George Clooney der Staatsanwaltschaft, stets ein wenig zu elegant gekleidet, eitel, pseudocharmant und, zugegeben, gut aussehend, obwohl er schon über sechzig war, und angeblich hatte er auch politische Ambitionen, für den Fall, dass die Oberbürgermeisterin amtsmüde geworden war und nicht noch einmal antreten wollte.

»Dauner wird sich nicht groß kümmern«, hatte ihr Kollege Köster gesagt, der sie in dem Fall unterstützen sollte. »Nur bei der Pressekonferenz möchte er unbedingt direkt vor dem Mikrofon sitzen. Darauf musst du achten.«

»Alles klar.« Birte Jessen hatte abgewinkt.

Die Tote war eine einundsechzigjährige Frau – Maria Derkum; sie war Ende der achtziger, Anfang der neunziger Jahre unter dem Namen Blanche als Sängerin bekannt gewesen. Mit einem Partner, der sich seltsamerweise »Rubikon« genannt hatte, hatte sie eine Band mit dem Namen »Klangbreite« gehabt. Zwei, drei Songs waren auch in den Charts gelandet. Konnte man alles auf Wikipedia lesen und auf YouTube nachhören, wenn man wollte.

Über den ersten Tatverdächtigen stand ebenfalls einiges im Netz. Professor Dr. Herbert Faller, Experte für expressionistische Literatur, dazu Rilke-Biograf, Berater der Landesregierung in Schul- und Kulturfragen, Jurymitglied für den Heinrich-Böll-Preis und so weiter.

Nach einer kurzen Vernehmung hatte Birte Jessen ihn zur erkennungsdienstlichen Behandlung ins Präsidium bringen lassen. Herbert Fallers Hände waren voller Blut gewesen; angeblich hatte Maria Derkum sich schwer verletzt noch einmal aufgerichtet, weil sie ihn für ihren Angreifer gehalten hatte, als er in das Gartenhaus gekommen war, das ihm gehörte.

Konnte man glauben oder auch nicht. Hoffentlich würde Dr. Grams, die Rechtsmedizinerin, ihnen dazu etwas sagen können.

Keine Stunde hatte Birte sich am Tatort aufgehalten. Nach all den Jahren machte es ihr immer noch Schwierigkeiten, sich Leichen anzuschauen und sich dieser besonderen, düsteren Atmosphäre eines Ortes auszusetzen, an dem etwas ganz und gar Grausliches geschehen war. Denn es stimmte: Diese Orte veränderten sich durch eine Bluttat; es war, als würde das Licht hier anders scheinen, als würden sich Geräusche verändern, Stimmen, selbst geflüsterte, anders klingen. Zum Glück gab es Fotos, farbig, schwarz-weiß, auch Infrarotaufnahmen, auf denen man einiges erkennen konnte.

Die Sonne ging irgendwo über dem Rhein unter, konnte Birte von ihrem Fenster im Polizeipräsidium sehen. Kurz überlegte sie, Max eine Kurznachricht zu schreiben. Wie geht es dir – wie kommst du voran? Etwas eher Freundlich-Belangloses, doch da trat Köster ein und ging gleich an die Kaffeemaschine.

»Wo ist der Professor?«, fragte er, ohne eine Begrüßung. Seine Laune war offenbar ziemlich im Keller.

»Er wird untersucht«, sagte Birte. »Er wird uns aber noch einmal vorgeführt. Hast du seinem Sohn ausgerichtet, dass er seinem Vater ein paar Anziehsachen mitbringen soll?«

Köster wischte sich eine Haarsträhne aus der Stirn. Ein Tick von ihm, der aber durch seine schreckliche Frisur begünstigt wurde. Ständig musste er einen zerfransten Vorhang aus Haaren beiseiteschieben. Geh mal zum Friseur und lass dir einen anständigen Haarschnitt machen, hätte Birte ihm am liebsten am ersten Tag gesagt, als er in ihre Abteilung kam, doch dann war sie gewarnt worden. Irgendein unbekannter Rockstar, der vor etlichen Jahren gestorben war und den Köster verehrte, hatte eine ähnliche Frisur gehabt.

»Der Sohn sitzt draußen und wartet auf seinen Vater. Wenn ich das richtig gesehen habe, hat er eine Plastiktüte mit Kleidung dabei«, sagte Köster. »Der Anwalt vom Professor ist auch da – ein eleganter Typ in einem Ledermantel.« Er nahm mit einem Kaffeebecher, auf dem das FC-Köln-Logo prangte, an seinem Schreibtisch Platz. »Das beste Verhältnis scheinen Vater und Sohn nicht gehabt zu haben. Aber draußen sitzt noch ein anderer Verdächtiger, den habe ich uns mitgebracht. Daniel Derkum, der Sohn der Toten ... Er ist plötzlich aufgetaucht und hat einen Beamten niedergeschlagen, um in den Garten zu gelangen. Hast du wahrscheinlich nicht mehr mitbekommen.«

Sie hob die Augenbrauen, während Köster sich wieder über die Stirn wischte. Nein, irgendeinen Aufruhr im Garten des Verdächtigen hatte sie nicht mitbekommen. »Wieso ist er verdächtig?«

»Vielleicht ist er nicht direkt verdächtig, aber ich finde es ungewöhnlich, die eigene Mutter als Hexe zu bezeichnen, und große Trauer hat der junge Mann auch nicht gezeigt.«

Der Mann, den sie in den Vernehmungsraum hatten bringen lassen, sprang auf, als sie eintraten. Er mochte Ende dreißig sein, war unrasiert und sah irgendwie wie ein Schauspieler aus. Jedenfalls kam Birte dieser Gedanke. Mit dunkler Miene blickte er sie an und hob die Hände, als wolle er sich ergeben.

»War nicht besonders schlau von mir, an den Ort des Verbrechens zurückzukehren, nicht wahr?« Er lachte auf.

Birte bedeutete ihm mit einer schnellen Geste, sich zu setzen. »Sie sind Daniel Derkum, der Sohn der Toten?«

»Daniel Derkum stimmt – und Sohn ...« Er nahm Platz und lachte wieder. »Was stellt man sich unter einem Sohn vor? Oder besser – was stellt man sich unter einer Mutter vor?«

Köster legte ein Smartphone auf den Tisch. »Haben Sie etwas dagegen, wenn wir unser Gespräch aufnehmen?«

Nachdem Daniel Derkum mit einem Wink seine Zustimmung signalisiert hatte, sprach Köster laut und deutlich das Datum, die Uhrzeit und die Namen der Anwesenden. Dann blickte er Birte Jessen fragend an. Sie war hier die Chefin im Ring, verhieß sein Blick.

Doch bevor Birte etwas sagen konnte, hatte Derkum sich vorgebeugt. Seine braunen Augen schienen förmlich zu glühen. »Damit Sie es gleich wissen, es gibt eine Akte über mich. Ziemlich dick. Da ist eine Menge dabei – Drogen, Diebstahl, Fahren ohne Führerschein. Ich habe nicht viel ausgelassen. Einmal, da war ich siebzehn, bin ich sogar wegen Prostitution am Bahnhof verhaftet worden, doch an der Sache war nichts dran. Ein Stricher war ich nämlich nie, aber ein kleiner Dealer war ich. Lore hat mich nie in den Griff gekriegt, obschon sie sich alle Mühe gegeben hat.«

Birte wartete ein paar Sekunden ab, nachdem sein Redefluss versiegt war. »Wer ist Lore?«, fragte sie dann.

»Lore war meine Großmutter. Bei ihr bin ich aufgewachsen, tiefstes Bayenthal, drei Zimmer. Weil meine Mutter … Sie hatte anderes zu tun, als sich um mich zu kümmern.«

»Aber jetzt war Ihre Mutter zurückgekehrt«, entgegnete Birte.

»Ja«, sagte Derkum. »Sie ist allerdings nicht gekommen, um mich zu sehen, sondern …«

»Sondern?« Birte fixierte ihr Gegenüber.

Derkum atmete tief ein. Er zog eine zerknitterte Schachtel Zigaretten aus seiner Hosentasche und schaute sich dann nach einem Aschenbecher um.

»Nichtraucherzone – tut mir leid«, sagte Köster.

»Ist mir egal, warum sie zurückgekehrt ist.« Derkum warf die Schachtel vor sich auf den Tisch. »Wegen Musik, weil sie ein paar alte Freunde sehen wollte … Ach, im Grunde habe ich keine Ahnung, wieso sie plötzlich da war.«

»Aber Sie haben sich gesprochen?«

»Der alte Mann, bei dem sie einzogen ist, hat mich angerufen, und dann bin ich zwei Tage später hin und habe ihr gesagt, was für eine beschissene Mutter sie war.« Blanke Wut zeichnete sich in seinem Gesicht ab, die kein bisschen gespielt war – so kam es Birte vor.

»Sie sind achtunddreißig Jahre alt, nicht wahr?«, sagte Birte. »Aber Sie haben Ihrer Mutter nicht verziehen, dass sie sich nicht um Sie gekümmert hat?«

Derkum lehnte sich zurück. »Sollte ich mir auch einen Anwalt nehmen? Rede ich mich um Kopf und Kragen, wenn ich hier die Wahrheit sage? Ja, ich habe ihr nicht verziehen. Selbst als sie mit ihren Liedern eine Menge Geld verdient hat, hat sie Lore nichts gegeben, und wenn sie einmal vorbeikam, hatte sie kein Geschenk für mich. Deine Mami kommt morgen, hat Lore mir gesagt, und dann kam eine Frau, die mir über die Wange gestrichen hat, aber danach war ich Luft für sie. Dann ist sie los, zu irgendwelchen Leuten. Deals machen, so hat sie das genannt.«

»Wann haben Sie Ihre Mutter zuletzt gesehen, bevor sie wieder hier aufgetaucht ist?«, fragte Birte.

Derkum zog eine Zigarette aus der Schachtel und steckte sie sich kalt in den Mund, bevor er sich zurücklehnte. »Vor sieben Jahren, nachdem Lore gestorben ist. Sie hat es nicht einmal zur Beerdigung geschafft. Ich habe sie drei Tage später auf Melaten am Grab getroffen. ›Ich hasse Beerdigungen‹, hat sie mir gesagt. ›Bei Beerdigungen gibt es nur negative Energien.‹ Ich hätte ihr ins Gesicht schlagen können.«

Eine Pause trat ein. Nur eine Polizeisirene war zu hören. Mittlerweile war es draußen dunkel geworden.

»Doch Sie haben Ihre Mutter nicht ins Gesicht geschlagen«, sagte Birte. »Oder? Aber haben Sie heute am späten Nachmittag mit einem Messer auf sie eingestochen? Haben Sie Ihre Mutter umgebracht?«

Daniel Derkum kniff den Mund zusammen. »Nein«, flüsterte er dann. »Nein, das habe ich nicht. Ich habe sie zwar manchmal gehasst, aber … ja, ich habe sie auch geliebt.«

Im nächsten Moment wurde die Tür zum Vernehmungsraum geöffnet. Gül Mutlu, ihre neue Kommissaranwärterin, die gerade frisch von der Polizeischule Münster gekommen war, stürmte herein. »Sorry für die Störung, aber bei den Technikern ist was schiefgelaufen – der alte Mann, dieser Professor, hatte einen Herzanfall. Er ist auf dem Weg in die Uniklinik. Sie hoffen, dass er durchkommt.«

5

Sein Vater würde sterben. Dieser Gedanke drehte in seinem Kopf Kreise. An dem Tag, an dem in seinem Garten eine Frau ermordet worden war und die Polizei ihn vermutlich für den Täter hielt, würde Professor Herbert Faller an einem Herzanfall sterben.

Faller hielt noch immer die Plastiktüte mit Kleidung für seinen Vater im Arm, die er unter Aufsicht eines Uniformierten eilig zusammengesucht hatte, während er vor der Intensivstation der Uniklinik saß und wartete, dass ihm jemand eine Nachricht überbrachte. Clemens Reitmaier, der Anwalt seines Vaters, der dann doch noch gekommen war, hatte sich im Präsidium mit einer matten Entschuldigung von ihm verabschiedet. Augenblicklich könne er ja nichts mehr tun. Faller hatte nur genickt. Anschließend hatte er sich einige Minuten sammeln müssen, bevor er in die Uniklinik hatte fahren können.

Als sich die Tür zur Intensivstation öffnete, erwartete er einen Arzt oder eine Pflegerin, doch zu seiner Überraschung trat die blonde Kommissarin heraus, die mit seinem Vater ins Präsidium gefahren war.

Birte Jessen reichte ihm die Hand. »Tut mir leid – das Ganze.« Ein schwaches Lächeln folgte diesen Worten. Ein sanfter Glanz lag auf ihren Lippen, bemerkte Faller. »Ihr Vater hatte einen Herzstillstand«, sprach sie weiter. »Die Kollegen im Präsidium haben zum Glück schnell reagiert. Die Ärzte ...« Sie verstummte für einen Moment. »Sie sind optimistisch, dass sie Ihren Vater retten können.« Mit einer fließenden Bewegung setzte die Kommissarin sich neben ihn. »Sie werden verstehen ... Wir müssen natürlich weiterermitteln ... und Ihr Vater ...« Sie brach ab, weil die Tür sich öffnete; aber nur ein junger Mann in einem weißen Kittel eilte heraus, ohne sie zu beachten.

»Sie halten meinen Vater für den Täter, nicht wahr?«, sagte Faller. »Dieser Herzanfall ist so etwas wie ein Beweis für Sie, dass er sich durch die Tat in eine Stresssituation gebracht hat.«

»Nein.« Die Kommissarin schaute ihn an. Die winzigen Falten unter ihren blaugrünen Augen kräuselten sich. Sie war eine wirklich schöne Frau. Ein Gedanke, den er sofort beiseiteschob. »Nein, dieser Herzanfall beweist gar nichts. Ihr Vater hat die Tote gefunden, das war möglicherweise Stress genug. Selbstverständlich können wir nicht ausschließen, dass er der Täter ist. Die Blutspuren … Er hatte auch eine leichte Verletzung an der Hand. Andererseits …« Ein Telefon summte. Es war das Smartphone der Polizistin, wie Faller erkannte, doch sie nahm das Gespräch nicht an, sondern blickte lediglich auf das Display. »Andererseits war Ihr Vater schwer herzkrank. Der Herzschrittmacher …«

»Mein Vater hatte einen Herzschrittmacher?«, warf Faller überrascht ein.

Die Kommissarin blickte ihm in die Augen. »Das wussten Sie nicht? Seit acht Jahren hat Ihr Vater einen Schrittmacher und …« Sie zog einen Notizblock, wie ihn auch ihr Kollege gehabt hatte, aus der Tasche ihrer rotbraunen Lederjacke. »Außerdem hatte er nach einer Coronaimpfung Herzbeschwerden und war deshalb Anfang Februar zwei Wochen in einer Klinik in der Eifel.«

Faller konnte nicht sofort antworten. Ich kenne meinen Vater überhaupt nicht, fiel ihm ein. Er war immer ein Fremder in meinem Leben. »Mein Vater war ein verschwiegener Mensch«, sagte er dann. »Und wir hatten nicht den besten Kontakt.«

Birte Jessen nickte, während sie eine Nachricht auf ihrem Smartphone las. »Können Sie morgen um zehn Uhr ins Präsidium kommen? Wir benötigen ein paar Informationen über Ihren Vater. Und auch über Sie selbst. Schließlich waren Sie ja auch am Tatort, vor der Polizei. Und Sie sind Journalist, wenn ich richtig informiert bin. Sie sollten uns aber die Kommunikation überlassen. Falls wir uns verstehen.«

Sie erhob sich und wandte sich um. Dann jedoch drehte sie sich noch einmal um. »Ihr Vater scheint wirklich ein interessanter Mensch und Gelehrter zu sein, aber wie ist es dazu gekommen, dass er Freimaurer ist? Ich dachte, so etwas hätte es nur im Mittelalter gegeben.«

Der Kaffee in der Cafeteria der Klinik schmeckte bitter. Von einem Fenster im Gang aus konnte man den Dom vor dem Nachthimmel sehen. Faller wartete noch zwei Stunden, in denen ihm niemand Genaueres über den Zustand seines Vaters sagen konnte. Dann fuhr er nach Hause.

Es war kurz nach Mitternacht. Er wurde von einem lauten schrillen Kläffen begrüßt. Monday – das Hündchen. Er hatte ganz vergessen, dass da ein Hund auf ihn wartete. Monday sprang jaulend an ihm hoch und rannte dann zur Tür. Klar, der Hund musste pinkeln, falls er nicht schon in der Küche seine Notdurft verrichtet hatte. Die Tür zum Atelier war zum Glück geschlossen gewesen.

Faller ging mit dem Hund in den winzigen Park um die Ecke. Der Hund hatte sich ein wenig beruhigt. Als Erstes pinkelte er einen schwarzen Porsche an, der ein Stück weiter in der Straße parkte.

Vor dem verwilderten Rasenstück setzte Faller sich auf eine Bank, während der Pudel die Gegend abschnüffelte. Er hatte Brasch und Julia eine kurze Nachricht geschrieben. Brasch hatte einen Auftrag, weswegen er in Bonn unterwegs gewesen war, und Julia hatte ein längeres Interview mit einem Musiker gehabt, der vielleicht bei ihnen in ihrer Diskussionssendung auftreten würde.

»Melde dich bitte«, hatte sie daher nur geschrieben. »Hoffe, dein Vater kommt durch.«

Mein Vater, der herzkranke Freimaurer …

Faller hatte das Bedürfnis, aufzuspringen und nach Marienburg zu fahren, um das Haus zu durchsuchen, Zimmer für Zimmer, Stockwerk für Stockwerk. Der Detektiv in eigener

Sache, der nach der wahren Identität seines Vaters suchte. Er zog die Visitenkarte hervor, die ihm die Hauptkommissarin in die Hand gedrückt hatte.

Obschon es kurz vor ein Uhr war, meldete sie sich nach dem zweiten Klingeln.

»Wann kann ich in das Haus meines Vaters?«, fragte Faller ohne Begrüßung. »Kann ich da sofort hinfahren? Ich habe noch einen Schlüssel.«

Die Kommissarin atmete tief ein. Faller erwartete einen Vorwurf, warum er sie um diese Zeit noch störe, wo sie sich doch vor Kurzem noch gesehen hatten, doch Birte Jessen sagte: »Wir werden uns bei Ihrem Vater im Haus noch länger aufhalten müssen. Aber ich denke, morgen Nachmittag werden Sie in das Haus können. Sie wollen sich dort umsehen, wollen einiges über Ihren Vater erfahren, was Sie nicht gewusst haben?« Sie hielt kurz inne, als würde sie eine Antwort erwarten. Einen Atemzug später fuhr sie fort: »Dann können Sie uns unterstützen. Auch wenn Sie nicht wirklich über Ihren Vater Bescheid wissen, so kennen Sie ihn doch besser als wir. Also, schauen Sie sich ab morgen Nachmittag um und halten Sie mich auf dem Laufenden. Wichtige Gespräche nehme ich übrigens auch vor ein Uhr in der Nacht entgegen.« Dann legte sie auf.

Das Hündchen kam auf ihn zugelaufen. Mit einem Satz sprang es neben ihn und begann, ihm die Hand zu lecken, in der er sein Smartphone hielt.

»Monday.« Der Pudel schaute mit seinen braunen Augen zu ihm auf. »Was für ein besonderer Tag! Bist du deshalb zu mir gekommen? Weil es bei mir so aufregend ist?«

Der Hund leckte ihm weiter über die Hand, als sein Smartphone summte.

Rief ihn die Kommissarin zurück? Fast erwartete er, ihre Stimme zu hören, doch es war eine andere Frauenstimme, die sich meldete.

»Anna hier«, sagte die Stimme. »Du bist noch wach, Faller – wie schön! Wir haben uns länger nicht gesprochen. Wie du vielleicht weißt, arbeitete ich hin und wieder für den Stadt-Anzeiger, und da hat man mir zugetragen, was bei deinem Vater passiert ist und …«

Faller lächelte. In Anna war er vor vielen Jahren verliebt gewesen, als er noch ein ordentlicher Redakteur bei der ordentlichsten Zeitung Kölns gewesen war, und auch sonst hatten sie einiges miteinander zu tun gehabt. Sie hatten sogar zusammen ein Buch über den Verfassungsschutz geschrieben, das leider nirgendwo besprochen worden war, und bis vor Kurzem hatte es noch so ausgesehen, als wäre Annas Tochter von ihm.

»Anna, was weißt du genau? Und was willst du von mir wissen?«

»Wir wissen, dass bei deinem Vater ein Mord passiert ist … Wir wissen nicht genau, wer das Opfer ist. Es gibt Gerüchte, aber nicht mehr.«

»Ihr wisst also bescheiden wenig, daher hat Winterfeld, unser liebster Chefredakteur, dich reaktiviert?«

Faller konnte hören, wie Anna tief einatmete. »Du sagst es, Faller. Er hat gedacht, wir beide stehen wieder auf gutem Fuße und …«

»Ich kann dir nichts sagen, Anna. Nur das: Mein Vater hat keinen Mord begangen. Er hatte einen Herzstillstand und liegt in der Uniklinik. Ich hoffe, er überlebt die Nacht.«

Gegen halb fünf wurde er wach, weil er ein Kratzen und Schaben hörte, das er zuerst überhaupt nicht einordnen konnte. Dann hörte er ein leises Jaulen. Monday stand am Fuß der Treppe, die zu seinem Hochbett hinaufführte. Er begann noch lauter zu jaulen, als er bemerkte, dass Faller zu ihm hinunterschaute.

»Was willst du, Monday?«, fragte Faller, doch der Pudel machte sehr genau klar, was er wollte. Er machte Anstalten, die Leiter hinaufzukraxeln, was ihm jedoch nicht gelang.

Faller stieg hinunter und nahm das Hündchen auf den Arm, das zitterte und sich sofort an ihn schmiegte.

»Nachher mache ich ein Foto von dir, und dann kleben wir Aushänge an jede zweite Laterne hier in Ehrenfeld«, flüsterte er dem Pudel zu. »Bei mir kannst du jedenfalls nicht bleiben.«
Im Hochbett angekommen, befreite sich das Hündchen aus seinem Griff und suchte sich einen Platz am Fußende. Ein paar Momente später klangen ruhige Atemzüge herüber. Der Pudel war sofort wieder eingeschlafen, doch Faller war hellwach.

Keine Nachricht war eingegangen – weder von Brasch noch vom Krankenhaus oder von der Polizei. Vermutlich lebte sein Vater noch.

Er stellte ihn sich in einem Intensivbett vor, umringt von piepsenden Apparaten, doch es gelang ihm nicht. Vor über dreißig Jahren hatte er seine Mutter sterben sehen, von einer mittelalten, schönen Frau war sie innerhalb weniger Monate zu einer mageren Sterbenden zusammengeschrumpft, deren Gesicht am Ende aus zwei großen glasigen Augen bestanden hatte. Aber dass sein stolzer, stets aufrecht gehender Vater sterben könnte – dieser Gedanke war ihm niemals gekommen.

Auf der Internetseite vom Express fand er eine Nachricht über einen rätselhaften Mordfall in einer Villa in Marienburg; zum Glück wurden weder Namen genannt noch Einzelheiten erwähnt. Das Foto jedoch zeigte das Haus seines Vaters. Wahrscheinlich würde in wenigen Stunden alles ans Licht kommen.

Dann rief er den Namen Maria Derkum auf. Es gab einen längeren Eintrag bei Wikipedia. Maria Derkum, Sängerin, unter dem Namen Blanche bekannt. Zuerst sang sie mit ihrer Band Klangbreite deutsche Songs, dann eigene Kompositionen, die sie an der Orgel und am Harmonium selbst begleitete, die aber beim Publikum wenig Anklang fanden. Nach einem Prozess wegen Drogenbesitzes verschwand sie aus Deutschland. Ihren letzten Song hatte sie Ende der neunziger Jahre veröffentlicht. Sie war auch als Schauspielerin aufgetreten und hatte einen Sohn, von dem man aber nicht wusste, wer der Vater war.

Die Fotos, die Faller aufrief, zeigten eine attraktive Frau mit langen blonden Haaren, mit hellen, wachen Augen und einem perfekt geformten Mund. Nur auf einem der späten Fotos hatte Maria Derkum lange schwarze Haare. Da war sie an einer Orgel zu sehen, die Augen geschlossen, eine Zigarette im linken Mundwinkel.

Auch bei YouTube gab es ein paar Aufnahmen von ihr. Eine aus einer Fernsehshow. Blanche neben einem Mann mit dünnem, langem Haar; sie sangen einen Song über Rosen – jede Nacht Rosen, keine Tränen mehr … Ein Schlager, nichts anderes, doch ein gut gemachter Song.

Das letzte Video offenbarte die Veränderung, die mit Maria Derkum alias Blanche vorgegangen war. Sie hatte da schon schwarze Haare und spielte Orgel, schnell und wild, sodass ihr Gesang kaum zu verstehen war. Erst nach einer Weile begriff Faller, dass sie die Nationalhymne sang, aber zerrissen, jede Silbe überbetont.

Wie war diese Frau in das Gartenhaus seines Vaters gekommen? Und warum war sie jetzt tot?

Das Hündchen regte sich wieder, es robbte sich zu ihm herauf und begann, ihm wieder über die Hände zu lecken.

»Ich glaube, Monday«, sagte Faller, während er anfing, Brasch eine E-Mail zu schreiben, »wir müssen versuchen, einiges über diese Blanche herauszufinden, aber wir sind ja mit einem waschechten Privatdetektiv befreundet, nicht wahr?«

Der Pudel hörte auf zu lecken und sah ihn an, dann gab er ein kurzes Kläffen von sich.

»Zeit, aufzustehen«, sagte Faller.

6

Die Hauptkommissarin schob ihm einen Kaffeebecher zu, als Faller sich in einem Besprechungsraum im Präsidium vor sie setzte.

»Sie sehen aus, als könnten Sie einen Kaffee vertragen«, sagte sie mit einem Lächeln.

Sie auch, hätte Faller beinahe erwidert. Die Polizistin hatte tiefe Schatten unter den Augen, und ihr kurzes blondes Haar war zerzaust, als hätte sie sich vor drei Tagen zum letzten Mal gekämmt.

»Tut mir leid, dass ich Sie in der Nacht so spät gestört habe«, erklärte Faller, bevor er an seinem Kaffee nippte, der so stark war, wie er ihn für gewöhnlich nicht trank.

Birte Jessen winkte ab. »Haben Sie schon Neuigkeiten aus der Klinik?«

Faller schüttelte den Kopf.

»Die Ärzte haben sich entschieden, Ihren Vater in ein künstliches Koma zu versetzen«, sagte die Hauptkommissarin. Sie legte ihre Hände um die Tasse, als müsse sie sich wärmen, dabei war draußen ein sonniger Tag aufgezogen. Zwanzig Grad würden mit Sicherheit erreicht werden. »So etwas macht man wohl gewöhnlich, um den Organismus zu schonen und die Heilungschancen zu erhöhen. Das heißt für uns leider auch, dass wir Ihren Vater vorläufig nicht werden vernehmen können.«

»Haben Sie eine neue Spur? Oder ist er weiter Ihr Hauptverdächtiger?«, fragte Faller. Er hatte morgens in der Klinik angerufen, doch ihm hatte man keine Auskunft erteilt.

»Er ist nicht unser Hauptverdächtiger.« Die Polizistin zog ihr Smartphone hervor und rief eine E-Mail auf. »Aber das Blut an seinen Händen und seiner Kleidung stammt zweifelsfrei von der Toten, so viel wissen wir bereits, und die Verletzung an seiner rechten Hand, eindeutig eine Schnittwunde, war recht tief und könnte auf einen Kampf hindeuten.«

»Sie glauben wirklich, dass ein so alter Mann wie mein Vater eine viel jüngere Frau töten könnte?« Faller spürte, wie vor Zorn sein Herz schneller zu schlagen begann. »Das ist lächerlich.«

»Ich glaube gar nichts, Herr Faller«, erwiderte Birte Jessen ganz förmlich. »Ich sichte Spuren und Beweise. Ihr Vater hatte Blut an den Händen, er hat eine Verletzung, er war am Tatort, und er kannte die Frau. Die Tatwaffe ist ein einfaches, allerdings sehr scharfes Küchenmesser, das sich vermutlich am Tatort befunden hat. Dreimal ist auf Maria Derkum eingestochen worden, frontal, zweimal im Brustbereich, einmal in die Leber. Mit erheblicher Kraft. Es sieht also nicht nach einer geplanten Tat, sondern nach einer Handlung im Affekt aus.«

Für einen Moment trat Stille ein. Faller trank einen weiteren Schluck Kaffee und schloss kurz die Augen. Konnte er sich seinen Vater mit einem Messer in der Hand vorstellen, das er aus einem Affekt heraus ergriff? Nein, das gelang ihm nicht.

»Mein Kollege Köster schaut sich mit vier weiteren Beamten in diesen Minuten das Haus Ihres Vaters an«, fuhr Birte Jessen fort. »Wir hoffen, dass wir dann etwas finden, was uns weiterhilft.«

Faller öffnete die Augen wieder. »Sie suchen ein Motiv für die Tat?«

»Wir möchten erst einmal feststellen, warum sich Maria Derkum überhaupt bei Ihrem Vater aufgehalten hat. Und in welcher Beziehung die beiden zueinander standen.«

»Sie war früher seine Studentin. Das hat er mir gesagt.«

Die Polizistin zog ihren Block hervor. »Na, das ist zwar keine Begründung dafür, dass sie bei ihm gewohnt hat, aber immerhin etwas. Wann waren Sie das letzte Mal im Haus Ihres Vaters?« Sie machte sich eine Notiz und blickte dann auf. »Ich meine, wirklich im Haus, nicht nur in der Küche und auf der Terrasse.«

Er konnte nicht sofort antworten. Mit achtzehn war er ausgezogen und nie wieder zurückgekehrt, nicht als Bewohner jedenfalls. Auch sein eigenes Zimmer hatte er danach nur noch wenige Male betreten. Sein Vater hatte ihm vor vielen Jahren erzählt, dass er seine Möbel verschenkt hatte und sich dort ein Lesezimmer einrichten wollte. Faller hatte es damals als seltsam empfunden, schließlich hatte sein Vater im Dachgeschoss ein sehr großes Arbeitszimmer gehabt. Wozu brauchte er noch ein Lesezimmer?

»Ich weiß nicht«, erwiderte er endlich. »Es kann ein paar Jahre her sein.«

»Was wissen Sie von dem Tonstudio im Keller? Was hat Ihr Vater da genau gemacht? Und was hat es mit diesem Radiosender Fairfunk auf sich, für den Ihr Vater offenbar gearbeitet hat?«

Faller konnte nicht antworten. Sein Blick glitt ratlos durch den Raum. Er musste dringend mit Julia sprechen, sagte er stumm zu sich. Wie würde sie die ganze Sache einschätzen? Sie kannte seinen Vater zwar nicht, aber immerhin hatte er ihr ein-, zweimal von ihm erzählt.

»Sie wissen nichts darüber?«, redete die Hauptkommissarin weiter. »Genauso wenig, wie Sie etwas von der Zugehörigkeit Ihres Vaters zu den Freimaurern wussten?«

Zögernd nickte Faller. »Wie haben Sie das überhaupt herausgefunden?«, fragte er.

Birte Jessen lachte auf. »Es steht auf der Wikipedia-Seite Ihres Vaters. Angeblich hat er deswegen sogar einmal Ärger mit ein paar Studenten gehabt. Kurz vor seiner Emeritierung, aber offensichtlich hat er darüber nicht mit Ihnen gesprochen.«

»Wenn er ganz für sich sein wollte, ist er in den Keller gegangen«, sagte Faller, »und hat Uhren repariert. Alte Küchenuhren. Er hat sie auseinandergenommen, gereinigt, wieder zusammengesetzt und sich gefreut, wenn sie wieder funktioniert haben. In seiner Küche hängt jetzt noch so eine Uhr.«

Die Polizistin machte sich wieder eine Notiz. »Die Kollegen

sind noch bei der Arbeit, aber soviel ich weiß, haben sie bisher keine Uhren gefunden. Im Keller gibt es ein Tonstudio, und offenbar hat dort auch Maria Derkum Lieder aufgenommen. Wir suchen noch jemanden, der dieses Studio ans Laufen bringt.« Sie klappte ihren Block zu. »Und noch etwas muss ich Ihnen sagen: Zweimal hat eine Nachbarin die Polizei gerufen, weil sie laute Rufe aus dem Garten Ihres Vaters gehört hatte. Einen heftigen Streit meint sie vernommen zu haben, Schreie, Flüche. Das letzte Mal, am Samstag, also zwei Tage vor dem Mord. Und jedes Mal hat Ihr Vater die Polizei abgewimmelt. Es sei nichts. Man probe ein Theaterstück.«

»Man probe ein Theaterstück?«, wiederholte Faller ungläubig.

Die Hauptkommissarin nickte. »Die Kollegen sind jedes Mal wieder abgezogen, haben sich beruhigen lassen, leider.« Sie erhob sich. »Ab sechzehn Uhr sollte das Haus frei sein. Dann können Sie sich selbst umsehen. Wenn Sie jedoch etwas finden, das uns weiterhelfen könnte, geben Sie mir bitte umgehend Bescheid.« Sie blickte auf die Uhr an ihrem linken Handgelenk. »Gleich elf Uhr – ich habe nun unten im Saal mit dem Oberstaatsanwalt eine Pressekonferenz. Wäre schön, wenn Sie Ihren Journalistenkollegen nicht in die Hände fallen würden. Allerdings werden wir nun den Namen des Opfers bekannt geben und einen Aufruf starten, wer Maria Derkum oder Blanche, wie sie sich ja als Sängerin nannte, zuletzt gesehen hat.«

Faller entschied sich, die Treppe hinunterzugehen, während Birte Jessen den Fahrstuhl nahm. Der Saal im Präsidium war ziemlich gefüllt, erkannte Faller, als er sich in der hinteren offenen Tür postierte. Etwa fünfzig Journalisten und Fotografen waren gekommen, zwei Kamerateams hatten sich vor der Bühne in Position gebracht. In einer der vorderen Reihen meinte er auch die rote Mähne von Anna Talheim zu sehen. Zum Glück hatte sie ihn nicht noch einmal kontaktiert, aber spätestens am Abend würde sie ihn wieder anrufen. Da war er sich ganz sicher. Ein uniformierter Polizist eilte durch den vorderen Eingang herein. Ihm folgten Birte Jessen und ein Mann in einem eleganten grauen Anzug. Sie orientierten sich kurz, wer an welcher Stelle sitzen sollte, und nahmen dann Platz.

Der Uniformierte richtete sich das Tischmikrofon aus und eröffnete dann die Pressekonferenz. Er war offensichtlich der Pressesprecher der Polizei. Sofort verstummte das Gemurmel im Saal, und die Fotografen in der ersten Reihe legten los.

Während Faller überlegte, zu gehen, bevor ihn jemand bemerkte, registrierte er einen blonden Haarschopf in Reihe acht. Julia – sie war auch gekommen. Nun, auch wenn ihre Internetzeitung von einigen, vornehmlich männlichen Kollegen belächelt wurde, hatte sie natürlich einen Presseausweis und konnte sich mit Fug und Recht Journalistin nennen.

Der elegant gekleidete Mann übernahm. Er mochte Ende fünfzig sein, hatte kurzes schwarzes Haar, das an den Seiten ergraut war. Er stellte sich als Dr. Rolf Dauner vor, er war der Oberstaatsanwalt, der die Ermittlungen leitete. Dauner sprach routiniert und wirkte überaus souverän. Als Faller aus dessen Mund zum ersten Mal den Namen seines Vaters hörte, zuckte er zusammen. Professor Herbert Faller wurde nicht ausdrücklich als Verdächtiger genannt, aber es war eindeutig, dass sich die Ermittlungen zunächst auf ihn konzentrieren würden. Als dann auch noch ein Foto seines Vaters an die Wand hinter dem Podium projiziert wurde, wäre Faller am liebsten nach vorne gestürmt. Wie konnten sie es wagen, seinen Vater, der um sein Leben rang, so vorzuführen?

Die Hauptkommissarin übernahm dann. Das Foto hinter ihr zeigte nun Maria Derkum. Eine hübsche schwarzhaarige Frau mittleren Alters, die wenig Ähnlichkeit mit der Leiche hatte, die aus dem Garten seines Vaters abtransportiert worden war.

»Wir wollen wissen, wo sich Maria Derkum in den letzten Wochen aufgehalten hat«, rief die Hauptkommissarin förmlich in den Saal. »Was hat sie in der Stadt gemacht? Mit wem hat sie sich getroffen? Wir wollen alles über sie in Erfahrung bringen. Bisher ist uns nur bekannt, dass sie vor etwa sechs Wochen aus Nazare in Portugal nach Köln gekommen ist. In Nazare – das liegt an der Atlantikküste – hat sie ein Café direkt am Strand betrieben. Wir sind noch dabei, die Kollegen in Portugal um Einzelheiten zu bitten, aber soweit wir wissen, hat sie dort in den letzten Jahren gelebt und keine Straftaten begangen. Jedenfalls liegt offenkundig bei Europol nichts gegen sie vor.«

Plötzlich spürte Faller einen Blick auf sich. Auch wenn die Polizistin noch sprach und nun einzeln Fotos von Maria Derkum vorführte, hatte Anna Talheim sich umgewandt und schaute ihn ganz offen an. Dann nickte sie – ein Nicken, das besagte: Wir sehen uns später. Du entgehst mir nicht.

Faller zwang sich, das Nicken nicht zu erwidern. Er drehte sich um, bewegte sich vorsichtig aus der Tür und stand dann Matthias Brasch gegenüber.

Brasch lächelte ihn an. Er trug wie immer seine schwarze Lederjacke. Seine schwarzen Haare waren noch länger als gewöhnlich, und rasiert hatte er sich auch seit Tagen nicht mehr. In jedem Fernsehfilm hätte er in diesem Outfit einen soliden Ganoven abgegeben, dabei war er Privatdetektiv, seit sie ihn vor etlichen Jahren bei der Polizei hinausgeworfen hatten, weil er Beweise manipuliert hatte, um einen Kinderschänder festzunehmen. So jedenfalls hatte Faller die Geschichte in Erinnerung.

Sie gingen beide auf den Gang hinaus.

»Was machst du hier, Brasch?«, fragte Faller erstaunt.

Brasch hob die Hände. Sein Lächeln vertiefte sich. »He«, sagte er. »Ich kenne hier noch ein paar Leute. Wenn ich ins Präsidium hineinkommen will, schaffe ich das auch. Außerdem interessiert mich die Sache. Hört sich ganz an, als wollte man deinem Vater etwas anhängen, oder?«

7

Der Pudel sprang sofort an ihm hoch, als er die Tür zur Küche öffnete, und begann laut zu kläffen.

»Du bist tatsächlich auf den Hund gekommen.« Brasch klang völlig unironisch. Er folgte Faller und strich dem aufgeregten Pudel über den Kopf.

»Monday«, sagte Faller, als wäre es eine Erklärung. »Er ist mir gestern zugelaufen, hockte vor meinem Küchenfenster und tat so, als würde er hier bei mir wohnen.«

Brasch setzte sich an den Küchentisch. »Wir brauchen einen Plan«, sagte er, ohne den Hund weiter zu beachten. »Dein Vater wird sich vorläufig nicht wehren können, aber du kannst es für ihn tun. Wenn die Polizei nur zwei, drei Hinweise weitergibt, dass er der Mörder dieser Sängerin sein könnte, wird es schwer werden … Dann …«

»Dann müssen wir den wahren Täter finden«, warf Faller ein. Monday schaute ihn schwanzwedelnd an und hüpfte ihm in die Arme. So eine Begrüßung war der Hund anscheinend gewohnt.

Brasch nickte. »Ich war lange genug Polizist, um zu wissen, wie so eine Ermittlung laufen kann.«

Faller ließ den Hund wieder auf den Boden springen und machte sich daran, einen Kaffee zu kochen. Brasch war mindestens so ein Kaffeejunkie wie er selbst. »Offenbar hatte mein Vater ein paar Geheimnisse – abgesehen von dieser Frau, die bei ihm gewohnt hat. Er ist bei den Freimaurern, hat sich ein Tonstudio in den Keller eingebaut und …«

»Die Freimaurer sind harmlos.« Der Hund hatte nun Brasch als Ziel seiner Zuneigung auserkoren und war ansatzlos auf dessen Schoß gesprungen. »Ich habe da einmal vor Jahren eine Ermittlung gehabt. Eine Gruppe älterer Männer, die sich einmal im Monat treffen, über Gott und die Welt sprechen und

Spenden sammeln. In der Südstadt gibt es sogar ein Logenhaus. Ganz offen – da kannst du hingehen und an der Tür klingeln.«

»Aber ich wusste nichts davon.« Faller stellte zwei Tassen auf den Tisch und schenkte dann Kaffee ein.

»Hätte es dich interessiert?«, fragte Brasch.

»Vermutlich nicht.« Faller nippte an dem Kaffee.

»Der Schlüssel ist die Frau«, sagte Brasch. »Blanche – warum war sie wieder da und warum bei deinem Vater? Ich habe sie vor vielen Jahren einmal in einem Konzert gesehen. Ich glaube, es war im Luxor an der Luxemburger Straße. Da hatte sie bereits schwarze Haare und ist allein aufgetreten, an so einer Art Orgel, die man mit einem Blasebalg bedienen musste. War richtig spooky. Ihre Stimme war toll, tief und irgendwie so, als wüsste sie mehr vom Leben als wir alle zusammen, die wir zugehört haben.«

»Sie ist da allein aufgetreten?«, fragte Faller. Er nahm sein Smartphone hervor und suchte auf YouTube nach Videos von Blanche. »Ich dachte, sie hätte eine Band gehabt, die Klangbreite hieß. Ein ziemlich bescheuerter Name, oder nicht?«

»Die Band gab es damals schon nicht mehr. Blanche hatte sich mit ihrem Partner überworfen – ich habe ihn flüchtig gekannt. Holger Persson, nannte sich Rubikon. Er wohnt irgendwo in Nippes, wenn ich mich nicht irre, und dreht heute Werbevideos.«

»Ich muss dich engagieren. Geht gar nicht anders.« Faller hielt Brasch die Kaffeetasse hin, als wollte er mit ihm anstoßen.

»Ich habe mich schon selbst engagiert.« Brasch schaute ihn ernst an. »Ich habe dir eine Sache nicht verraten. Dein Vater hat mich vor ein paar Wochen angerufen – durfte ich dir nicht sagen. Er wollte etwas über Blanche wissen – ob sie wirklich in Portugal gewohnt hatte und ob sie noch irgendwas mit Drogen zu tun hatte.«

Faller verharrte einen Moment. Braschs dunkle Augen ruhten auf ihm. »Nein«, sagte er dann, »das stimmt nicht. Mein Vater würde niemals zu einem Privatdetektiv …« Er brach ab.

Einen Moment war nur das leise Hecheln des Hundes auf Braschs Schoß zu hören. »Auch bei mir gibt es so etwas wie einen Mandantenschutz«, sagte Brasch. »Dein Vater hat ausdrücklich darum gebeten, dass ich dir nichts sage. Irgendwie musst du einmal meinen Namen erwähnt haben. So ist er überhaupt auf mich gekommen. Ich konnte ihn auch beruhigen. Das, was ich herausfinden konnte, stimmt mit dem überein, was sie deinem Vater erzählt hatte. Sie hatte ein Café in Nazare an der portugiesischen Atlantikküste, gleich um die Ecke vom Hauptstrand. Da haben sich viele Leute über Facebook getroffen, Engländer, Deutsche, Italiener. War also nicht schwer, das herauszufinden, und in Deutschland lag nichts gegen sie vor. Keine Drogenvergehen – war alles verjährt.«

»Aber warum wollte er das wissen?«, fragte Faller erstaunt.

Brasch zögerte. »Ich weiß nicht genau. Ich glaube, sie wollte Geld von ihm, Geld für eine Plattenaufnahme – und … angeblich war sie krank … richtig schwer krank.«

Ja, Faller erinnerte sich, davon hatte sein Vater bereits gesprochen. Maria Derkum alias Blanche habe eine Platte aufnehmen wollen, und sie sei krank.

»Glaubst du, dass mein Vater und diese Blanche …«, Faller sah Brasch forschend an, bevor er weitersprach, »… dass sie ein Verhältnis hatten, obschon … mein Vater achtundsiebzig Jahre alt ist?«

Brasch schob den Hund von seinem Schoß. Geschickt kam Monday auf dem Boden auf und rollte sich unter dem Tisch zusammen. »Keine Ahnung. Blanche sah immer noch ganz passabel aus. Vielleicht kommt man auch mit achtundsiebzig da noch auf gewisse Gedanken …« Das Summen eines Smartphones ließ ihn innehalten.

Faller zog sein Telefon hervor. Eine Nummer, die er nicht kannte. Die Uniklinik – dieser Gedanke stellte sich sofort ein, doch es war Köster, der Hauptkommissar, der sich meldete.

»Sie wollen am liebsten sofort ins Haus, hat meine Kollegin

Jessen mir gesagt«, erklärte er ohne eine Begrüßung. »Wir sind zwar noch längst nicht mit unserer Durchsuchung fertig, aber wenn Sie wollen, können Sie sich schon im Keller, in dem Tonstudio Ihres Vaters und im Erdgeschoss umsehen.«

Sein Vater hatte Brasch engagiert – dieser Gedanke ging ihm nicht aus dem Kopf, während er nach Marienburg hinüberfuhr. Brasch folgte ihm, und Monday hockte auf dem Beifahrersitz und schaute gelegentlich zu ihm auf.

»Morgen«, sagte Faller zu ihm, »morgen suchen wir deinen Besitzer.«

Aber kaum hatte er das gesagt, wandte der Pudel sich ab, und sein Smartphone summte. Anna Talheim, vermutlich. Sie hatte bereits dreimal versucht, ihn zu erreichen. Zweimal hatte ihn jemand mit einer unbekannten Nummer angerufen. Die Hauptkommissarin hatte die Identität des Opfers und der Hauptverdächtigen erwähnt – damit war klar, dass sämtliche Journalisten Kölns, die sich für den Fall interessierten, bis zum Abend bei ihm landen würden.

Als er auf das Display blickte, sah er, dass der Name Julia aufleuchtete. Er nahm das Gespräch an.

»Faller«, sagte Julia, »du hättest mir schon ein wenig mehr mitteilen können als eine dürre SMS am Abend. ›Mein Vater im Krankenhaus. Melde mich.‹ He, ich war bei der Pressekonferenz. Du solltest exklusiv etwas für unsere Seite schreiben.«

»Sorry.« Faller hatte Julia noch nie so unfreundlich erlebt. »Mich hat das Ganze mitgenommen. Erst der Mord im Gartenhaus, dann der Herzanfall meines Vaters …« Er verstummte, als er schon in die Straße zum Haus seines Vaters einbog. Zwei Vans – offensichtlich von der Polizei – parkten direkt vor dem Haus.

»Verstehe.« Nun klang Julia versöhnlicher. »Wann können wir uns sehen?«

»In drei Stunden. Im Theatercafé«, sagte Faller, dann unterbrach er die Verbindung.

Er stoppte hinter dem zweiten Polizeivan und stellte den Motor aus. Monday hob den Kopf.

»Du bleibst erst einmal hier«, sagte Faller zu dem Hund.

Julia war eine gute Journalistin. Natürlich wollte sie, dass er eine Exklusivstory daraus machte. Ihrer Seite würde es gut-tun, die Klickraten würden sich wahrscheinlich mit einem Mal verzehnfachen, mindestens – und trotzdem … Er konnte sich nicht vorstellen, eine Zeile über seinen Vater zu schreiben, während der im Koma lag und mit dem Tod rang.

Vielleicht konnte er etwas anderes schreiben – wie es war, an einen Tatort zu kommen, etwas in dieser Art.

Monday kläffte plötzlich los, und eine Sekunde später pochte jemand gegen das Fenster an der Beifahrerseite, was das Hündchen knurren ließ. Eine alte Frau schaute Faller an – ein runzliges, braun gebranntes Gesicht, das er nicht auf Anhieb erkannte.

»Robert«, rief die alte Frau, »Robert, auf was hat sich dein Vater da eingelassen?«

An der Stimme erkannte er die Frau – Rita Hastert, die Nachbarin. Schon damals, als er noch im Haus gewohnt hatte, hatte er sie »die alte Hastert« genannt. Da war sie vermutlich Anfang fünfzig gewesen, nun musste sie weit über achtzig sein.

Er nickte ihr stumm zu und stieg dann aus. Auch Brasch hatte am Straßenrand geparkt. Sie fuhren beide Volvo, Braschs Gefährt war noch ein paar Jahre älter.

»Robert«, sagte Rita Hastert und breitete die Arme aus, als wäre er ein kleiner Junge, den sie vor etwas beschützen müsste. Sie trug einen hellroten Pullover und blaue Jeans. Ihre Haare waren tiefschwarz gefärbt, was sie auch wegen ihrer sonnengebräunten Haut wie eine uralte Italienerin aussehen ließ. »Robert, was ist mit deinem Vater?«

Das neuerliche Summen seines Smartphones gab ihm ein paar Sekunden, um sich eine Antwort zu überlegen. Wieder Anna Talheim, registrierte er.

»Er liegt im Krankenhaus«, antwortete er dann vage.

Rita Hastert ließ ihre Arme ausgebreitet, auch weil Faller nicht näher kam, und schüttelte dann vehement den Kopf. »Wie viele Jahre wohnen wir jetzt schon nebeneinander?«, fragte sie, ohne jedoch eine Antwort zu erwarten. »Es war immer eine gute Nachbarschaft, aber zuletzt ...« Sie schüttelte erneut den Kopf und ließ zugleich ihre Arme sinken. »Lärm, Stimmen, Streit ... so etwas hat es all die Jahre nicht gegeben. Zweimal habe ich die Polizei gerufen. Ich habe mir schon gedacht, dass bald etwas Schlimmes passieren wird, aber dein Vater ist bestimmt kein Mörder, oder was denkst du?«

8

Kaum hatte Faller die Haustür aufgeschlossen, kam eine junge uniformierte Polizistin auf ihn zu. »Wer sind Sie?«, fragte sie unfreundlich und machte eine Handbewegung, als wollte sie ihn und Brasch, der hinter ihm stand, zurückdrängen.

»Ich bin der Sohn«, entgegnete Faller und kam sich für einen Moment dumm vor. Wann hatte er so einen Satz zuletzt ausgesprochen? Ich bin der Sohn von Professor Herbert Faller … es musste fast vierzig Jahre her sein.

»Schon gut, Frau Kollegin.« Hauptkommissar Köster kam die Holztreppe hinunter, die in die erste Etage führte. »Herr Faller darf sich im Erdgeschoss und im Keller umsehen, wenn er will.«

Köster wischte sich in seiner geübten Geste eine Strähne aus dem Gesicht, er wirkte müde und abgehetzt und war im Begriff, sich wieder umzuwenden, doch Faller hielt ihn auf.

»Haben Sie etwas gefunden? Eine Erklärung?«, fragte Faller ein wenig hilflos.

»Bedaure.« Köster rückte seine Hornbrille zurecht. »Wir sind mit unserer Durchsuchung längst nicht zu Ende … und …« Er schlug die Augen nieder, wie jemand, der einem anderen gleich eine düstere Eröffnung machen würde, und Faller erwartete schon, dass der Hauptkommissar erwähnen würde, der Verdacht gegen Professor Herbert Faller habe sich leider erhärtet, doch dann wies Köster lediglich zur gefliesten Treppe in den Keller. »Vielleicht beginnen Sie … im Tonstudio Ihres Vaters. Wir werden uns da noch einmal mit einem Experten umschauen. Von dort hat Ihr Vater offenbar seine Sendung für Fairfunk aufgenommen.« Dann drehte er sich abrupt um und sprang förmlich die Treppen hinauf.

Er trug hellrote Socken, fiel Faller auf, als hätte das eine Bedeutung.

Die Polizistin nickte ihm zu.

»Also zuerst in den Keller«, sagte Brasch. »In das Studio.«

Kennst du etwa dieses Studio? Diese Frage lag Faller auf der Zunge, er stellte sie aber nicht.

Früher hatte es einen Vorratsraum im Keller gegeben, daneben den Heizungsraum, in dem auch die Waschmaschine gestanden hatte, dann den Raum für die Weinflaschen, wo sein Vater einen alten Schreibtisch aufgestellt hatte, an dem er kaputte Uhren reparierte. Und den Fahrradraum, der sich sofort hinter der Außentür befand. Sein Vater hatte zwei Fahrräder besessen, die er aber nie benutzt hatte, so war Faller selbst der Einzige gewesen, der diesen Raum überhaupt betreten hatte, wenn er morgens sein Fahrrad herausholte, um nach Rodenkirchen zur Schule zu fahren.

Für einen Moment sog er die abgestandene Luft des Kellers ein; einen Rest von den alten Gerüchen meinte er noch zu spüren, doch nun waren die Wände weiß gestrichen, und der Boden bestand nicht mehr aus grobem Beton, sondern war mit grauem Teppichboden ausgelegt.

Vor dem Weinkeller war eine andere Tür angebracht – eine hell gebeizte Holztür mit einem kleinen Fenster.

»Nicht schlecht«, bemerkte Brasch überrascht. Hier war er offenbar doch noch nicht gewesen.

Faller drückte die Klinke herunter. Die Tür war entgegen seiner Erwartung nicht abgeschlossen. Zwei Lampen unter der Decke flammten auf, sobald sie den Raum betreten hatten, dimmten aber nach wenigen Sekunden automatisch ein wenig ab, um konzentriertes Arbeitslicht zu schaffen. Faller schaute sich um. Kein Wein mehr, keine alten kaputten Uhren. Zuerst fiel ihm ein Mikrofonständer auf, dann zwei Hocker, eine Gitarre lehnte an einer Wand, und auf einem Tischchen befand sich ein seltsam aussehendes Keyboard.

Brasch steuerte direkt darauf zu. »Das Harmonium«, sagte er. »Blanche hat hier geprobt – wie ich es mir gedacht habe.«

Auf der anderen Seite gab es hinter einer Glasscheibe ein

großes Mischpult. Faller schritt staunend um die Scheibe herum. Das Mischpult befand sich auf einem Metalltisch und nahm diesen zur Hälfte ein, die andere war bis auf ein Mikrofon in einem Ständer komplett leer. Nein, ein paar Blätter lagen da. Ein mit einem Computer geschriebener Text. »Über das Sterben«, stand auf der ersten Seite, darunter folgte ein Gedicht von Rilke.

Brasch stand plötzlich neben ihm. »Nicht schlecht, was sich dein alter Herr hier eingerichtet hat. Wahrscheinlich irgendwo gebraucht erstanden, aber ich schätze, das Equipment reicht aus, um hier ein Album aufzunehmen.« Er beugte sich über das Mischpult, ließ seine Finger über die Tasten und Knöpfe gleiten, und dann fand er sogar den richtigen Schalter, um das Ding anzustellen. Jedenfalls flammten die winzigen sechs Displays am oberen Rand des Mischpults auf.

»Ich wette, dass Blanche deswegen hier gewohnt hat – weil sie wirklich neue Songs aufnehmen wollte«, sagte Brasch.

»Nur haben wir leider niemanden, der sich mit so etwas auskennt.« Faller bemerkte ein Foto an der Wand. Es zeigte seine Mutter, ganz jung, mit offenen Haaren. Eine überaus attraktive Frau mit einer Ausstrahlung von Optimismus und Lebensfreude. Offenbar war das Bild auf einem Rheinschiff aufgenommen worden.

»Vielleicht doch«, entgegnete Brasch und zog sein Smartphone hervor.

Louisa, Braschs Freundin, brauchte genau fünfunddreißig Minuten, bis sie in Marienburg eintraf. Faller war ihr nur drei-, viermal begegnet. Immer hatte sie Motorradkluft getragen und war geschminkt gewesen – kirschroter Mund und ein dezentes Make-up, das ihre braunen Augen betonte. Sie war IT-Spezialistin und arbeitete gelegentlich als Escort-Girl, so hatte sie es Faller jedenfalls einmal erzählt. Brasch hatte er nie danach gefragt.

»Welche Probleme habt ihr, Boys?« Louisa schüttelte ihr

blond gefärbtes lockiges Haar aus. Ihren Motorradhelm trug sie unter dem Arm.

Brasch küsste sie leicht auf die Wange.

»Muss ich wieder irgendein Passwort knacken?« Sie wandte sich Faller zu. »Habe von deinem Vater gehört«, fügte sie hinzu, ohne dann auf Einzelheiten einzugehen.

»Nein, kein Passwort.« Brasch übernahm und deutete in den Keller. »Roberts Vater hat sich ein Tonstudio eingerichtet, und wir würden es gerne in Gang bringen. Vielleicht kriegen wir heraus, was dort aufgenommen worden ist.«

Faller nickte. Wenn er ehrlich war, schüchterte Louisa ihn mit ihrem Selbstbewusstsein und ihrer Präsenz ein. Sie stammte aus Rosenheim, was man ihr anhörte, wenn sie das R rollte, sie hatte nach der Schule Medizin studiert und war dann ein Jahr allein um die Welt gereist. So die Kurzform ihrer Biografie, wie sie ihm lächelnd erklärt hatte.

Während sie wieder in den Keller hinuntergingen, vernahm Faller, wie Hauptkommissar Köster oben im Haus telefonierte. Seine Stimme klang dumpf und dunkel. Offenbar kam die Polizei mit ihrer Durchsuchung nicht wirklich weiter. »Ich breche gleich ab«, meinte Faller zu hören.

»Saugut!« Louisa stieß einen leisen Pfiff aus, als sie das Tonstudio betraten.

»Mein Vater hat anscheinend gelegentlich für einen Privatsender Beiträge aufgenommen. Sendungen über Gedichte, Philosophie, solche Themen«, sagte Faller. Während sie auf Louisa gewartet hatten, hatte er im Netz einiges über Fairfunk gefunden – ein Internetradio, das vor gut einem Jahr gestartet war.

»Philosophie?« Louisa sprach das Wort wie eine Frage aus. Sie legte ihren Helm auf den Boden und sah sich forschend um, während sie schon auf das Mischpult zueilte. »Oh«, sagte sie dann, »die Herren haben immerhin den Anschaltknopf gefunden.«

»Klar«, erklärte Brasch lächelnd. Sein Blick hing an Louisa, und zum ersten Mal hatte Faller das Gefühl, wirklich zu sehen, dass sein Freund in diese besondere Frau verliebt war.

»Alles da, was man braucht.« Louisa zog sich den Stuhl heran und setzte sich. Ihre braunen Augen wanderten über die Displays und Regler, bevor sie etwas berührte. »Auch wenn nicht ganz State of the Art.«

Das Licht war wieder automatisch abgedimmt worden, und dann erfüllte plötzlich eine Frauenstimme den Raum, drang aus zwei Lautsprechern hoch oben an den Wänden, die Faller bisher noch nicht bemerkt hatte. Eine volle, recht tiefe Stimme, dazu eine Art Orgel, vermutlich das Harmonium. »Wenn der Tod kommt, habe ich keine Furcht«, sang die Stimme, »denn das Leben, das ich lebte, bot mir genug.«

Sie alle erschraken, nicht nur Faller selbst, sondern auch Brasch und Louisa.

Die Stimme wiederholte die Zeile, heftiger von dem Harmonium untermalt, und brach dann ab.

»Die Aufnahme wurde vor drei Tagen aufgenommen«, sagte Louisa, »aber wenn ich das richtig sehe, gibt es hier noch mehr Aufnahmen. Wollt ihr das ganze Material anhören?«

9

»Soll ich zurückkommen?« Max rief sie an, nachdem die Pressekonferenz zu Ende war. Oberstaatsanwalt Dauner wurde noch von einigen Journalisten umringt und gab augenscheinlich bereitwillig Auskunft. Er genoss diese Art Auftritte, während Birte sie überhaupt nicht schätzte und die erste Gelegenheit nutzte, um sich davonzumachen.

»Wo bist du?«, fragte sie leise und nahm dann das Treppenhaus, um zu ihrem Büro zu gelangen.

»Ich bin noch in Trier. Sorry«, fügte er hinzu, dann trat für ein paar Sekunden Schweigen ein, und Birte glaubte schon, die Leitung sei unterbrochen.

»Ich hatte nicht vor, im Streit abzuhauen, aber ich wollte einfach einmal weg und …« Max verstummte wieder.

»Und jetzt willst du nicht mehr weg?«, fragte Birte. Sie registrierte, wie vorwurfsvoll sie klang.

»Ich dachte, es wäre vielleicht wirklich eine gute Idee, wenn wir ein Kind hätten«, sagte Max mit einem Ernst, den sie selten an ihm wahrnahm, »aber du hast alles abgeblockt, und …«

Wieder Schweigen.

Sie nahm die letzten Stufen und schob dann die Tür zu ihrem Stockwerk auf.

»Soll ich zurückfahren?«, fragte Max wieder. »Und wir nehmen ein paar Tage frei und fahren ans Meer, so wie du es wolltest?«

Zwei Uniformierte eilten ihr entgegen und nickten, während sie an ihnen vorbeilief. Am anderen Ende kam Gül, ihre Kommissaranwärterin, heran; neben ihr schritt eine mittelalte Frau mit dunkelroten Haaren, die ihr schon von Weitem winkte.

»Max«, hörte Birte sich sagen, »ich habe einen dringenden Fall. Können wir heute Abend telefonieren?«

Sie hörte sein unwilliges Schnaufen.

»Einen Fall?«, erwiderte er matt. »Okay. Ich werde mich gleich nach Luxemburg aufmachen und melde mich dann.«

Als sie an ihrer Tür angekommen war, lächelte Dr. Monika Grams, die Rechtsmedizinerin, sie an. »Erschrecken Sie nicht, dass Sie mich hier in Ihren heiligen Hallen sehen«, sagte sie, »aber Ihrer jungen Kollegin ist ihre erste Obduktion nicht so gut bekommen, und da dachte ich, ich liefere sie persönlich ab, und außerdem habe ich eine interessante Nachricht für Sie, Frau Hauptkommissarin.«

Die Rechtsmedizinerin setzte sich auf den Besucherstuhl vor Birtes Schreibtisch und steckte sich eine Zigarette an. »Ich weiß, dass man hier nicht rauchen darf«, sagte sie, »muss aber nun einmal sein.«

Gül hatte sich gleich verzogen, wahrscheinlich in Richtung Waschräume. Wie es aussah, würde sie für den Rest des Tages nicht mehr einsatzfähig sein.

»Ihre Kollegin hat mir einen gehörigen Schrecken eingejagt. Ich hatte kaum das Messer angesetzt, da lag sie auch schon am Boden. Dachte erst, sie hätte einen Herzanfall, die Gute, war zum Glück nicht so.« Die Rechtsmedizinerin inhalierte tief und schaute sich im Zimmer um. »Mit Domblick«, sagte sie, »alle Achtung!«

Birte lehnte sich zurück. Drei neue Nachrichten waren auf ihrem Smartphone eingegangen, registrierte sie. »Was war die interessante Nachricht, die Sie mir mitteilen wollten?«, fragte sie, als Monika Grams sich ihr wieder zuwandte. »Außer dass die jungen Kolleginnen heutzutage besonders zartbesaitet sind.«

Die Rechtsmedizinerin stand auf, nahm eine Tasse, die neben dem Kaffeeautomaten stand, und drückte ihre Zigarette darin aus. »Die Obduktion von Maria Derkum ist noch nicht ganz beendet, mein Assistent ist noch bei der Arbeit, aber eines ist ganz sicher: Wer die Frau getötet hat, hätte nur zwei, höchstens drei Monate warten müssen, so voller Metastasen war sie. Die Leber war befallen, der Magen … Die Frau muss ihr Leben nur mit Schmerzmitteln ausgehalten haben. Tablettenreste haben wir auch in ihrem Magen gefunden. Drei oder vier Monate, viel länger hätte sie auf keinen Fall gelebt.«

Birte lehnte sich zurück. »Wahrscheinlich hat ihr Mörder das nicht gewusst, oder er hatte nicht so viel Zeit«, sagte sie.

Monika Grams nickte ihr zu und ging zur Tür. »Vielen Dank für den Kaffee, den Sie mir nicht angeboten haben, und einen herzlichen Gruß an die junge Kollegin, falls sie irgendwann von der Toilette wiederkommt.«

Birte stellte sich Max auf seinem Rennrad vor, wie er mit ernstem, entschlossenem Gesicht die Steigungen nahm; wie ein Uhrwerk trat er in die Pedale, um sein Ziel zu erreichen. Wie weit war es von Trier nach Luxemburg? Sie wusste es nicht genau, aber nun, nach ihrem Telefonat, würde er bestimmt nicht mehr umkehren. Nur ein Mal hatten sie ganz offen über ein eigenes Kind gesprochen; nein, eigentlich hatte er es getan, sie hatte fast die ganze Zeit geschwiegen. »Auch wenn man sich nicht entscheidet, trifft man eine Entscheidung«, hatte er gesagt. Ja, hatte sie gedacht, das stimmt genau, aber im Grunde waren ihre Gedanken woanders gewesen. Bei ihrer Arbeit – sie hatte darüber nachgedacht, was sie mit einem Kind verlieren würde.

Was hat diese Arbeit aus mir gemacht? Dieser Gedanke kehrte nun zurück. Sie ging zur Kaffeemaschine, nahm den dritten oder vierten Kaffee an diesem Tag und blickte aus dem Fenster zum Dom hinüber.

Sie hörte, wie hinter ihr die Tür klappte. Gül kam herein. »Tut mir leid«, sagte sie so kleinlaut, wie Birte sie noch nie erlebt hatte. Ihr tiefschwarzes Haar war an einigen Stellen noch nass, so heftig hatte sie sich offenbar ihr Gesicht gewaschen.

Birte wandte sich vom Fenster ab. »Obduktionen sind mit das Schlimmste an unserem Job«, sagte sie und versuchte, besonders verständnisvoll zu klingen.

»Ich konnte schon den Klang der Knochensäge nicht ertragen, und als dann dieser Assistent die Säge ansetzte, da …«

Gül brach ab und ließ sich an ihrem Schreibtisch auf ihren Stuhl sinken. »Ich gehe gleich zu den Kollegen hinüber.« Sie befühlte flüchtig ihre feuchten Haarsträhnen.

Mit Torsten Merkert und Markus Brenner hatten sie zwei weitere Kommissare im Team, die nun die Hinweise abarbeiten sollten, die nach den ersten Pressemeldungen eintreffen würden.

»In Ordnung«, erklärte Birte sachlich. »Köster ist mit einem Team im Haus des Professors. Ich mache gleich noch eine Liste der Personen, mit denen wir sprechen müssen. Die Sängerin hatte damals einen Partner …« Sie ging zu ihrem Tisch zurück und suchte nach ihren Unterlagen. »Rubikon – so nannte er sich, als sie diese Band hatten.«

»Klangbreite hieß die Band.« Gül war augenscheinlich froh, den Namen parat zu haben. Ihr Telefon summte. Birte sah, wie sie den Hörer abnahm und kurz erstarrte.

»Wann genau ist das passiert?«, fragte Gül und warf Birte einen besorgten Blick zu. »Mit dem Motorrad auf gerader Strecke?« Sie wartete eine Antwort ab und legte dann auf. »Da war ein Kollege in Euskirchen sehr aufmerksam. Daniel Derkum ist mit seinem Motorrad in der Eifel verunglückt. Auf schnurgerader Strecke gegen einen Baum gefahren. Er liegt in Schleiden im Krankenhaus, hat wohl eine Gehirnerschütterung und schwere Prellungen. Es besteht keine Lebensgefahr, aber es ist ein Wunder, dass er überlebt hat.«

Birte dachte kurz daran, dass Daniel Derkum eine Kriminalakte erwähnt hatte, die sie sich hatte schicken lassen wollen. Der Mann hatte in dem Gespräch mit Köster und ihr einen haltlosen Eindruck gemacht.

»Könnte ein Suizidversuch gewesen sein«, sagte sie laut. »Oder warum kommt man auf gerader Strecke von der Straße ab? Nun haben wir schon unseren zweiten Verdächtigen, der im Krankenhaus liegt.«

Konnte es wirklich sein, dass ein Sohn seine Mutter so sehr hasste, dass er sie mit einem Messer tötete?

10

Durch das Fenster konnte er sehen, dass Julia noch im Theatercafé an der Aachener Straße auf ihn wartete, obschon er eine Stunde zu spät war. Auf seine entschuldigende SMS hatte sie nicht geantwortet. Monday trippelte neben ihm her und schaute kurz auf, bevor er an einen Laternenpfahl pinkelte, als wollte er sich zuerst die Erlaubnis dafür einholen.

»Schon gut«, sagte Faller zu dem Hündchen, »verstehe ja, dass du dich erleichtern musst, weil du so lange im Auto hast warten müssen.«

Noch immer hatte Faller die Stimme seines Vaters im Ohr. Eine Aufnahme, die Louisa gefunden hatte, war offenbar eine Sendung gewesen, die der Professor für Fairfunk aufgenommen hatte. Es ging um ein Gedicht von Rilke und um das Sterben. Sein Vater hatte erst ein Gedicht vorgetragen und dann begonnen, darüber zu sprechen. Faller hatte Louisa gebeten, die Aufnahme abzubrechen. Er hatte tatsächlich Tränen in den Augen gehabt. Mit seiner sonoren, wohlklingenden Stimme hatte sein Vater wie ein Schauspieler, der auf der Bühne an der Rampe stand, die Zeilen vorgetragen. »Was wirst du tun, Gott, wenn ich sterbe? / Ich bin dein Krug (wenn ich zerscherbe?) / Ich bin dein Trank (wenn ich verderbe?) / Bin dein Gewand und dein Gewerbe, / mit mir verlierst du deinen Sinn.«

Faller war kein Kenner, aber er begriff sofort, dass es ein unerhörtes Gedicht war und sein Vater ein Meister darin, es vorzutragen. Selbst Louisa war ein »Wow!« über die Lippen gekommen, und Brasch war auf den Hocker hinabgesunken. Dann hatte er gesagt: »Meinst du, dein Vater hatte eine Vorahnung, was passieren würde?«

»Nein«, hatte Faller gesagt, und dann hatte er buchstäblich die Flucht ergriffen.

An Köster vorbei, der auf der Straße stand und hektisch rauchte, war er zu seinem Volvo gelaufen.

Erst als er das Café mit dem Pudel betrat, sah er, dass Julia gar nicht allein war. Er zögerte einen Moment. Julia hatte ihn noch nicht bemerkt. Wie schön ihr Profil ist, dachte er, ihre vollen Lippen, die langen blonden Haare, eine Strähne meistens hinter ihr rechtes Ohr geklemmt. Den Mann an ihrem Tisch kannte er nicht, er hatte halblange schwarze Haare und einen Dreitagebart. Als Faller sich näherte, sprang er auf.

»Oh, sorry«, sagte er und lächelte verlegen. Er war sehr groß, sicherlich über einen Meter neunzig. »Ich habe mich nur kurz mit Ihrer Frau unterhalten. Ich hatte gedacht, sie gehöre hier zum Theater.« Dann, mit einem neuerlichen Lächeln in Julias Richtung, zog er sich zurück.

»Schön, dass du auch noch kommst.« Julia nickte ihm zu. »Und du bist nicht allein?« Sie deutete auf den Hund.

Faller setzte sich. »Wieso hat dieser Typ mich für deinen Mann gehalten?«, fragte er, während Monday ihm sofort auf den Schoß sprang.

»Vielleicht, weil du ihn so streng angeschaut hast und so besitzergreifend wirkst.« Julia nippte an dem Glas Wein.

Faller erwiderte nichts darauf, sondern erklärte kurz, dass Monday ihm zugelaufen war.

»Dein Vater wird als Mörder verdächtigt und liegt im Koma, und du musst dich um einen Pudel kümmern?«

Faller meinte zu hören, dass in diesen Worten ein Vorwurf lag, aber er ging nicht darauf ein. Außerdem war es ja andersherum gewesen – erst war Monday zu ihm gekommen, dann war die Sache mit seinem Vater passiert.

»Mein Vater kann niemals ein Mörder sein.« Er sah, wie der Mann mit dem Dreitagebart das Café verließ und Julia kurz zunickte. Neigte er plötzlich zu einer Art Eifersucht? Wie lange mochte der Typ bei Julia gesessen haben? »Ich war im Haus meines Vaters«, redete er weiter. »Im Keller gibt es eine Art Tonstudio, von dem ich nichts wusste. Maria Derkum hat dort Songs aufgenommen und … mein Vater … Er hat dort Gedichte vorgelesen … für diesen Radiosender.«

»Ja, Fairfunk.« Julia winkte der Kellnerin und bestellte noch zwei Gläser Weißwein. »Dein Vater hat dort einmal in der Woche eine Sendung. Mittwochs um dreiundzwanzig Uhr. Er spricht eine Stunde lang über Lyrik, Literatur …«

»Du weißt davon?« Faller beugte sich entrüstet vor. »Warum hast du mir das nie erzählt?«

»Faller.« Julia lächelte ihn süffisant an. »Weißt du, wie du dich aufführst, wenn man deinen Vater erwähnt? Wie ein Schüler in der Pubertät. Ich habe einmal vorgeschlagen, deinen Vater zu einer Diskussion in den Hinterhofsalon einzuladen. Erinnerst du dich nicht, wie du reagiert hast? Du bist fast ausgeflippt. ›Lass mich mit dem Alten in Ruhe!‹, hast du mich angebrüllt.«

»Ich habe bestimmt nicht gebrüllt.« Faller konnte sich an die Szene nur ungenau erinnern. »Trotzdem hättest du es mir sagen müssen – dass mein Vater eine Radiosendung hat.«

»Ich muss gar nichts«, erwiderte Julia. Nun war sie wirklich verärgert, und als würde Monday das spüren, hüpfte er von Faller hinunter und landete mit einem eleganten Sprung auf Julias Schoß.

Mechanisch begann sie, ihn zu streicheln. »Was ist mit deinem Vater? Was für eine Story steckt dahinter? Und was können wir darüber schreiben?«

Nichts, wollte er antworten, nichts können wir darüber schreiben, doch als hätte Julia seine Gedanken erraten, fuhr sie fort.

»Ich weiß, dass du keinen Artikel für unsere Seite darüber bringen willst, aber dann werde ich das tun. Ich habe länger mit dem Oberstaatsanwalt gesprochen, und ich habe den Partner aufgetan, mit dem Blanche früher Musik gemacht hat. Das heißt, ich musste ihn gar nicht groß aufspüren, weil ich ihn von früher kenne. Er heißt Holger Persson, ich habe schon mit ihm telefoniert und ein Exklusivinterview vereinbart. Er sollte eigentlich schon seit einer Stunde hier sein, aber anscheinend ist er genauso unpünktlich wie du.«

Persson kam zehn Minuten später. Faller konnte sich nicht erinnern, ihn schon einmal gesehen zu haben, aber möglicherweise hatte sich Rubikon, wie er sich damals genannt hatte, auch sehr verändert. Er war recht klein und wirkte einigermaßen muskulös. Wie ein alt gewordener Ringer. Er mochte Ende sechzig sein, und wie die Männer, denen irgendwann in den Dreißigern die Haare ausfielen, hatte er sich den Kopf kahl rasiert. Er hob kurz die Hand, als er Julia entdeckte.

»Hi«, sagte er mit einer rauchigen Stimme, »du bist diese Journalistenbraut, nicht wahr?«

Julia stand auf. »Journalistenbraut? Das nehme ich mal als Kompliment.«

Perssons Blick wanderte zu Faller. »Und wer ist dieser Vogel?«, fragte er. »Ein Kollege von dir?«

Bevor Faller selbst antworten konnte, sagte Julia: »Mit Robert Faller mache ich meine Internetseite und ...«

»Ach.« Persson verzog sein ohnehin faltiges Gesicht in noch mehr Falten. Er grinste dann und entblößte ein großes und irgendwie viel zu weiß wirkendes Gebiss. »Der Sohn von diesem Professor, der ...«

»Ganz genau«, fiel Faller ihm ins Wort. Er hatte sich von der ersten Sekunde an entschieden, diesen Typen nicht zu mögen. Auch Monday war Persson anscheinend suspekt. Er schmiegte sich an Fallers rechtes Bein und rollte sich zusammen. »Von dem Professor. Bei meinem Vater hat Maria Derkum gewohnt und ...«

»Für mich heißt die Hexe immer noch Blanche.« Persson setzte sich und rief die Kellnerin heran. »Ein Bier, aber ein großes – und nicht diese Kölschbrühe.«

»Blanche war eine Hexe?« Julia hatte ihr ernstes Journalistinnengesicht aufgesetzt. »Darüber müssen wir mehr wissen. Wann hast du sie zuletzt gesehen?«

Faller wunderte sich, dass sie Persson duzte, aber vermutlich war eine gewisse Kumpelhaftigkeit genau der richtige Weg, etwas von ihm zu erfahren.

Persson lehnte sich zurück. Er schloss kurz die Augen und wischte sich mit der rechten Hand über das Gesicht. Ein dicker Siegelring zierte seinen Mittelfinger. Dann schnellte sein kahler Schädel förmlich vor, und er starrte Julia an. »Ich mag dich irgendwie, deshalb rede ich überhaupt mit dir. Weißt du, wie viele von deinen Kollegen mich schon angerufen haben?«

»Zehn«, erwiderte Julia, als wäre das eine ernsthafte Frage gewesen.

Persson winkte ab. »Wahrscheinlich könnte ich für ein Exklusivinterview mächtig viel Geld verlangen, aber ...«

»Bei uns kriegst du einen richtig tollen Auftritt«, sagte Julia. »Wird dir auch für ein paar Aufträge helfen.«

»Ich brauche keine Aufträge. Ich habe gerade eine Doku in Thailand gedreht – über versteckte Prostitution. Geht an einen großen Sender. Für ein Jahr bin ich safe.«

»Umso besser.« Julia lächelte übertrieben süßlich. »Warum also ist Blanche eine Hexe?«

Das Bier kam in einem Halbliterglas. Persson setzte an und trank es beinahe zur Neige aus. »›Keinen Bock mehr auf den Mist‹, hat sie damals gesagt ... vor über dreißig Jahren ... dabei hatte ich die meisten Songs geschrieben. Und dann ist sie mit der Kohle weg. Kohle, die ihr und vor allem mir gehörte. Und da reden wir nicht von Kleingeld. Und vor drei Wochen stand sie plötzlich vor meiner Tür. Ich war gerade aus Bangkok zurück und dachte, ich hätte eine Erscheinung. Sie war auch nicht jünger geworden, weiß Gott nicht, aber irgendwie hatte sie dieses Etwas noch, diese Aura, diesen Blick. ›He‹, hat sie gesagt, ›ziehst du mich wieder mit den Augen aus?‹ Ganz unverschämt. Damals waren wir kurze Zeit ein Paar gewesen, aber nur ein paar Monate ... als sie noch blond war, dieses grelle, unechte Blond. Viel länger als ein paar Monate hält man es mit Blanche auch nicht aus.«

Persson trank wieder von seinem Bier und bestellte mit einem Fingerschnippen gleich das nächste. Sein Smartphone stieß eine Fanfare aus, die Monday zusammenzucken ließ, die er selbst jedoch gar nicht beachtete.

»Warum ist sie zu dir gekommen?«, fragte Julia ganz sachlich.

Faller bewunderte sie dafür, wie ruhig und gelassen sie diesen Kotzbrocken befragte.

»Ich habe sie natürlich nicht mit den Augen ausgezogen. War nur eine Provokation von ihr. Außerdem bin ich verheiratet, auch wenn Marian gerade mit einem Filmteam eine Weltreise macht – sie ist Kamerafrau.« Wieder ein Wischer über das Gesicht. Der Siegelring blinkte auf. »Na, egal. Blanche wollte Geld. Sie wollte noch eine Tour machen, Konzerte geben, da wollte aber kein Veranstalter richtig ran, wenn sie nicht selbst Kohle einlegte. Hunderttausend, sagte sie, hunderttausend müsse sie zusammenbekommen, und mich habe sie auch für einen Gastauftritt geplant, zwei, drei Songs um der alten Zeiten willen … unseren Rosensong.« Er lachte heiser auf. »Unverschämt, das Ganze, aber so war sie ja schon immer.«

»Und was hast du gesagt?«, fragte Julia.

»›Spinnst du?‹, habe ich gesagt, und da hat sie mein Gesicht genommen und mich geküsst, ganz wild, mit Zunge und allem.« Persson seufzte. »Na, hinterher habe ich sie weggeschickt. Habe gesagt, dass ich keine Kohle für sie habe, dass sie mir eigentlich was schuldet.«

Faller machte sich eine vage Vorstellung davon, was »hinterher« bedeuten konnte, und dann dachte er an seinen Vater. Wie hatte sich Maria Derkum bei ihm aufgeführt? Hatte sie sich ihm auch angeboten, ihn vielleicht verführt? Den alten, fast achtzigjährigen Mann?

»Du hast sie nur dieses eine Mal vor drei Wochen gesehen?«, fragte Julia.

»Nein«, erwiderte Persson. Er trank sein Bier aus. Auf einmal standen ihm Schweißperlen auf der Stirn. »Ich habe sie noch zweimal getroffen. Ich habe ihr Schmerzmittel besorgt und ein wenig … was zum Rauchen, und einmal, als der Professor, bei dem sie im Hinterhaus wohnte, nicht da war, habe ich sie besucht. Sie hat mir in diesem kleinen Studio etwas vorgespielt, und dann … dann sind wir zu ihr ins Bett, und da hat sie auch dieses Foto von mir gemacht, als ich nackt neben ihr eingeschlafen bin, sah nicht gerade vorteilhaft aus, und wenn …«

»Ein Nacktfoto!« Zum ersten Mal ergriff Faller das Wort. »Wollte sie dich mit einem Nacktfoto erpressen? Oder was sollte das?«

»Erpressen. Ja, wahrscheinlich war das ihr Plan. Ich habe mich allerdings nicht gerührt. Habe so getan, als hätte ich es nicht mitgekriegt. Aber, verdammt, das Foto muss noch auf ihrem Smartphone sein, und wenn es nun an meiner Tür klingelt, denke ich immer, das müssen die Cops sein, die haben das Foto gefunden.« Persson seufzte. »Scheiße«, sagte er eine Spur leiser, »eigentlich wollte ich euch das nicht erzählen, und schreiben darfst du das auf keinen Fall, schöne Julia.«

»Keine Sorge.« Dass er sie »schöne Julia« genannt hatte, steckte sie einfach weg. »Wir machen ein Interview mit dir zu Blanche – eure großen Erfolge, ein paar Anekdoten, dann euer Wiedersehen mit Comeback-Plänen, so etwas in der Art.«

Persson nickte. »Super Idee.« Dankbar nahm er das nächste Bier entgegen.

Faller konnte sich nicht erinnern, bei der Toten ein Smartphone gesehen zu haben, aber wenn es im Gartenhaus gelegen hatte, dann hatte die Polizei es unter Garantie entdeckt. »Für die Polizei bist du sicherlich ein Verdächtiger. Was genau hast du denn gestern am späten Nachmittag gemacht?«

11

Warum ging Köster nicht an sein Smartphone? Birte ließ es zehnmal klingeln, aber er rührte sich nicht. Seine Launenhaftigkeit hatte in den letzten Wochen zugenommen. Einmal hatte sie sogar gemeint, dass er morgens mit einer Alkoholfahne ins Präsidium gekommen war. Seine Frau, der Birte niemals begegnet war, hatte ihn vor ein paar Wochen vor die Tür gesetzt, so hieß es im Präsidium. Er selbst hatte nichts dazu gesagt, und Birte hatte ihn nicht gefragt, aber er hatte nervöser gewirkt, hatte mehr geraucht, und zweimal hatte sie bemerkt, dass er nicht mit seinem weißen Ford SUV, auf den er so stolz gewesen war, sondern zu Fuß ins Präsidium gekommen war und zudem müde und unausgeschlafen ausgesehen hatte.

Sie schickte Köster eine Kurznachricht. »Kannst du nach Schleiden ins Krankenhaus fahren, wenn ihr im Haus des Professors fertig seid? Daniel Derkum hatte einen Unfall – könnte ein Selbstmordversuch gewesen sein.«

Hatte Daniel Derkum gewusst, dass seine Mutter todkrank war? Zumindest hatte er in der ersten Vernehmung nichts davon erwähnt. Gül legte ihr einen Zettel mit einer Telefonnummer auf den Tisch und verschwand dann sogleich wieder. Sie war immer noch aschfahl im Gesicht. »Holger Persson, Simon-Meister-Straße«, dazu eine Telefonnummer und eine E-Mail-Adresse. Als sie die Nummer wählte, meldete sich nur die mechanische Stimme eines Anrufbeantworters. Birte verzichtete darauf, eine Nachricht zu hinterlassen, auch wenn Persson ganz oben auf der Liste der Personen stand, die sie sprechen mussten.

Einen Moment später klopfte es an der Tür, ein verhaltenes, schüchternes Klopfen, dann öffnete Gül die Tür und schob eine schmale schwarzhaarige Person herein.

»Das ist Hauptkommissarin Birte Jessen, Frau Shimo«,

sagte die Kommissaranwärterin. »Sie bearbeitet federführend den Fall.«

Die schwarzhaarige Frau wandte sich Gül zu und neigte höflich den Kopf. »Recht vielen Dank«, hauchte sie und verneigte sich noch einmal. Dann erst wagte sie, das Zimmer zu betreten.

Eine Japanerin, erkannte Birte, nicht jung, etwa fünfzig, und sehr leger gekleidet, eine Jeans, eine dunkelrote Bluse, darüber eine Jeansjacke, und sie hielt eine schwarze Ledertasche in der Armbeuge.

Die Frau neigte abermals den Kopf. »Ich möchte nicht stören, Frau Hauptkommissarin«, sagte sie, »aber ich bin so traurig … wegen Maria. Was ist mit Maria passiert? Der alte Mann ist bestimmt nicht schuld – und Daniel auch nicht.«

Birte bedeutete ihr, näher zu treten. »Sie sind eine Freundin von Maria Derkum?«

Die Frau lächelte. »Ich heiße Hoshimi Shimo. Freundin? Ich weiß nicht. Ja, vielleicht. Ich mochte sie, mochte ihre Musik … früher … und ich habe ein wenig für sie aufgepasst.«

Hoshimi Shimo setzte sich. Sie war sehr klein, sicherlich nicht größer als einen Meter sechzig.

»Was heißt das? Sie haben ein wenig für sie aufgepasst?«

Die Frau neigte erneut den Kopf. Ihre braunen Augen funkelten auf. Aus der Nähe wirkte sie älter, sie musste deutlich über fünfzig sein. »Ich habe in einem Orchester gespielt«, sagte sie. »In Dortmund … Fagott … kein sehr beliebtes Instrument, und vor vielen Jahren habe ich mit Maria ein Lied aufgenommen, seitdem kannten wir uns …«

»Wann haben Sie Maria zuletzt gesehen?«, fragte Birte.

»Vor …« Die Frau zögerte und verdrehte die Augen ein wenig, als müsse sie sehr ernsthaft nachdenken. »Vor sechsunddreißig Jahren in einem Tonstudio hier in Köln. Das Lied, das wir zusammen aufgenommen haben, ist nie erschienen, aber es war das erste Lied, das Maria selbst geschrieben hatte – Harmonium und Fagott. Das waren die Instrumente.«

Birte seufzte. Was für eine Person hatte sie da vor sich? »Sie sind Maria Derkums Freundin und haben sich vor sechsunddreißig Jahren zuletzt gesehen?«

Hoshimi Shimo nickte. »Genau, aber wir mussten uns auch gar nicht sehen. Wir haben viel gesprochen am Telefon und …« Sie lächelte. »Auch in Gedanken, wenn Sie verstehen.«

Nein, Birte verstand nicht. Was sollte »in Gedanken« bedeuten? Telepathie, irgendetwas Esoterisches?

»Freundinnen, die sich niemals treffen«, redete Birte vor sich hin.

»Wir benötigten nur unsere Stimmen, keine Ablenkung«, sagte die Frau wieder mit einem Lächeln. »Maria hat mich angerufen, wenn sie mich brauchte. Einmal haben wir zwei Jahre nicht miteinander gesprochen, dann wieder beinahe jede Woche. In Portugal hat sie das Café gehabt, und dann war sie Yogalehrerin und Atemkünstlerin. Das hat sie zuletzt gemacht. Sie hat anderen beigebracht zu atmen.«

Atmen – kann das nicht jeder?, hätte Birte beinahe erwidert, aber die Frau sprach schon weiter. »Atmen ist eine Kunst – sich zu spüren, in sich hineinzusehen, aber in Nazare bedeutet es noch etwas anderes. Da gibt es diese Surfer – sie benötigen diese Kunst, um die höchsten Wellen der Welt reiten zu können, und wenn sie untergehen, müssen sie es schaffen, mehr als eine Minute ohne einen Atemzug auszuhalten. Das hat Maria ihnen beigebracht.«

Birte nickte und begann sich Notizen zu machen. Über das, was Maria Derkum in Portugal getan hatte, wussten sie nicht wirklich Bescheid.

»Atemkunst – interessant«, sagte sie vage, dann fragte sie: »Wenn Sie sich schon nicht gesehen haben, wann haben Sie denn zuletzt miteinander gesprochen?«

»Vor vier Tagen«, erwiderte Hoshimi Shimo. »Maria war sehr traurig, weil Daniel, ihr Sohn, so wütend auf sie war. Ich …« Sie gestattete sich erneut ein Lächeln. »Ich habe immer ein wenig auf Daniel achtgegeben, als Maria weg war, habe nachgeforscht und ihr geschrieben, was Daniel so macht, aber … Na, sie haben sich gestritten, er ist zu dem alten Mann gelaufen …«

»Sie meinen den Professor, bei dem Maria zuletzt gewohnt hat?«, warf Birte ein.

»Genau. Daniel hat auch den Professor beschimpft und …« Sie verstummte für einen Moment, und nun überzog zum ersten Mal Trauer ihr Gesicht. »Der Professor war gut zu Maria. Er hat sie verstanden, ihre Musik, ihre Lieder.«

»Warum ist Maria nach Deutschland zurückgekehrt?«

»Sie war todkrank, Krebs, sie wusste, dass sie sterben würde, aber da waren noch die letzte Musik, die sie spielen wollte, und ein paar Dinge … Sie wollte noch ein paar Dinge sagen. Sie war eine große Künstlerin.« Als sie die letzten Worte sprach, richtete sich Hoshimi Shimo im Stuhl auf. »Ich habe sie bewundert. Sie hatte keine Angst vor dem Tod. ›Ich atme ein letztes Mal tief ein, gehe durch ein helles Tor, und dann schwimme ich in einem Meer aus Licht‹, so hat sie den Tod beschrieben.«

»Und wer, glauben Sie, hat Ihre Freundin umgebracht?«, fragte Birte. »Hat sie Ihnen etwas darüber erzählt?«

»Ich weiß nicht, wer sie umgebracht hat, aber ich weiß, dass es ein paar Menschen gab, die sie unbedingt noch einmal sehen wollte – auch den Vater ihres Sohnes.« Hoshimi Shimo neigte den Kopf, um die Bedeutung ihrer Worte zu unterstreichen.

»Daniels Vater? Er lebt in Köln? Wissen Sie, wie er heißt?«

»Bedaure.« Ein schmerzliches, sanftes Lächeln. »Nein, ich weiß es nicht. Das war immer ihr Geheimnis. Maria hatte einige Männer, die sie geliebt haben. Vielleicht ist es der Mann, den sie ›den Dichter‹ genannt hat. Mit ihm hat sie einige Zeit verbracht, hat sie einmal gemeint, aber damals habe ich sie noch nicht gekannt.«

»›Den Dichter‹ – hat sie von einem Schriftsteller gesprochen, der in Köln lebt?«

»Bedaure – mehr weiß ich nicht.«

Der Abend zog herauf, dunkle Wolken umgaben den Dom. Vielleicht würde es auch anfangen zu regnen. Sie musste an Max denken, wie er durch die Berge fuhr, ganz allein auf regennassen Straßen, einen Rucksack auf dem Rücken. Er war ein Kämpfer; das liebte sie an ihm, dass er nie aufgab und dass er Dinge sah, die andere nicht sahen. Nun hätte sie gern mit ihm gesprochen – über den Fall, über Maria Derkum, deren Musik er vermutlich kannte. Bisher hatte Birte sie in einem negativen Licht gesehen – sie war egoistisch, unberechenbar, hatte sich nicht um ihren Sohn gekümmert. Hoshimi Shimo hatte ein ganz anderes Bild gezeichnet.

Birte rief auf YouTube ein Video mit Maria Derkum als Blanche auf: Sie saß schwarzhaarig in einem dunklen Raum, umgeben von Kerzenlicht, und spielte Harmonium. Dann, als Birte schon glaubte, das Stück käme ohne Gesang aus, begann Blanche zu singen – mit einer tiefen, sehr ernst wirkenden Stimme sang sie: »Denk ich an Deutschland in der Nacht, dann bin ich um den Schlaf gebracht.« Das stammte aus einem Gedicht von Heinrich Heine, wenn Birte sich richtig erinnerte. Blanche wiederholte auch nur diese Zeile, ein seltsamer, verstörender Auftritt. Achtundzwanzig Jahre war das her, las sie im Text zu dem Video. Kurz danach hatte sie auch eine eigene CD unter ihrem Namen herausgebracht, wie unter dem Video zu lesen war.

Nun hatte Maria Derkum also vorgehabt, todkrank auf die Bühne zurückzukehren. Aber warum genau? Weil sie noch ein paar Lieder singen wollte? Und was konnte es mit dem Mann auf sich haben, den sie »den Dichter« genannt hatte? Gab es einen berühmten Dichter in Köln? Sie gab den Begriff bei Google ein. Da wurden ihr jede Menge Namen angeboten. Heinrich Böll natürlich zuerst, aber der war schon lange tot, genauso wie Rolf Dieter Brinkmann oder Dieter Wellershoff. Nein, so kam sie nicht weiter.

Sie versuchte noch einmal, Köster zu erreichen, doch abermals hob er nicht ab.

Dann stand Gül wieder in der Tür. Sie schien sich einigermaßen erholt zu haben, war zumindest nicht mehr aschfahl. Sie wedelte mit einigen Blättern Papier. »Ungefähr sechzig Anrufe sind eingegangen – alle zu Maria Derkum. Manchmal ist sie offenbar an drei Orten gleichzeitig gewesen. Eines scheint aber sicher: Sie hat sich mit ihrem früheren Partner Persson getroffen. Sie ist in Nippes mit ihm gesehen worden.«

»Dann müssen wir ihn finden«, sagte Birte. »Und gibt es etwas Neues aus der Uniklinik zum Professor?«

Gül schüttelte den Kopf. »Er scheint noch am Leben zu sein.«

12

Der Kuss traf ihn vollkommen unerwartet. Julia hatte Persson eine halbe Stunde sehr professionell befragt – nach den Anfängen der Band Klangbreite, nach Blanche, ihrer Beziehung, schließlich nach dem Wiedersehen mit ihr und etwaigen gemeinsamen Plänen. Damit würde sie einen ordentlichen Artikel für ihre Seite hinbekommen. Dann war Persson abrupt gegangen, und Julia hatte sich vorgebeugt und Faller geküsst. Kein sanfter, flüchtiger Kuss, sondern ein fordernder, dringlicher, den er aber zu seinem Erstaunen sofort erwidert hatte.

»Sorry«, sagte sie atemlos, nachdem sich ihre Lippen voneinander gelöst hatten, »das musste sein. Du siehst so traurig und erschöpft aus.«

»Dann war es ein Kuss aus Mitleid?«, fragte er lächelnd. Monday zu seinen Füßen war wieder erwacht und schaute ihn neugierig an.

»Dummkopf«, erwiderte Julia mit vollem Ernst. »Ich will dich schon lange küssen. Hättest du eigentlich mitbekommen müssen.«

Nein, das hatte er nicht mitbekommen, aber dieses Nichtmitbekommen reihte sich ein in die Dinge, die ihm bisher nicht aufgefallen waren.

»Ich finde, du solltest heute Nacht nicht allein sein.« Julia winkte der Kellnerin. »Ich möchte das Interview noch vor Mitternacht auf unsere Seite stellen und dann … Ja«, sagte sie mit einem funkelnden Blick. »Ich bitte dich, auf einen Kaffee zu mir hochzukommen.«

Sie wohnte gleich um die Ecke in der Moltkestraße. Da unter dem Dach befand sich ihr gemeinsames Büro, darunter Julias Wohnung. Bisher hatte er nur ihre Küche betreten und einen Blick in ihr Wohnzimmer geworfen.

Schweigend gingen sie nebeneinanderher. Monday trippelte

zwei Schritte voraus und schaute sich gelegentlich um, ob sie ihm noch folgten.

»Dein Vater ist ein kluger Mann«, sagte Julia unvermittelt. »Ich habe oft seine Sendung gehört. Es war einzigartig, wie er über Gedichte gesprochen hat – welche Musik in Worten stecken kann. Das war gar nicht akademisch, sondern irgendwie ... ja, künstlerisch, als wäre er selbst ein Dichter.«

Nein, das war er nicht. Er war kein Dichter, ganz und gar nicht. Diese Antwort lag Faller sofort auf den Lippen. Stattdessen sagte er: »Vielleicht ist es mir mit meinem Vater so gegangen, wie es einem mit Dingen geht, denen man zu nah ist. Man sieht sie gar nicht richtig. Ich habe in ihm immer den strengen Literaturprofessor gesehen, der einen Journalisten wie mich, der wirklich nur für den Tag und nicht die Ewigkeit schreibt, gar nicht ernst nimmt.«

»Zuletzt hat dein Vater«, sprach Julia weiter, als hätte er gar nichts erwidert, »über das Sterben gesprochen. Dass es in jedem großen Werk auch um den Tod geht. Der Tod, der über allem schwebt – Rilke sei ein Meister darin gewesen, den Tod in seinen Werken sichtbar zu machen, ihn aber auch herauszufordern. Der Mensch ringe immer damit, dass der Tod über ihm schwebe. Man könne den Tod nicht überwinden, ihm aber die Kraft nehmen, dass er einem das Leben nicht ständig umwölkt. Genau so hat er sich ausgedrückt – umwölkt.«

Umwölkt – ja, das Wort könnte zu seinem Vater passen.

»Nun liegt er in der Uniklinik«, sagte Faller, »und ringt mit dem Tod, und die Polizei hält ihn für einen Mörder.«

Julia schloss die Haustür auf. »Glaubst du, Persson hat Maria Derkum umgebracht – wegen eines Nacktfotos?«

Faller zuckte mit den Achseln. Monday sprang plötzlich an ihm hoch, als hätte er Angst, eine unbekannte Treppe hochzusteigen.

Nachdem Julia ihre Wohnungstür geöffnet hatte, küssten sie sich wieder. »Ich weiß, dass Helen noch nicht lange tot ist«, flüsterte sie, »aber trotzdem ...«

»Aber trotzdem …«, wiederholte er. Kurz sah er Helen vor sich, seine schöne Malerin. Sie würde es verstehen, dass er jetzt mit Julia in ihre Wohnung ging, ganz sicher würde sie das.

Julias Schlafzimmer lag im hinteren Teil der Wohnung. Sie machten kein Licht. Faller sah noch, wie Monday sich unter dem Bett verkroch, als wollte er nun ganz für sich sein. Julia zog sich für ihn aus; mit einer eleganten Bewegung streifte sie ihre Bluse und ihre Jeans ab. Ihre Brüste waren klein und weiß in dem wenigen Licht, das durch das Fenster zum Hof hereinfiel.

Dann bewegte Julia sich auf ihn zu, sie tastete ihn ab und zog ihn ganz langsam aus. Unwillkürlich schloss Faller die Augen. So einen Moment, dachte er, hatte er lange nicht mehr erlebt.

Als sie beide auf das Bett sanken, war es beinahe, als würde er sich in eine warme Welle legen. Er spürte Julias Hände auf sich und küsste ihre Brüste. Ihr Haar roch nach Zitrone, nein, nicht genau nach Zitrone, sondern nach Wind und Frühling.

»Es ist schön, dass du da bist«, flüsterte Julia. Dann schob sie sich auf ihn. Ihre langen blonden Haare glitten über sein Gesicht, und er sah flüchtig ihr Lächeln und ein winziges unruhiges Licht in ihren Augen.

Als er gegen Morgen aufwachte, dachte er sofort ganz abrupt an seinen Vater. Julia hockte in einem weißen T-Shirt neben ihm, den Kopf gesenkt, einen Laptop auf ihren Knien.

»Ich arbeite an unserem Interview mit Persson«, sagte sie hellwach und warf ihm einen zärtlichen Blick zu. »Damit es nachher online gehen kann. Ich bin ein wenig spät dran, aber bisher hat mit Persson offenbar noch niemand gesprochen. Ist also noch exklusiv unsere Story.«

Faller sah, dass er nackt war. Er nickte und rollte sich wieder zusammen. Die Wärme im Bett tat ihm gut. Wann hatte er zuletzt so eine Wärme gespürt? Ein zarter Traum holte ihn ein wenig später ein. Er hörte Klaviermusik, ganz entfernt spielte jemand. Seine Mutter hatte früher so gespielt, als in ihrem Esszimmer in Marienburg ein Klavier gestanden hatte. An ihrem Spiel hatte er jedes Mal ihre Stimmung ablesen können. Dann hörte er auf einmal wie von ferne eine Stimme, die ihn rief.

»Robert«, sagte Julia. Sie küsste ihn auf die Wange und schüttelte ihn zugleich an der Schulter.

Faller schreckte auf. »Was ist?«

»Dein Smartphone!« Sie hielt es ihm hin. »Es summt die ganze Zeit.«

Sein Vater. Es war halb sechs am Morgen. Da würde ihn nicht einmal eine hartnäckige Journalistin wie Anna Talheim anrufen, um etwas über den Mord an Maria Derkum herauszufinden. Der Anruf musste mit seinem Vater zu tun haben.

Plötzlich atemlos nahm er das Gespräch an.

»Tut mir leid, wenn ich Sie geweckt habe«, sagte die Hauptkommissarin Birte Jessen. »Aber ich fürchte, ich brauche Ihre Hilfe.«

»Ist etwas mit meinem Vater?«, stieß Faller hervor. »Gibt es Neuigkeiten?«

Julia schaute ihn besorgt an. Im Hintergrund sah er ein schwarzes Klavier. Der Deckel war angehoben, als hätte sie eben tatsächlich darauf gespielt.

»Mit Ihrem Vater?«, entgegnete Birte Jessen. Sie sprach ein wenig lauter, um ein Motorengeräusch zu übertönen. Sie war eindeutig nicht im Präsidium. »Nein, aus der Klinik habe ich keine Neuigkeiten. Es ist etwas anderes passiert – ein zweiter Mord. Könnten Sie sofort zu mir kommen?«

13

Der Anruf kam um Viertel vor fünf. Birte schreckte sofort auf und dachte an Max. Am Abend hatte sie ihn nicht erreicht. Wahrscheinlich ist er immer noch verärgert, hatte sie gedacht, doch nun war sie fast sicher, dass er es war, der sich meldete. Vielleicht war er früh in irgendeinem billigen Hostel untergekommen, und nun regte sich sein schlechtes Gewissen …

Verschlafen nannte sie ihren Namen.

»Frau Hauptkommissarin?« Die Stimme gehörte einem Mann, sie klang nüchtern und irgendwie ein wenig schuldbewusst. Max war es eindeutig nicht.

Birte richtete sich auf. »Ja? Was gibt es?«

»Roger Michelsen, Polizeiwache Chorweiler«, sagte die Stimme. »Wir haben einen Einsatz in Langel am Anleger der Fähre. Da hat sich ein Mann erschossen. So zumindest der erste Anschein. Die Kollegen vor Ort bitten Sie, sofort zu kommen. Offenbar handelt es sich um eine Person, die Ihnen bekannt ist.«

Eine Person, die Ihnen bekannt ist …

Wie in Trance zog Birte sich an. Bis Mitternacht war sie im Präsidium gewesen und hatte die Meldungen durchgearbeitet, die zu Maria Derkum eingetroffen waren. Danach hatte sie sich noch zwei Videos über die japanische Musikerin Hoshimi Shimo angesehen. Sie war mit ihrem Fagott mit einer fünfköpfigen Band aufgetreten, experimenteller Jazz, der Birte fasziniert hatte, obschon sie solch einer Musik anders als Max ansonsten nicht viel abgewinnen konnte.

Von ihrer Wohnung am Hermeskeiler Platz brauchte sie zwanzig Minuten bis nach Langel zur Fähre. Es war bereits hell, als sie eintraf. Trotzdem standen drei Streifenwagen mit eingeschalteten Scheinwerfern da. An zweien lief zudem das Blaulicht.

Ein Beamter kam ihr entgegen. »Frau Jessen?«, fragte er.

Sie nickte, während sie den Motor abschaltete.

»Es ist gleich dort drüben«, sagte der Mann. »Kein schöner Anblick ... Sie waren wohl Kollegen, nicht wahr?«

Es war kalt hier am Rhein. Ein böiger Wind wehte vom Fluss herauf. Sie zog ihre Lederjacke zu. Kollegen, wieso Kollegen? Sie sprach ihre Frage nicht aus. Vier Autos parkten da. Zwei BMWs, ein weißer Van und ein uralter roter VW-Golf. Der Polizist ging zu dem Golf. Die Beifahrertür war geöffnet, zwei weitere Beamte hatten sich davor postiert, ihre Gesichter steinern und abweisend.

Der Beamte, der sie in Empfang genommen hatte, machte eine vage Geste in Richtung Beifahrertür. »Wir haben ihn nicht sofort erkannt«, sagte er, »obschon wir mal einen gemeinsamen Einsatz hatten. Sieht richtig übel aus! Die Kugel ist auf der anderen Seite ausgetreten und hat das Fenster durchschlagen.«

Birte spürte, wie sie noch heftiger zu frösteln begann. Den alten Golf kannte sie nicht; ihr kam auch keine Kollegin oder kein Kollege in den Sinn, den sie mit solch einem betagten Gefährt in Verbindung gebracht hätte. Nein, ein Kollege, fiel ihr ein, aber warum zum Teufel ...?

Sie beugte sich vor. Der Geruch von Blut nahm ihr den Atem. Ihr wurde übel, und sie schloss die Augen. Zuerst sah sie im Licht der aufgehenden Sonne nur Kösters Silhouette. Sein Kopf lag auf dem Lenkrad, seine Hornbrille war ihm ins Haar hochgerutscht, seine rechte Gesichtshälfte war so voller Blut, dass man das Einschussloch an seiner Schläfe nicht erkennen konnte, dann fiel ihr Blick auf seine Hand mit der Pistole. Er trug einen Handschuh. Bevor er sich erschossen hatte, hatte er sich allem Anschein nach einen hellbraunen Lederhandschuh übergestreift. Die Waffe war eine SIG Sauer P225, die früher zur Standardausrüstung der Polizei gehört hatte.

Hatte Köster sich mit seiner alten Polizeiwaffe erschossen?

Birte richtete sich wieder auf. Sie spürte, dass ihr zwei Tränen über die Wange liefen. Das alles konnte doch gar nicht sein! Gestern hatte Köster noch mit ihr ermittelt. Sie wandte sich noch einmal um und blickte auf Kösters Leiche. Einen Moment zögerte sie, bevor sie ihr Smartphone nahm und drei Fotos machte. In dem grellen Blitzlicht sah Köster wächsern und beinahe wie eine Schaufensterpuppe aus, die jemand mit Blut übergossen hatte. Er hatte noch die Kleidung an, die er gestern im Präsidium getragen hatte, als sie sich kurz gesehen hatten.

Der Einsatzleiter stand plötzlich neben ihr. »Ihr Kollege hat sich erschossen, nicht wahr?«

Birte schaute ihn schweigend an. Der Beamte mochte um die fünfzig sein, er hatte einen Schnäuzer, der im ersten zarten Tageslicht rötlich schimmerte; seine Augen schienen sie unsicher abzutasten. »Es tut mir leid«, sagte er stockend, weil Birte nicht sofort antwortete.

»Nein«, sagte sie dann, »ich glaube nicht, dass Köster sich umgebracht hat. Wir brauchen die Spurensicherung. Schultke soll mit seinen besten Leuten kommen. Und die Waffe muss sofort in die Kriminaltechnik. Da hat jemand vor, uns ganz gehörig auszutricksen.«

Es war der Klassiker, aber sie wäre nicht sofort darauf gekommen, wenn Köster ihr nicht vor ein paar Wochen erzählt hätte, dass er wieder Gitarre spielen wollte. Er hatte vor, sich eine neue E-Gitarre zuzulegen, aber da müsse er zu seinem Spezialgeschäft. Er brauche eine Gitarre für Linkshänder. Ja, er war Linkshänder, aber erschossen hatte er sich mit der rechten Hand und dazu auch noch einen Handschuh übergestreift?

Birte ging die wenigen Schritte zum Rhein hinunter, um den Geruch von Blut, der sie noch umhüllte, zu vertreiben. Tatorte, an denen jemand ermordet worden war, waren entweihte Orte. Wer hatte das einmal gesagt? Sie hatten etwas trostlos Endgültiges. Silberne Lichtfäden trieben im Sonnenlicht auf dem Fluss, ein erster Vogelschwarm kreiste mit schrillen Rufen über dem Wasser, ein Tanker quälte sich gegen die Strömung hinauf.

Köster war tot. Dieser Gedanke breitete sich in ihr aus. Und wenn er sich nicht selbst erschossen hatte – wo konnte dann das Motiv liegen? In unserer letzten Ermittlung, dachte sie, die tote Sängerin ... Der Professor schied als Täter in diesem Fall aus, aber nicht sein Sohn, dieser Journalist.

Der Himmel begann sich hell zu färben. Zwei Polizeivans rollten langsam die Straße hinunter. Waren Schultkes Leute von der Technik schon eingetroffen?

Sie zog ihr Smartphone hervor. Die Nummer von Robert Faller hatte sie in ihrer Anruferliste. Es dauerte eine Weile, bis er abhob. Seine Stimme klang, als hätte sie ihn mitten aus einem schönen Traum geholt, verwaschen und unwillig, und falls er nur so verschlafen tat, wirkte er jedenfalls sehr überzeugend.

»Tut mir leid, wenn ich Sie geweckt habe«, sagte Birte tonlos. »Aber ich fürchte, ich brauche Ihre Hilfe.«

Nachdem sie das Gespräch beendet hatte, machten Schultkes Leute sich routiniert an die Arbeit, sie bauten zwei Scheinwerfer auf und begannen, Spuren zu sichern. Zwei weitere Polizeiwagen kamen; auch Dauner, der Oberstaatsanwalt, rauschte in einem schwarzen BMW heran, wie immer in einem grauen Anzug und wie aus dem Ei gepellt.

Er kam kurz zu ihr herüber. »Weiß man schon etwas?«, fragte er. »Hat Ihr Kollege sich erschossen?«

Birte zuckte mit den Achseln. »So soll es zumindest aussehen.«

»Sie glauben an Mord?« Dauner zog die Augenbrauen in die Höhe. »Könnte das etwas mit dem Tod der Sängerin zu tun haben?«

»Vielleicht.« Sie brauchte dringend einen Kaffee, bevor sie sich auf eine längere Konversation mit einem dienstbeflissenen, ehrgeizigen Oberstaatsanwalt einlassen konnte.

Sie beobachtete, wie Dauner zu dem Golf hinüberging,

doch er wagte nur, einen kurzen Blick hineinzuwerfen, und holte dann sein Smartphone hervor, um zu telefonieren.

Das alles würde Ärger geben, dachte Birte plötzlich, eine tote Frau, ein Professor, der eines Mordes verdächtig war, und nun ein toter Polizist.

Sie überlegte, Max anzurufen. Oft tat es ihr gut, mit ihm zu reden, ein paar Dinge vor ihm auszubreiten und dann seine klugen Kommentare zu hören. Doch vermutlich lag er irgendwo in einem billigen Pensionszimmer, schlief noch, sammelte Kraft für den langen Tag auf seinem Rad. Trotzdem zog sie ihr Telefon hervor.

Dann sah sie, dass ein roter Sportwagen heranrollte. Der Motor erstarb, und Dr. Grams, die Rechtsmedizinerin, stieg aus. Sie trug eine schwarze Lederhose und einen dunkelroten Mantel. Kurz winkte sie zu Birte Jessen herüber und ging dann ohne Zögern auf den Golf zu. Birte winkte zurück. Anscheinend hatte sich an diesem Morgen jeder besonders beeilt, um zum Tatort zu gelangen, aber es war ja auch nicht irgendjemand, der hier zu Tode gekommen war.

Köster, dachte sie, Köster, was ist mit dir passiert? Warum bist du mitten in der Nacht an diesen abgelegenen Ort gefahren? Hat dich jemand hierherbestellt? Wahrscheinlich. Oder war es doch der Ort, an dem ein einsamer, verzweifelter Polizist, den seine Frau hinausgeworfen hatte, sich eine Kugel in den Kopf schoss, nicht ohne seinen Kollegen noch ein paar Rätsel aufzugeben?

Wenig später sah sie, wie Robert Faller sich dem Tatort näherte. Zu ihrer Überraschung war er nicht allein. Eine Frau mit langen blonden Haaren, die einen modischen schwarzen Mantel trug, begleitete ihn. Zudem führte er an einer Leine einen kleinen schwarz-weißen Pudel mit sich.

»Das ist der Sohn des Professors, dieser Journalist, nicht wahr?« Dauner war plötzlich wieder an ihrer Seite, nachdem er die Rechtsmedizinerin begrüßt hatte. Ihm war das Erstaunen anzuhören.

»Ich habe ihn herbestellt; allerdings nicht in Begleitung.«
Birte nickte dem Staatsanwalt zu und schritt dann Faller entgegen.

»Ihre Begleiterin muss leider hier warten. Und der kleine Hund natürlich auch.« Birte hob die Hand, als sie sich Faller auf fünf Schritte genähert hatte. »Außerdem dürfen Sie über nichts, was Sie hier sehen, eine Zeile schreiben. Ansonsten kriegen Sie richtigen Ärger mit mir.«

Die Frau machte Anstalten, einen Ausweis hervorzuziehen. Klar, sie war vermutlich auch eine Journalistin. Birte meinte sich zu erinnern, sie auf der Pressekonferenz im Präsidium gesehen zu haben.

Faller wandte sich kurz seiner Begleiterin zu, die daraufhin stehen blieb. Er drückte ihr die Leine für das Hündchen in die Hand und ging dann weiter.

»Warum haben Sie mich angerufen?«, fragte er unfreundlich. »Ist ein weiterer Mord passiert?«

»Vielleicht.« Birte deutete auf den roten Golf. »Sie dürfen einen Blick hineinwerfen.« Sie beobachtete, wie Faller sich der offenen Beifahrertür näherte.

Einer von Schultkes Leuten, der wie ein Astronaut in einen weißen Anzug gekleidet war und im Begriff stand, das Armaturenbrett zu untersuchen, wich zurück.

Nun, im grellen Licht der Scheinwerfer, sah Birte, dass Köster im Tod seine Augen starr aufgerissen hatte. Das war ihr vorhin nicht aufgefallen.

Faller legte den Kopf schief, er blieb einen Meter vor der offenen Tür stehen. Er atmete tief ein und verharrte für einen Moment. Dann wandte er sich abrupt um. »Es ist Ihr Kollege.« Seine Stimme klang abgehackt. »Er hat sich hier erschossen? Doch warum?«

»Ich glaube nicht, dass er sich erschossen hat, aber das werden wir noch genauer herausfinden. Ich frage mich, ob sein Tod etwas mit unseren Ermittlungen zu tun hat. Sie haben ihn doch gestern Abend gesehen, als Köster im Haus Ihres Vaters war. Hat er da mit Ihnen gesprochen? Ist Ihnen etwas an ihm aufgefallen?«

Faller hatte sich noch weiter weggedreht. Sein Blick irrte umher, weg vom roten Golf. Offenbar suchte er seine Begleiterin, zu der sich mittlerweile Dauner gesellt hatte. »Ich habe nicht mit Ihrem Kollegen gesprochen. Wir waren im Keller im Tonstudio. Ich habe ihn nur kurz gesehen. Er wirkte … unfreundlich – oder vielleicht auch … nachdenklich. Richtig beachtet hat er uns nicht.«

»Was haben Sie gemacht, als Sie das Haus Ihres Vaters verlassen haben?« Birte starrte Faller herausfordernd an.

Er verzog das unrasierte Gesicht. Graue Bartstoppeln schimmerten im Licht. »Erst halten Sie meinen Vater für einen Mörder und nun mich?« Seine Entrüstung wirkte echt.

»Ich möchte nur wissen, was Sie gemacht haben.« Birte sah, dass der Kriminaltechniker sich wieder in den Golf beugte, auf der anderen Seite hatte sich die Rechtsmedizinerin, ebenfalls in einem weißen Anzug, an die Arbeit gemacht. Wenn da ein Abschiedsbrief gelegen hätte, hätte man es ihr gewiss bereits mitgeteilt. »Oder haben Sie Ihr Alibi gleich mitgebracht? Eine Journalistin bürgt für ihren Kollegen?«

»Sie machen sich lächerlich.« Faller drehte bei und schritt wieder die Straße hinauf. »Julia«, rief er seiner Begleiterin zu. »Mir ist kalt. Lass uns irgendwo einen Kaffee trinken.«

14

»Sie hat dich hierherbestellt, um zu beobachten, wie du reagierst, wenn du ihren toten Kollegen siehst?«

Faller nickte. »Ja, das hatte diese Polizistin wohl im Sinn.«

Sie fuhren mit Julias Toyota Richtung Köln zurück. In Chorweiler gab es eine Tankstelle, die Tag und Nacht geöffnet hatte. Faller brauchte dringend einen Kaffee. Monday war ihm erst aufgeregt auf den Schoß gesprungen und hatte sich dann müde im Fußraum zusammengerollt.

»Was willst du dagegen tun?« Julia schaute ihn von der Seite an. Ihr Blick strahlte Wärme und zugleich Besorgnis aus.

»Ich hoffe, dass mein Vater bald wieder aus dem Koma erwacht und …« Er zögerte. »Wenn die Polizei den Täter nicht findet, müssen wir es tun.«

Julia nickte.

Es war kurz nach sechs, als sie an der Tankstelle hielten. Der schwarze Kaffee tat ihm gut.

»Es war eine schöne Nacht.« Julia lächelte ihn an. »Allerdings leider auch sehr kurz, aber wenn man mit dir zusammen ist, muss man offenbar mit allem rechnen.«

Bevor er etwas erwidern konnte, meldete sich sein Smartphone. »Brasch«, sah er auf dem Display.

»Hast du es schon gehört?«, fragte Brasch, ohne jede Begrüßung und ohne sich zu wundern, dass Faller sofort das Gespräch angenommen hatte. »Dieser Polizist … Köster … ist tot.«

»Julia und ich waren gerade am Tatort. Die Hauptkommissarin hat mich herzitiert …«

»Im Präsidium werden sie nun alle durchdrehen.« Brasch atmete tief ein. »Ein toter Polizist bedeutet Stress und mächtig viel Arbeit. Was hat die Hauptkommissarin gesagt?«

»Sie hat mich genau beobachtet und wollte sehen, wie ich

reagiere, wenn ich den Toten sehe. Ob ich etwas damit zu tun habe.«

»Sehr plump!«, sagte Brasch. »Aber du musst aufpassen, dass sie dir nichts anhängen. Ist es sicher, dass Köster sich erschossen hat?«

»Nein, die Hauptkommissarin glaubt das nicht.« Anscheinend wusste Braschs Quelle im Präsidium, die ihn so früh informiert hatte, doch nicht ganz so gut Bescheid.

»Wir sollten uns das Haus deines Vaters einmal ganz genau ansehen. In einer Stunde, okay?«

Brasch legte auf, bevor Faller mit seinem Okay antworten konnte.

»Wenn dieser Polizist sich nicht umgebracht hat, dann läuft hier nun ein Doppelmörder durch die Gegend.« Julia hatte ihr Smartphone hervorgezogen. »Bisher gibt es noch keine Nachricht zu dem toten Polizisten im Netz.«

»Du hast Fotos von dem Golf gemacht, nicht wahr?«

Sie verließen die Tankstelle und kehrten zu Julias Toyota zurück. Monday war auf den Beifahrersitz gehüpft und kläffte.

»Ganz konnte ich nicht widerstehen, aber viel wird auf den Fotos nicht zu sehen sein, ich war zu weit weg, und dann ist dieser Schönling von Staatsanwalt gekommen.« Sie lächelte wieder. »Aber die Klickrate auf unserer Seite ist bereits um fünfzig Prozent gestiegen.« Sie hob ihr Smartphone hoch. »In den letzten drei Stunden … obwohl es noch so früh ist. Das Interview mit Persson wird die Story des Tages, glaub mir.«

Als Faller einstieg, summte sein Smartphone erneut. Die Nummer kannte er. Es war Winterfeld, der Chefredakteur vom Stadt-Anzeiger. Mit einer sanften Bewegung stellte Faller sein Telefon auf lautlos.

Julia setzte ihn in Marienburg vor dem Haus seines Vaters ab. Bevor er ausstieg, küsste sie ihn auf die Wange. Sie wollte rasch zurück ins Büro, um einen Artikel für ihre Seite über Köster zu schreiben. Von einer Polizistin wie Birte Jessen würde sie sich nicht davon abhalten lassen.

Mittlerweile waren Wolken aufgezogen, das erste Blau des Tages war verschwunden. Mit Monday an der Leine, die Julia ihm gegeben hatte, weil sie früher mal eine Katze gehabt hatte, die sie spazieren geführt hatte, ging Faller die Straße hinauf und hinunter. Niemand war zu sehen, keine Polizei, keine Anwohner.

Faller lehnte sich an einen Baum. Nun hätte er gerne seine Morgenzigarette geraucht, aber der nächste Laden befand sich ein paar Straßen entfernt. Das Haus kam ihm abweisend, ja sogar feindselig vor, als würde es nicht wollen, dass man es betrat. Oder lag es daran, dass auf diesem Anwesen kürzlich jemand ermordet worden war? Er musste kurz an seinen Vater denken. Wenn man ihn zu ihm ließe, würde er sich an sein Bett setzen und zu ihm sprechen. Oder er würde ihm Rilke-Gedichte vorlesen. Hieß es nicht, dass Menschen im Koma durchaus empfänglich für Reize von außen waren?

Als er auf das Haus zuging – Monday trippelte neben ihm her –, sah er mehrere Dinge gleichzeitig. An einen steinernen Pfeiler hatte jemand etwas in roter Farbe gesprayt: »Blanche wird niemals sterben!« Darunter lagen Blumen und waren einige Lichter aufgestellt, wie man sie von Grabstellen kannte. Offenbar hatte Maria Derkum noch Fans, die um sie trauerten. Dann bemerkte er eine Bewegung an der Eingangstür. Eine Frau hockte da mit gefalteten Händen und sprang wie ertappt auf, als er sich näherte.

»Bitte um Entschuldigung«, sagte die Frau. »Es ist wegen Maria … Ich musste einfach kommen und ein Gebet für sie sprechen …« Die Frau war eine Japanerin. Sie senkte höflich den Kopf und lächelte ihn verlegen an. »Ich wollte Sie nicht stören. Sie wohnen hier?«

»Mein Vater … er wohnt hier«, erwiderte Faller.

»Der Professor … ach ja …« Die Frau neigte noch einmal den Kopf. »Maria war meine Freundin ... Ich kann nicht glauben, dass jemand ihr etwas angetan hat. Sie war ein sehr sanfter Mensch.«

»Wenn Sie ihre Freundin waren ... Warum ist Maria Derkum nach Deutschland zurückgekehrt, und was wollte sie von meinem Vater?«

Die Frau schaute ihn an. Sie antwortete nicht sofort. »Maria wollte noch ein großes Konzert geben, bevor sie starb, und Ihr Vater ... Sie kannte ihn und hat ihm ein paar Texte geschickt, die sie geschrieben hat, und er hat sie eingeladen.«

»Hatten die beiden ein Verhältnis?«, fragte Faller.

Die Japanerin lachte auf, ein schüchternes Altmädchenlachen. »Ich weiß nicht.« Sie hielt sich die Hand vor den Mund. »Maria hatte viele Männer in ihrem Leben, aber darüber haben wir nie gesprochen.« Sie neigte wieder den Kopf. »Ich möchte nicht stören, aber ich hoffe, dass Maria ein schönes Begräbnis bekommt.« Ihre Worte klangen, als meinte sie, Faller sei für die Trauerfeier verantwortlich. Dann schob sie sich vorsichtig an ihm vorbei und ging eilig die wenigen Stufen zur Straße hinunter.

Auf der Straße drehte sie sich noch einmal um und hob grüßend die Hand.

»Der Mörder«, sagte sie, »ich bin sicher, dass er sehr unglücklich und verzweifelt ist, jetzt, wo er begreift, was er getan hat. Er hat eine große Künstlerin getötet, und das wird ihn auch umbringen, ganz bestimmt.«

Zögernd schloss Faller die Eingangstür auf. Für einen Moment meinte er, sein Vater, der strenge Professor, müsse ihm entgegenkommen, leicht ungehalten, dass sein Sohn unangemeldet in der Diele stand. Doch es war nur, als rausche eine riesige Welle voller Stille heran. Das Haus war leer, verlassen, leblos. Selbst Monday, der sich an sein rechtes Bein schmiegte, schien diese belastende Stille zu spüren.

Was genau suchte er hier? Einen Hinweis, dachte er, einen

Hinweis, warum hier eine Frau getötet worden war. Und was sein Vater damit zu tun hatte.

In der Küche machte er sich daran, einen Kaffee zu kochen. Er brauchte ein paar Momente, um sich zurechtzufinden, während der Pudel schnüffelnd von einer Ecke in die nächste lief.

Dann erklang der Gong der Eingangstür, der durch das ganze Haus schallte und auch oben, unter dem Dach im Arbeitszimmer seines Vaters, noch zu hören war. Monday kläffte erschreckt auf, und Faller ging mit dem Kaffeebecher durch die Diele, um zu öffnen.

Brasch wartete vor der Tür, und er war nicht allein; wie immer in Lederkluft, das blonde gelockte Haar offen, stand Louisa neben ihm. Ihr kirschroter Mund verzog sich zu einem Lächeln.

»Faller«, sagte sie, »Matthias meinte, ich sollte im Tonstudio weitermachen – die Aufnahmen abhören.«

Faller nickte. »Gute Idee«, sagte er leise und mit wenig Überzeugung.

Brasch lief rasch an ihm vorbei. »Einen Kaffee brauche ich auch zuerst, dann machen wir uns an die Arbeit. Bin sicher, dass die Hauptkommissarin später auch auftauchen wird, aber jetzt hat sie erst einmal mit ihrem toten Kollegen zu tun.«

Sie gingen in die Küche. Faller schenkte auch Louisa und Brasch Kaffee ein.

»Irre«, sagte Louisa und rollte das R besonders lang, »irre, dass dein Vater allein in so einem riesigen Haus wohnt. Hatte er wirklich nie eine andere Frau?«

Keine Ahnung, wollte Faller entgegnen, dann sagte er: »Nein, keine andere Frau.«

Brasch trank seinen Kaffee beinahe in einem Zug aus. »Wir suchen nach Spuren von Maria Derkum«, sagte er, ganz als wäre er noch selbst Kriminalkommissar. »Das Gartenhaus ist vermutlich noch versiegelt. Oder die Kollegen haben schon alles von Bedeutung mitgenommen. Smartphone, Laptop, solche Sachen.«

Faller nickte wieder, dann ging er mit Monday die Holztreppe, die noch immer knarrte, in die zweite Etage hinauf, an dem Stockwerk vorbei, wo früher sein Zimmer gelegen hatte. Unter dem Dach war das Reich seines Vaters, ein ausgebauter Dachboden von fast sechzig Quadratmeter Fläche mit eigenem Bad und einer winzigen Kammer, die er sein Archiv genannt hatte. Das Refugium eines Literaturprofessors. Hier wirkte es, als wäre die Zeit stehen geblieben; ja, es mochte Anfang der neunziger Jahre gewesen sein, als Faller ausgezogen war. Regale, Bücherstapel, der lange Holztisch mit sechs Stühlen, an dem sein Vater seine Doktoranden empfangen hatte, der schwarze Ledersessel, in dem er gelesen hatte, der massive Schreibtisch aus dunkler Eiche, der einem bedeutenden Schriftsteller gehört hatte. Wem genau, hatte Faller vergessen. Nur die Fotografien an der Wand waren andere – bis auf das große Rilke-Porträt. Ein Bild seiner Mutter – eine junge Frau an einem Fluss, ein Tuch um das blonde Haar gebunden. Auch ein Familienfoto hing da, kleiner, gerahmt an der Wand hinter dem Schreibtisch. Faller selbst mochte darauf zwölf Jahre alt gewesen ein; er erinnerte sich: eine Parisreise mit seinen Eltern. Er hatte sich in diversen Museen gelangweilt.

Langsam ging er um den Schreibtisch herum und setzte sich auf den mächtigen Lederstuhl. Der Pudel folgte ihm und rollte sich neben dem Schreibtisch zusammen, aber genau so, dass er ihn stets im Auge behielt.

Aus dieser Perspektive hatte Faller den Raum noch nie betrachtet. Auch war der Schreibtisch leer, was er früher nie gewesen war. Ein brauner Umschlag lag da – mit seinem Namen als Adressaten. Daneben ein weißes Blatt Papier, auf dem stand: »Wie ist es, zu sterben?« In der krakeligen Handschrift seines Vaters, kaum zu lesen. Darunter ein paar Stichworte. »Liebe, Staunen, Sterben.« – »Die Kunst, barfuß zu gehen.« – »Denn da ist keine Stelle, die dich nicht sieht. Du musst dein Leben ändern.«

Faller griff unwillkürlich nach dem Umschlag, legte seine Hand darauf, die ihm plötzlich alt und faltig vorkam – die Hand eines Mannes, der die fünfzig bereits überschritten hatte.

Nein, er wollte diesen Umschlag nicht öffnen. Was konnte sein Vater da aufgeschrieben haben? Ein Testament – so etwas in der Art, als hätte er seinen nahenden Tod gespürt? Aber das wäre ein Zufall zu viel … An solche Dinge wollte Faller nicht glauben.

Für einen Moment schloss er die Augen, und er reiste in der Zeit zurück. Er hörte leise Klaviermusik. So wie damals, wenn er ein wenig zu früh aus der Schule gekommen war und seine Mutter am Klavier gesessen und für sich gespielt hatte. Sie war selbst Lehrerin gewesen, Kunst und Deutsch, und hatte geglaubt, für öffentliche Konzerte zu schlecht zu spielen.

Abrupt öffnete er die Augen wieder, ohne zu ahnen, warum, und dann fiel sein Blick durch das große Dachfenster in den Garten, genau auf die Tür des Gartenhauses. Eine Gestalt schlich dort soeben aus der Tür, eine Gestalt, die eine schwarze Jacke mit einer Kapuze trug und die den Seitenweg neben der Garage einschlug.

Faller war im nächsten Moment auf den Beinen. Er lief zur Tür, sein Smartphone in der Hand. Monday stürmte kläffend hinter ihm her. Brasch nahm eine Sekunde später ab.

»Da war jemand im Gartenhaus … läuft an der Garage vorbei zur Straße …«, stieß Faller hervor, während er schon die ersten Stufen hinunterstürmte.

»Okay«, sagte Brasch seelenruhig.

Zwanzig Sekunden später war er in der Diele. Die Haustür stand offen.

Von der Straße drang ein kurzer Schrei herüber. »Hör auf, verdammt!«, rief ein Mann mit einer schmerzverzerrten Stimme.

Brasch und Louisa beugten sich über einen blonden, mittelalten Mann, der zu ihren Füßen kniete. Nicht Brasch, sondern Louisa hatte ihm den rechten Arm auf den Rücken gedreht.

»Du musst uns etwas erklären«, meinte sie zuckersüß. »Was hattest du in dem Gartenhaus verloren?«

Louisa bugsierte den Mann unter Braschs strengem Blick auf einen Stuhl in der Küche. Auf den zweiten Blick wirkte er nicht so jung. Sein Gesicht war voller Falten, seine blonden Haare vermutlich gefärbt, er mochte mit Höchstgeschwindigkeit auf die sechzig zugehen, auch wenn er sich Mühe gab, jugendlich zu wirken.

»Dann erzähle uns mal, wer du so bist und was du so machst, wenn du nicht gerade in fremde Gartenhäuser einbrichst«, sagte Louisa.

Der Mann kauerte sich auf dem Stuhl zusammen und blickte erst Louisa, dann Brasch an. »Hört zu«, sagte er mit heiserer Stimme. »Es ist nicht so, wie es aussieht. Ich habe mir nur etwas holen wollen, was Blanche nun nicht mehr braucht, da, wo sie jetzt ist.«

Louisa lachte auf. »Es ist nicht so, wie es aussieht! Diesen Satz liebe ich wirklich.«

Faller registrierte, dass er von Maria Derkum als Blanche sprach.

Der Mann holte eine Tüte hervor und warf sie auf den Tisch. »Das habe ich geholt – die besten Pilze, die man sich vorstellen kann. Eigener Anbau. Hat Blanche wirklich zu schätzen gewusst. Für den kreativen Prozess, hat sie immer gesagt. Mit Marihuana habe ich sie auch versorgt, aber davon war nichts mehr in dem Geheimversteck.«

»Geheimversteck« war eine Kindervokabel, dachte Faller, und der Mann sprach es auch irgendwie kindlich aus.

»Geheimversteck?«, fragte Brasch. »Was für ein Geheimversteck?«

Der Mann schien sich zu entspannen. »Hört zu«, sagte er wieder. »Ich habe Blanche nur mit Stoff versorgt, und das Zeug habe ich mir einfach wiedergeholt. Lag unter einer Fliese, die man abheben kann. Da hat Blanche das Zeug versteckt. Ich wollte nicht, dass die Polizei … Na, ihr wisst schon … Für meine Pilze bin ich berühmt. Eventuell ließe sich da einiges nachverfolgen.« Er lächelte Louisa herausfordernd an, als müsse sie ihn verstehen.

»Wer bist du überhaupt?«, fragte Brasch und legte dem Mann die Hand auf die Schulter, als wolle er ihn am Aufstehen hindern, was der aber gar nicht vorgehabt hatte.

»Bennie«, sagte er wieder in einem kindlichen Tonfall. »Bennie Radke ... Ich kenne Blanche von früher, da war ich ihr Tonmann ... Na, ich habe alles gemacht bei ihren Konzerten ... Heute arbeite ich für andere Bands und in gewissen Clubs ... und ... na ja ... ich kümmere mich um meine Pilze und so ...«

»Und so?«, wiederholte Louisa und zog das »o« fragend in die Länge. »Aber mit dem Mord hast du nichts zu tun, oder?«

»Hört auf!« Bennie Radke stöhnte auf. »Was für eine Tragödie! Da kommt sie nach über dreißig Jahren nach Köln zurück, und dann das ...«

»Warum genau ist sie zurückgekommen?« Faller baute sich nun vor Radke auf.

Monday, der an der Tür gelegen hatte, schien seine Bewegung nachzuahmen und war ebenfalls aufgesprungen.

»Sie ist krank, hat sie gesagt, aber sie wollte noch ein paar Konzerte geben, noch einmal auf der Bühne stehen und sich mit neuen Songs präsentieren, und dann war noch eine andere Sache ...« Radke verstummte. »Ich habe sie nur drei-, viermal gesehen ... Ehrlich ... Sie hat mich angerufen, weil sie etwas für ihren kreativen Prozess brauchte ... Außerdem sollte ich ihr ein paar Kontakte vermitteln ... wegen Auftritten. Sie hatte sich vorgenommen, das E-Werk zu mieten und richtig vollzukriegen. Zwölfhundert Leute braucht man da schon, damit es nach was aussieht.« Radke steckte die Plastiktüte wieder ein.

»Wir müssen eigentlich die Polizei rufen«, sagte Brasch. »War da kein Siegel an der Tür, das du aufgebrochen hast?«

»Habe ich nicht drauf geachtet.« Nun klang Radke wieder recht kleinlaut. »Mit dem Mord habe ich nichts zu tun ... Ehrlich … Ich weiß, dass Blanche sich mit einem Mann treffen wollte, war wohl mal ihr Geliebter und wahrscheinlich sogar Vater von ihrem Sohn … Wer das genau ist, hat sie nie gesagt … Na, da kommen einige in Frage … Da ist noch was offen, hat sie gesagt. Von damals … wegen der Schlacht …«

»Was für eine Schlacht?«, fragte Louisa.

Radke hob die Hände und strich sich durch sein blond gefärbtes Haar. »Keine Ahnung … Habe nicht gefragt, aber sie hat ›Schlacht‹ gesagt … Ganz sicher …«

»Was machen wir mit dem Kerl?«, fragte Brasch und schaute Faller an. »Ein kleiner Loser-Junkie …«

»Lass ihn laufen.« Louisa zog ihr Smartphone hervor und schoss zwei Fotos von Radke, der zusammenzuckte, als hätte er an eine Stromleitung gegriffen. »Wir erzählen der Polizei, dass wir jemanden haben weglaufen sehen … und jetzt gehen wir in den Keller. Ich will euch einen Song vorspielen … da geht es auch um eine Schlacht.«

15

Gerald Bahnert rief sie an, als sie in ihrem Alfa saß und zum Rhein hinunterblickte. Die Kriminaltechniker waren bei der Arbeit, und Dr. Grams überwachte, wie Kösters Leiche vorsichtig aus dem Auto gezogen und auf eine Plastikplane gelegt wurde. Birte war mit Köster nie wirklich warm geworden, aber nun spürte sie doch, wie sich ihre Kehle vor Trauer zusammenzog. Auch wenn die Techniker sich offensichtlich Mühe gaben, umsichtig vorzugehen, so wirkte es doch pietätlos, wie sie den toten Köster behandelten.

»Dauner hat mich angerufen«, sagte Bahnert ohne Begrüßung. »Du brauchst ja jetzt Unterstützung, wo Rüdiger ...«

Gerald Bahnert war Anfang sechzig, ein grauhaariger, ewig schlecht gelaunter Kettenraucher. Er hatte zwanzig Jahre in Berlin gearbeitet, aber weil seine Frau Heimweh nach Köln bekommen hatte, war er vor einiger Zeit in seine Heimatstadt zurückgekehrt. Er galt als Spezialist für Betrugsdelikte und Raubüberfälle und hatte da auch einige Erfolge vorzuweisen.

»Alles klar«, sagte Birte. »Sind wir also jetzt ein Team.«

»Hat Rüdiger sich diesen einsamen Platz am Rhein ausgesucht, um sich umzubringen?« Es war zu hören, dass Bahnert an einer Zigarette zog. »Er steckte ziemlich in der Scheiße, hat man gehört. Und jemand muss es Silke sagen.«

»Silke – seiner Frau?« Birte konnte sich nicht erinnern, diesen Namen von Köster einmal gehört zu haben, aber anscheinend wusste Bahnert einiges mehr über ihren Kollegen.

»Sie wohnt noch in ihrer Wohnung in Klettenberg ... während er in dieser Absteige in Kalk untergekommen ist.« Wieder ein tiefes Inhalieren.

Woher weißt du das alles?, hätte Birte am liebsten gefragt, doch stattdessen sagte sie: »Ich möchte mich in Kösters Wohnung umsehen. Vielleicht hat er etwas hinterlassen ... einen

Brief, einen Hinweis, was passiert sein könnte. Dann solltest du am besten mit seiner Frau sprechen.«

Bahnert schnaufte. »Ich bin in so etwas nicht wirklich gut. Da wäre doch echte Teamarbeit vonnöten, oder nicht? Schlage vor, dass wir uns gleich in der Petersbergstraße treffen. Rüdigers Frau ist Grundschullehrerin, wenn ich mich nicht irre. Dann erwischen wir sie, bevor sie zur Schule geht.« Er nannte die genaue Adresse, bevor er auflegte.

Die Rechtsmedizinerin beugte sich nun über den toten Köster und schaute sich seinen Kopf an, während sie bereits etwas in ihr Smartphone diktierte.

Birte schloss die Augen. Sie versuchte sich an die letzten Momente zu erinnern, die sie mit Köster verbracht hatte. Er hatte nie etwas über seine Ehe gesagt, darüber, dass sie im Begriff war, zu scheitern. Jedenfalls erinnerte sie sich nicht daran. Möglicherweise hatte sie nicht genau hingehört. Und so lange arbeitete sie auch noch nicht mit Köster zusammen. Ein richtiges Team waren sie nicht gewesen. Aber warum, verdammt, sollte Köster sich einen Handschuh überstreifen, wenn er sich töten wollte? Die Dinge passten nicht zusammen.

Kurz entschlossen rief sie Max an, doch er nahm nicht ab. Also hinterließ sie lediglich einen kurzen Gruß.

Dann startete sie endlich den Wagen.

Bahnert wartete schon vor dem Haus in der Petersbergstraße, in der Köster gewohnt hatte. Eine gepflegte Wohngegend mit alten, beinahe herrschaftlichen Mehrfamilienhäusern, wie man sie nicht oft in Köln fand. Bahnert dirigierte sie, eine Zigarette in der Hand, zu einem der seltenen freien Parkplätze. Ein paar Vögel sangen, als sie ausstieg. Es war kurz vor sieben.

»Tut mir leid, das Ganze«, sagte Bahnert und reichte ihr förmlich die Hand. Sein graues Haar reichte ihm fast bis auf die Schulter, er trug eine braune Lederjacke und eine gelbe Cordhose. Auf eine gewisse Entfernung hätte man ihn für einen Althippie halten können, jedenfalls nicht für einen Kriminalbeamten. »Glaubst du, er hat sich umgebracht? Dauner meinte, der erste Anschein weise darauf hin.«

Nein, wollte sie im ersten Impuls erwidern, doch dann sagte sie: »Ich weiß nicht. Die Technik wird uns hoffentlich mehr dazu sagen können.«

Bahnert steuerte auf ein weiß verputztes Haus zu. Über dem Eingang waren zwei Engelsfiguren zu sehen; die eine hatte eine Trompete in der Hand, die andere hielt eine Harfe. Ein merkwürdiges Fassadenornament, fand Birte, aber ja, manchmal war das einstmals katholische Köln noch zu sehen.

Bahnert straffte sich, bevor er in der dritten Etage klingelte. »Köster/Millner«, stand auf dem Klingelschild. Sie mussten lediglich ein paar Sekunden warten, bis ihnen geöffnet wurde.

»Wie gut kennst du Köster?«, fragte Birte, als sie die Treppen hinaufstiegen. Zum Glück hatte Bahnert nicht ihr diese Frage gestellt.

»Wir haben manchmal ein Bier getrunken und über Musik geredet«, erwiderte er in einem lustlosen Tonfall. »Das ist im Grunde alles.«

Eine Tür in der zweiten Etage war geöffnet, doch niemand war zu sehen. »Frau Meisner«, rief dann eine Frauenstimme aus dem hinteren Teil der Wohnung, »legen Sie die Schlüssel einfach auf dem Schrank in der Diele ab …«

Birte schaute Bahnert an, dann klopfte sie gegen die Tür. »Hallo«, sagte sie laut, »Kriminalpolizei Köln, wir würden gerne …«

Ein Schatten flog aus der Wohnung heran. Eine puppenhafte Frau mit einem Pagenschnitt und dunkelrötlichen Haaren eilte auf sie zu. »Oh«, sagte sie, »ich dachte, es wäre meine Nachbarin …« Dann geriet sie ins Stocken. »Sie sind die Kollegen von Rüdiger, nicht wahr? Und …« Ihr unsicher gewordener Blick glitt zu Bahnert. »Und du … du traust dich hierher?«

Bahnert schwieg und senkte den Kopf. Birte zögerte einen Moment. »Wir kommen wegen Rüdiger … Wir müssen Ihnen leider eine traurige Mitteilung machen …«

»Ist er tot?« Kösters Frau spie Bahnert die Worte entgegen. »Hat er sich umgebracht – wegen diesem Mistkerl?«

Bahnert seufzte. »Silke«, sagte er. »Du siehst einige Dinge total falsch. Rüdiger und ich …«

Birte unterbrach ihn mit einer Handbewegung. »Frau Millner …«, sie wählte den Namen vom Klingelschild, was offensichtlich richtig war, »… könnten wir einen Moment hereinkommen und mit Ihnen sprechen?«

Silke Millner nickte und drehte sich dann wortlos um. Sie folgten ihr in eine geräumige Küche, die mit ihren Holzmöbeln vermutlich vor zwanzig Jahren recht modern gewesen war. Kräuter hingen über dem halben Küchentisch. Es roch nach Kaffee.

Silke Millner sank auf einen Stuhl. »Er ist tot, ja?« Sie blickte zu Birte auf.

»Ja, er wurde tot in seinem Auto am Rhein gefunden. Mit einer tödlichen Schusswunde an der rechten Schläfe. Genaueres wissen wir noch nicht.« Birte setzte sich neben Kösters Frau auf den nächsten Stuhl, während Bahnert an der Tür stehen geblieben war.

»Selbstmord?«, hauchte Silke Millner. »So sieht es aus, nicht wahr?« Doch ohne eine Antwort abzuwarten, ruckte dann ihr Kopf herum. »Und du wagst es, hierherzukommen, Gerry? Du … du hast wirklich Eier …«

Birte schaute Kösters Frau überrascht an. Noch nie hatte sie gehört, dass Bahnert Gerry genannt worden war, und die Formulierung »Du hast wirklich Eier« passte so gar nicht zu einer kultiviert wirkenden Grundschullehrerin.

»Wir wissen nicht genau, wie Ihr Mann ums Leben gekommen ist.« Birte schaffte es mit ihrem besänftigenden Tonfall, dass Kösters Frau sie wieder ansah. »Aber warum glauben Sie, dass Ihr Mann sich umgebracht haben könnte, und was könnte unser Kollege Hauptkommissar Bahnert damit zu tun haben?«

»Gib mir eine Zigarette!« Silke Millner streckte die Hand in Bahnerts Richtung aus. »Ich brauche jetzt eine, und dann bitte ich dich, vor die Tür zu gehen, wenn ich mit deiner Kollegin spreche.«

Bahnert hielt ihr eine Zigarette hin, dann wich er auf einen Beobachtungsposten an der Tür zurück, verließ die Wohnung jedoch nicht.

Silke Millner erhob sich kurz, um von einer Fensterbank in ihrem Rücken nach Streichhölzern zu greifen, und steckte sich dann die Zigarette an. »Rüdiger ist ein besonderer Charakter, ziemlich eigensinnig und manchmal richtig schräg«, begann sie. »Haben alle im Präsidium ja auch mitgekriegt. Im Grunde hat er sich immer als Musiker gesehen. Na, die große Karriere hat nicht geklappt, aber eigentlich war er als Polizist immer unzufrieden. Er war gerne in Clubs, hat Jazz gehört, Musik, die ich gar nicht kapiere, natürlich auch Rockmusik. Unsere Beziehung war so lala … nicht mehr das Tollste, aber okay … bis …« Sie streckte verächtlich ihre Hand in Richtung Bahnert aus. »Bis dieser Mensch auftauchte. Zuerst sind sie nur zusammen in Clubs gegangen, doch dann begannen auch andere Sachen … Pferdewetten, können Sie sich das vorstellen? Mein Mann, der Musikexperte, begann sich plötzlich für Pferde zu interessieren und hing in irgendwelchen Wettbüros ab oder wie man das nennt.« Silke Millner zog heftig an ihrer Zigarette. »Irgendwann hat Rüdiger unser gemeinsames Konto überzogen, und ich hatte immer Angst, dass er auch im Präsidium Mist baut, Geld unterschlägt oder so etwas …« Sie nahm einen weiteren Zug und versenkte dann abrupt ihre Zigarette in der Kaffeetasse, die als einziges Utensil auf dem Tisch stand. Dann schaute sie Birte fragend an. »Haben Sie davon etwas mitbekommen … von diesen verdammten Wetten?«

Nein, hätte Birte erwidern müssen, davon habe ich nichts mitbekommen. Köster war verschlossen, im Grunde jedoch ein angenehmer und korrekter Kollege, aber Bahnert kam ihr zuvor.

»Du übertreibst, Silke«, sagte er seelenruhig. Auch er hatte sich eine Zigarette angesteckt. »Wir haben gelegentlich gewettet. Rüdiger stand häufig unter Strom, war der Stress im Job. Das war seine Art, sich zu entspannen.«

»Hör auf!«, schrie Silke Millner ihn plötzlich an. »Ich weiß, dass Rüdiger über hunderttausend Euro Schulden hat wegen euren verdammten Wetten, und nun hau endlich ab!«

16

»Wir hätten Radke fragen müssen, was er gestern Abend gemacht hat«, sagte Brasch, während sie in den Keller hinuntergingen.

Wie immer trippelte Monday ihnen hinterher. Faller blickte durch die offene Wohnzimmertür zum Gartenhaus hinüber. Noch war niemand von der Polizei aufgetaucht. War die Untersuchung dort drüben doch schon beendet?

»Du meinst, wegen des toten Polizisten? Ob er ein Alibi hat?«, fragte Faller dann. »Du glaubst nun auch, beides hängt zusammen?«

Brasch blickte auf, sein rechter Mundwinkel zuckte. »Nach was sieht es denn aus? Wenn dieser Köster sich tatsächlich nicht umgebracht hat, dann muss es mit diesem Fall zu tun haben.«

Louisa war ein paar Schritte vorausgegangen. Sie wandte sich um. »Der Typ war harmlos, glaub mir. Der hat sich schon in die Hose geschissen, als er seinen Stoff zurückgeklaut hat. Ich schaue nachher mal, was ich im Netz über ihn finde.« Sie öffnete die Tür zu dem Tonstudio.

Für Faller war dieser Raum im wahrsten Sinne ein Fremdkörper: Er passte nicht in dieses Haus, das sich seit seiner Jugend nicht groß verändert hatte, aber das Studio zeugte davon, dass sein Vater nicht mehr der strenge, konservative Professor gewesen war, für den er ihn gehalten hatte.

Als wäre sie es schon gewohnt, sich hier aufzuhalten, ging Louisa direkt zu dem Mischpult und ließ sich davor auf dem Stuhl nieder. Brasch und Faller setzten sich links und rechts von ihr, während Monday den Raum ausschnüffelte.

»Ich habe natürlich noch nicht alles abgehört«, sagte Louisa in einem formellen Tonfall zu Faller. Ihre braunen Augen, in denen manchmal ein goldener Schimmer lag, blitzten auf.

»Dein Vater hat hier Gedichte eingesprochen und seine Sendungen für Fairfunk aufgenommen. Wirklich, er hat eine tolle Stimme.« Ihre rot lackierten Finger glitten über das Pult, und dann erscholl die Stimme seines Vaters, sonor, volltönend und so, als würde er in einem Hörsaal stehen.

»Guten Abend, liebe Literaturliebhaber, Damen und Herren und wer sich sonst noch angesprochen fühlen möchte, heute habe ich Ihnen etwas Besonderes mitgebracht. Es geht um Sie, um mich, um uns alle und – natürlich …« Ein Lächeln war buchstäblich zu hören. »… um Rainer Maria Rilke, den bedeutendsten deutschen Dichter des 20. Jahrhunderts, aber vor allem, ja, geht es um uns. Wir sollen unser Leben ändern …« Kunstpause. »… erklärt uns der Gott Apoll, doch nein, nicht er direkt … das wäre viel zu profan für Rilke, sondern sein Torso, also seine Statue ohne Kopf und Arme …«

Louisa brach die Aufnahme ab. »Stark«, sagte sie, wieder mit Blick auf Faller, »er trägt es wie ein Schauspieler vor, und das Gedicht werde ich mir demnächst einmal anschauen. Eine Statue ohne Kopf, die spricht … Echt abgefahren.«

»Ja, nicht schlecht«, erwiderte Faller wortkarg. Er zog sein Smartphone hervor. Sieben Anrufe. Anna Talheim hatte versucht, ihn zu erreichen, ebenso Julia. Aber eine Nachricht von der Klinik zum Zustand seines Vaters war offensichtlich nicht dabei.

»Du wolltest uns etwas anderes vorspielen.« Brasch beugte sich ungeduldig vor. »Etwas von einer Schlacht.«

»Gemach, junger Freund.« Louisa lächelte ironisch. »Alles zu seiner Zeit. So ganz habe ich die Ordnung hier auch noch nicht kapiert.« Sie bediente ein paar Regler und Tasten. »Geht gleich weiter. Maria Derkum hat hier einige Songs aufgenommen, sechs, wenn ich es richtig gesehen habe. Die Geschichte mit den Konzerten könnte also stimmen.«

Ein paar Sekunden herrschte Ruhe, die so tief war, dass selbst Monday, der auf der anderen Seite umherlief, verharrte und aufblickte. Dann war eine Art Orgel zu hören. Ein Aufbrausen, das offenbar eine Melodie suchte, die dann auch zart und unsicher aus dem schwingenden Auf und Ab der Töne hervortrat.

»Sie spielt Harmonium«, sagte Louisa wie zur Erklärung. »Keine Gitarre, kein Schlagzeug, kein Klavier, in allen Songs ist nur dieses Harmonium zu hören. Ein bisschen eintönig, wenn ihr mich fragt.«

Die Melodie wurde schneller, hektischer, dann ertönte Maria Derkums Stimme, die viel tiefer klang als in den Videos, die Faller sich angesehen hatte.

»He!«, rief sie aus, zunächst nur ein lautes, kehliges »He!«, das in einem erneuten Aufbrausen unterzugehen drohte. Dann die ersten Worte: »Komm, wir ziehen in die Schlacht und sehen, was das mit uns macht / Komm, wir werfen nicht nur Steine und wissen, wir sind nicht alleine / Ein weites Land mit dir, Musik und Sommerwind / Dann geht die Sonne unter, ganz geschwind.«

Maria Derkum stieß die Worte mehr aus, als dass sie wirklich sang; dadurch bekamen sie eine Bedeutung, die sie, melodiöser vorgetragen, vermutlich nicht gehabt hätten. Nach den Worten folgte wieder ein Klanggewitter, als wolle Maria Derkum ihren Einzug in eine Schlacht auch akustisch darstellen. Dann wiederholte sie ihre Worte.

Louisa schaute auf und brach die Aufnahme ab. »So geht es noch fünf Minuten weiter. Sie singt noch zwei andere Strophen … von Blut und Liebe … ziemlich drastisch.«

»Du meinst, es könnte eine wirkliche Schlacht gemeint sein?«, fragte Faller.

Louisa verzog den Mund. »So wirkt es für mich. Wollt ihr auch die anderen Songs hören?« Sie schaute erst Faller, dann Brasch an.

Brasch wischte sich über das Gesicht. »Ich werde aus alldem nicht schlau, aber wir sollten eher die Chance nutzen, solange die Polizei noch nicht wieder aufgetaucht ist, uns das Gartenhaus anzuschauen. Vielleicht hat Köster bei seiner Durchsuchung etwas übersehen.«

Faller nickte. Wenn er ehrlich war, wollte er unbedingt dieses Tonstudio verlassen. Maria Derkums tiefe, beinahe heisere Stimme gefiel ihm nicht. Zudem hatte Louisa recht: Der Klang des Harmoniums war eintönig. Hatte Maria Derkum tatsächlich gemeint, sie könnte in Köln vor einem größeren Publikum Konzerte geben?

»Gibt es in dem Gartenhaus noch andere mögliche Verstecke außer einer Fliese im Boden?« Brasch erhob sich und berührte Faller an der Schulter.

»Keine Ahnung. Ich bin in dem Haus seit Jahren nicht mehr gewesen«, erwiderte Faller.

Monday lief bereits zur Tür, bevor sie sich ihr genähert hatten.

Draußen war die Sonne herausgekommen. Ein schöner Junitag. Ein paar Vögel sangen. Friedlich lag das Gartenhaus da. Unvorstellbar beinahe, dass dort vor zwei Tagen ein Mord stattgefunden hatte.

»Hat dein Vater diese Steinsammlung angelegt?« Louisa deutete auf mehrere Keramiktöpfe vor dem Haus, in denen Steine aufgeschichtet waren. Faller war dieses Arrangement bisher noch gar nicht aufgefallen.

»Nein, bestimmt nicht«, sagte er, obschon er sich dessen gar nicht sicher sein konnte.

»Dann muss Maria Derkum das hier angelegt haben. Sieht irgendwie esoterisch aus.« Louisa bückte sich und hob einen der Töpfe an. »Verdammt schwer ... Runde Kieselsteine ... nach Farben sortiert.«

Das Siegel an der Tür hatte Radke abgekratzt und danach versucht, es wieder anzukleben, allerdings so dilettantisch, dass es auf den ersten Blick auffiel. Brasch riss es mit einer heftigen Bewegung ab.

»Ist ja nun auch egal«, meinte er.

Die Eingangstür war nicht abgesperrt. Sie zögerten einzutreten. Faller ging in die Hocke und nahm Monday auf den Arm, den die Atmosphäre in dem Haus auch zu irritieren schien. Größere Blutflecken waren auf dem Fliesenboden fest getrocknet. Auf dem Herd und der Ablage daneben waren Pulverreste zu sehen, die von der Kriminaltechnik stammen mussten.

»Was genau suchen wir?«, fragte Faller mit gedämpfter Stimme. Er fühlte sich unbehaglich. Der Geruch von Blut hing immer noch im Raum – und es war, als wäre die Gewalt, die hier verübt worden war, noch genau zu spüren.

»Etwas, das uns Maria Derkum erklärt – wer sie war, warum sie zurückgekehrt ist … Was genau wollte sie in Köln, und warum war sie für jemanden eine so große Gefahr, dass er sie umgebracht hat?«, erwiderte Brasch. Er war der Erste, der sich weiter in das Gartenhaus hineintraute. Mit einem großen Schritt bewegte er sich über die Blutflecken hinweg.

Irgendjemand muss hier sauber machen, dachte Faller plötzlich, irgendjemand … Monday bewegte sich unruhig in seinen Armen. Jenseits des Blutflecks ließ er den Hund langsam zu Boden gleiten.

Nach der Küche mit der Spüle, dem Herd, einem kleinen Tisch und zwei Stühlen an einer Wand schlossen sich zwei weitere Räume an. In einem befanden sich ein Doppelbett und ein zweiflügeliger Holzschrank. Das Bett war abgezogen worden, die Matratze lehnte hochkant an einer Wand. Der Schrank stand offen – einzelne Kleider waren zu sehen. Brasch schritt auf den Schrank zu, während Faller sich abwandte und in den zweiten Raum gegenüber blickte. Der Raum war leer, nur eine grüne Yogamatte lag da. Durch diesen Raum, erinnerte er sich, gelangte man in ein winziges Bad. Monday trippelte unschlüssig umher und blickte Faller immer wieder an.

Hier, war Faller sich sicher, würden sie nichts finden, und wo sich ein weiteres Versteck befinden könnte, vermochte er sich auch nicht vorzustellen. Er machte drei Schritte in den Raum hinein, in den durch ein winziges Fenster nur wenig Licht fiel, und lehnte sich gegen eine Wand. Müdigkeit überkam ihn in einer heftigen Welle. Er schloss die Augen. Er musste an seinen Vater denken. Nachher würde er zur Klinik fahren, um herauszufinden, wie es ihm ging. Vielleicht ließ man ihn sogar zu ihm. Dann dachte er an die Nacht mit Julia. War sie wirklich ans Klavier gegangen und hatte gespielt?

»Interessant«, rief Brasch herüber. »Hier im Schrank liegt ein Fotoalbum, das die Polizei nicht mitgenommen hat. Alles Fotos von ihrem Sohn ... Und sie hat Musik gehört. CDs ... Fado ... portugiesische Musik ...«

Faller öffnete die Augen wieder. Monday kam aus dem dunklen Bad angetrippelt. Er hielt etwas im Maul und machte einen kleinen Sprung, als Faller sich bückte, um es ihm abzunehmen. Ein braunes Ledermäppchen, erkannte Faller.

Monday knurrte leise, als er ihn festhielt und ihm das Mäppchen abnahm. Es war ein Portemonnaie aus Leder, ziemlich alt und abgeschabt. Geld steckte nicht darin, aber ein einzelner Schlüssel mit einem Doppelbart, silberfarben, etwa sechs Zentimeter lang und ohne Beschriftung, der vermutlich zu einem Schließfach passte. Sonst war das Portemonnaie leer.

Faller sah den Pudel an. »Wo hast du dieses Portemonnaie gefunden?«, fragte er. Monday sah ihn an und leckte sich wie zur Antwort über das Maul.

Brasch stand plötzlich in der Tür. Er hielt das Fotoalbum in der Hand. »Zwei Fotos fehlen«, sagte er. »Eine ganze Seite ist herausgerissen worden, ziemlich heftig offenbar, und ein Zeitungsartikel muss auch eingeklebt gewesen sein. Ein Fetzen Papier ist hängen geblieben. Wäre sehr merkwürdig, wenn die Polizei so vorgegangen wäre.«

17

Birte war froh, dass sie nicht gemeinsam mit Bahnert nach Kalk zu Kösters Wohnung fahren musste. Sie fuhr mit ihrem Alfa hinter dem weißen Ford Focus her, den er vermutlich von der Fahrbereitschaft des Präsidiums zugewiesen bekommen hatte. Sie telefonierte mit Gül, die auch schon wusste, was mit Köster passiert war, doch sie klang erstaunlich gefasst.

»Hat Köster Dinge aus dem Haus des Professors mitgenommen?«, fragte Birte. »Kannst du das überprüfen? Ich habe versucht, ihn gestern am späten Nachmittag zu erreichen, aber er hat das Gespräch nicht angenommen.« Das Smartphone, fiel ihr ein, sie mussten sich dringend um Kösters Telefon kümmern.

»Mache ich«, erwiderte Gül. »Wie hat er sich erschossen?«, fragte sie dann. »Mit seiner Dienstpistole? Wirklich?«

Nein, war Birte im Begriff zu erwidern, ich glaube nicht, dass er sich erschossen hat, aber nach dem Besuch bei Kösters Frau war sie sich da nicht mehr so sicher. »Das ermitteln Schultkes Leute«, sagte sie daher nur vage.

»Vor zwei Wochen war ich mit meinem Freund abends auf den Ringen. Wir waren erst im Kino und wollten dann noch etwas essen. Da ...« Gül zögerte. »Da habe ich Rüdiger sehen. Er kam aus einer dieser trostlosen Spielhallen, wo man sich immer fragt: Wer verdammt geht in solch einen Laden?« Gül verstummte abrupt.

»Und?«, fragte Birte. Bahnert in dem Focus vor ihr bog auf die Deutzer Brücke ein.

»Er war ziemlich betrunken, würde ich sagen«, sprach Gül weiter. »Und er sah richtig übel aus. Hemd aus der Hose und ...« Wieder ein Zögern. »Er ging auf Socken und hielt seine Schuhe in der linken Hand.«

Warum hast du mir nichts davon gesagt? Diese Worte lagen

Birte auf den Lippen, doch nein, das wäre die falsche Frage gewesen. »Wir werden abwarten müssen, was die Technik herausfindet, ob es zweifelsfrei ein Suizid war. Bahnert und ich schauen uns jetzt seine Wohnung in Kalk an. In einer Stunde bin ich zurück im Präsidium. Wir müssen dann sehen, wie wir im Fall Derkum weiterkommen.«

Sie unterbrach die Verbindung. Bahnert rollte langsam die Kalker Hauptstraße hinauf. Irgendwann blinkte er und bedeutete ihr, dass sie einparken sollte. Er selbst fand fünfzig Meter weiter einen Parkplatz. Es war kurz nach acht Uhr. Autos stauten sich, Fahrradfahrer rasten in beide Richtungen die Straße hinunter.

Vor einem Mietshaus, dessen Fassade mit hässlichen Fliesen verunziert war, trafen sie sich. Im Erdgeschoss war eine Frau dabei, ihren Blumenladen zu öffnen.

»Wie kommen wir denn in die Wohnung?«, fragte Birte.

Bahnert hatte sich beim Aussteigen eine Zigarette angesteckt. Er deutete auf die Frau im Blumenladen. »Sie kann uns die Haustür öffnen, und oben hat Rüdiger immer einen Ersatzschlüssel im Sicherungskasten. Hat er mir mal verraten.«

Die Blumenfrau hob kurz den Blick, als Bahnert sie ansprach, und öffnete ihnen dann wortlos die Eingangstür. Selbst nachdem sie das Licht angeschaltet hatten, wirkte das Treppenhaus dunkel und muffig. Auf ausgetretenen Stufen, die mit einem zerschlissenen braunen Teppich überzogen waren, liefen sie bis in die fünfte Etage hinauf. Dort gab es nur zwei Türen – eine führte offensichtlich zum Dachboden, die andere zu Kösters Wohnung.

Bahnert wandte sich zu dem Stromkasten um, doch Birte hielt ihn auf.

Sie deutete auf die weiß gestrichene Wohnungstür. »Der Schlüssel steckt«, sagte sie. »Köster oder irgendjemand hat den Schlüssel stecken gelassen.«

»Umso besser.« Bahnert war im Begriff, die Tür zu öffnen, als Birte ihn noch einmal zurückhielt.

Sie streifte sich Latexhandschuhe über. »Das solltest du auch tun. Wir sind ja nicht zum Spaß hier.«

Bahnert stöhnte auf und tat es ihr dann nach.

Behutsam drehte Birte den Schlüssel herum.

Was hatte sie erwartet? Sicher keine gemütlich eingerichtete Wohnung, aber Kösters Wohnung war fast völlig leer. Ein winziger Flur mit einem hässlichen grünen Linoleumboden. Rechts lag eine Küche, in der ein Campingtisch stand, davor ein einziger Stuhl aus ungebeiztem Holz, der mit weißen Farbsprenkeln übersät war, als hätte man ihn für unachtsame Malerarbeiten benutzt. Einen Herd gab es noch und eine Spüle, über der ein Schrank hing, der halb geöffnet war, sodass man ein paar Tassen erkennen konnte. Der zweite Raum der Wohnung befand sich der Küche gegenüber. Eine Matratze lag am Boden, darauf Bettzeug. Ein billiger Schrank und eine schmale Anrichte mit einem alten Plattenspieler komplettierten das Mobiliar. Neben der Matratze entdeckte Birte noch einen Koffer, aus dem eine schwarze Cordhose ragte, die sie oft an Köster gesehen hatte. Neben dem Koffer, unter einem zerschlissenen Handtuch, befand sich ein Laptop, ein uraltes Ding mit einem Aufkleber – eine rote Zunge, das Logo der Rolling Stones.

Ein Gegenstand nur in diesem Zimmer wirkte nicht abgeschrammt und heruntergekommen – in einer Ecke stand erhaben und stolz auf einem Ständer eine Bassgitarre. Sie schimmerte im Licht, das durch ein Dachfenster hereinfiel. Vielleicht hatte Köster sie auch so platziert – dass wenigstens dieses Instrument in dieser dunklen Wohnung strahlte. Ein Lautsprecher daneben offenbarte, dass Köster hier tatsächlich geübt hatte. Birte war allerdings ganz sicher gewesen, dass er von einer E-Gitarre gesprochen hatte, die er sich hatte kaufen wollen, nicht von einem Bass.

»Nicht gerade eine Nobelbude«, meinte Bahnert und zog an seiner Zigarette. Der Bassgitarre gönnte er lediglich einen kurzen Blick und kommentierte sie auch nicht.

»Hat Köster in einer Band gespielt?«, fragte Birte.

Bahnert hob die Schultern. »Keine Ahnung. Glaube nicht. Hat er jedenfalls nie erwähnt.«

»Wir sollten den Laptop mitnehmen.« Birte deutete auf das graue Gerät.

Bahnert nickte.

Dann öffnete Birte den Schrank. Lediglich eine schwarze Lederjacke und zwei weiße Hemden hingen da, sonst war er leer. Köster hatte buchstäblich aus dem Koffer gelebt.

Bahnert verließ seufzend den Raum, den Laptop unter dem Arm. »Hier werden wir nicht viel finden«, sprach er vor sich hin. Es klang, als gälten die Worte mehr ihm selbst als Birte. »Aber vielleicht sagt diese Wohnung mehr über Rüdigers Zustand aus, als wir eigentlich wissen wollten.«

Im Koffer fand Birte ein Magazin über Rennpferde und einige Kontoauszüge. Sie brauchte drei Sekunden, um zu erfassen, dass alles, was seine Frau über Kösters desaströse Finanzen ausgesagt hatte, zu stimmen schien.

»Mein Gott!«, rief Bahnert plötzlich aus.

Er war in dem Raum am Ende des schmalen Flurs verschwunden.

Das Badezimmer. Dusche, Waschbecken, Toilette, alles ohne Fenster und ziemlich abgeranzt.

Bahnert deutete auf den Spiegel über dem Waschbecken. Birte hielt einen Moment die Luft an. »Tut mir leid, Birte«, stand da in Druckbuchstaben, geschrieben mit einem roten Edding.

»Verdammt«, stieß sie aus, »was soll das?«

Bahnert streckte seine rechte Hand aus und machte Anstalten, die Schrift wegzuwischen.

»Hör auf!« Birte umfasste seinen Arm. »Das kannst du nicht einfach wegwischen.«

Bahnert schaute sie an. Grauer Stahl lag in seinem Blick. Sein Arm vibrierte zornig in ihrem Griff. »Das ist peinlich«, zischte er. »Peinlich für einen toten Kollegen.«

Birte schob seinen Arm zurück und ließ ihn abrupt los,

dann holte sie ihr Smartphone hervor und fotografierte den Spiegel, wobei sie die Kamera so hielt, dass sie nicht im Bild war.

»Ist das Kösters Schrift?«, fragte sie, nachdem sie vier Aufnahmen gemacht hatte.

Bahnert stöhnte auf. »Wer soll das sonst an den Spiegel gemalt haben?«, fragte er voller Sarkasmus. »Rüdigers Putzfrau vielleicht?«

»Vielleicht sein Mörder«, entgegnete Birte. Vorsichtig öffnete sie den Spiegelschrank. Da tauchten ein Zahnbecher mit Bürste und Zahnpasta sowie Rasierzeug und Medikamentenpackungen auf. Schmerz- und Schlafmittel, etwa zehn Schachteln. Köster hatte offenbar einen ziemlichen Bedarf gehabt.

»Du glaubst wirklich an Mord?«, fragte Bahnert, nun in einem versöhnlicheren Tonfall.

»Ich glaube nichts. Ich will es nur genau wissen, und erwiesen ist für mich hier gar nichts.« Sie schloss den Spiegelschrank wieder. »Wo ist Kösters Smartphone? Ich habe hier nichts gefunden.«

»Vermutlich in seinem Wagen.« Bahnert verließ das Bad wieder. »Ich bin unten vor der Tür und rauche eine Zigarette. Dann fahre ich zurück ins Präsidium und schaue mir den Laptop an.«

Birte erwiderte nichts darauf. Sie blickte sich einen Moment im Spiegel an. Die rote Schrift legte sich über ihr gespiegeltes Gesicht. Warum hätte Köster so etwas schreiben sollen? Sie waren Kollegen, nicht mehr. Sie wussten nichts voneinander. Birte hatte nicht einmal den Namen seiner Frau gekannt. Warum sollte Köster sich von ihr verabschieden? Warum nicht von seiner Frau? Von einem nahen Angehörigen? Seine Mutter lebte irgendwo im Bergischen bei Gummersbach, wenn sie sich richtig erinnerte. Köster hatte einmal erwähnt, dass er sie besuchen wollte. Und von den Pferdewetten hatte sie auch nichts gewusst. Sie musste sich seine Notizen anschauen, ob es wirklich seine Schrift war – aber da schrieb er nie in Druckbuchstaben. Warum sollte er das jetzt getan haben? Damit seine Botschaft besser zu lesen war?

Sie musste ebenfalls zurück ins Präsidium, sehen, was Köster aus dem Haus des Professors mitgenommen hatte.

Ihr Smartphone summte, als auch sie die Wohnung wieder verließ.

»Ganz schön viel Arbeit in den letzten Tagen«, sagte Dr. Grams, die Rechtsmedizinerin. »Was denken Sie über den Tod Ihres Kollegen, Frau Jessen?«

»Er war Linkshänder«, erwiderte Birte, während sie die Wohnungstür hinter sich zuzog. Der Schüssel steckte nicht mehr, anscheinend hatte Bahnert ihn an sich genommen. »Und warum zieht sich jemand einen Handschuh über, wenn er sich erschießen will? Damit seine Hand nicht voller Blut ist? Seltsam.«

»Genau«, sagte die Rechtsmedizinerin betont. »Er liegt hier auf meinem Tisch, Ihr Kollege, aber er redet. Die Toten reden sehr oft, man muss nur ganz leise sein und ein wenig Geduld haben und ihnen zuhören. Es ist eine Schweinerei, sagt Ihr Kollege, ja, das sagt er in etwa. Hier ist eine ganz große Schweinerei im Gange. Doch wie bei fast jeder Schweinerei sind Fehler passiert. Einmal die falsche Hand. Für gewöhnlich erschießen Selbstmörder sich mit links, wenn sie Linkshänder sind. Aber das könnte auch einmal andersherum laufen. Nur ...« Dr. Grams machte eine Pause, um tief einzuatmen. »Es ist noch ein Fehler passiert, ein viel schwerwiegenderer. An dem Handschuh sind Schmauchspuren. Es wurde also mit ihm geschossen, aber an Kösters rechter Hand sind winzige Blutflecken zu sehen, unter dem Handschuh, und ich gehe jede Wette ein, sie stammen von ihm, stammen aus der Schusswunde.«

»Also hat jemand ihm diesen Handschuh erst später übergestreift, nachdem er Köster erschossen hat – aus nächster Nähe?«

»Darauf würde ich jede Wette eingehen«, erwiderte Dr. Grams voller Ernst.

»Folglich war es Mord.« Birte hörte selbst, dass sie flüsterte, als dürfe sie diese Erkenntnis nicht zu laut aussprechen.

»Heute Abend haben wir Gewissheit. Ich rufe Sie an.« Dr. Grams erlaubte sich ein Lächeln, wie Birte zu hören meinte. »Eines noch, Frau Hauptkommissarin, machen Sie mir bitte nicht noch mehr Arbeit. Ich habe genug zu tun, und ich habe ein Pferd, steht in Müngersdorf, aber an Freizeit ist ja nicht mehr zu denken.«

18

Im Bad des Gartenhauses hatten sie dann noch etliche Packungen Schmerzmittel gefunden sowie Morphiumpflaster in allen Größen. Maria Derkum musste da einen großen Bedarf gehabt haben. Wo Monday jedoch das Portemonnaie mit dem Schlüssel aufgetan hatte, das die Polizei übersehen hatte, blieb rätselhaft.

»Nichts«, sagte Brasch, »keine Spur. Bis auf diesen merkwürdigen Schlüssel.«

»Ich werde ihn der Polizistin übergeben«, sagte Faller. Die Polizei würde ohnehin mitbekommen, dass er in dem Gartenhaus gewesen war.

»Gibt es solche altmodischen Schließfächer überhaupt noch?« Ganz gegen ihre Gewohnheit ließ Louisa sich von Braschs düsterer Stimmung anstecken. »Ich werde mal ein wenig recherchieren.« Sie drückte Brasch einen Kuss auf die Wange. »Ich muss noch ein paar andere Dinge erledigen. Geld verdienen zum Beispiel.« Bevor sie den Garten verließ, blieb sie noch einmal stehen. »Was kann es mit dieser Schlacht auf sich haben? Wieso singt sie von einer Schlacht? Maria Derkum war doch nicht in einem Krieg, oder?« Mit einem leisen Winken verschwand Louisa.

»Ich glaube, dass ›Schlacht‹ eine Metapher ist«, sagte Faller. Er beobachtete, wie Monday sich eine Ecke des Gartens aussuchte und da seelenruhig pinkelte. »Kein Mensch in Deutschland hat etwas mit einer Schlacht zu tun.«

»Hooligans reden manchmal, dass sie in eine Schlacht ziehen«, meinte Brasch. »Und Fußballfans nannte man früher Schlachtenbummler.«

Ein Klingeln an der Haustür schreckte sie auf. »Kommt die Polizei doch noch?« Faller sah Brasch an.

»Die würden bestimmt nicht klingeln.«

Faller eilte über die Terrasse ins Haus. Durch das schmale Fenster in der Haustür konnte er schon von Weitem sehen, wer da stand. Anna Talheim, seine ehemalige Kollegin und Geliebte, drückte ungeduldig auf den Klingelknopf. Sie hatte ihn vor einer halben Stunde letztmals angerufen, aber eines wusste er genau: Er würde die Tür nicht für sie öffnen. Sie wollte er nun bestimmt nicht sehen, um über seinen Vater und die tote Sängerin Blanche Auskunft zu geben.

Nachdem auch Brasch gegangen war, stieg Faller langsam die Treppe zum Arbeitszimmer seines Vaters hinauf. Monday tänzelte um ihn herum, wartete dann auf ihn und spielte ihm wieder um die Beine.

»Hör auf, Monday«, sagte Faller laut, woraufhin der Hund tatsächlich zusammenzuckte und auf einer Treppenstufe verharrte.

Der braune Umschlag lag immer noch auf dem leeren Schreibtisch, als hätte er tatsächlich auf seine Rückkehr gewartet. Da bist du ja wieder, sagte der Umschlag – zumindest in Fallers Kopf klang es so. Abermals ließ er sich auf den Stuhl seines Vates sinken und blickte in den Garten hinunter. Nur war da nun niemand zu sehen. Die Polizei schien ihre Untersuchung fürs Erste abgeschlossen zu haben, oder der Tod von Hauptkommissar Köster beschäftigte all ihre Kräfte.

Langsam streckte Faller die Hand nach dem Umschlag aus und zögerte dann. Jetzt, in diesem Augenblick, hätte er gerne mit seinem Vater geredet, ihm ein paar Fragen gestellt, nicht nur, wie Maria Derkum ins Haus gekommen war. Trauerte sein Vater immer noch um seine Frau? Hatte er deshalb sich nie wieder offen mit einer anderen eingelassen? Oder hatte er vielleicht eine Geliebte gehabt? Oder mehrere sogar? Und hatte er Angst vor dem Tod? Hatte er deshalb diesen braunen Umschlag auf den Schreibtisch gelegt? Und hatte die schwerkranke Maria Derkum ihn dazu gebracht, sein Testament abzufassen?

Der Umschlag war nicht zugeklebt. Er ließ sich einfach

öffnen. Sein Vater hatte eine sehr schön geschwungene Schrift, und er benutzte einen Füller mit dunkelblauer Tinte. Oben stand das Datum – vor sechs Tagen. Dann die Anrede.

Mein lieber Sohn Robert, ich möchte Dir mitteilen, dass ich mein Testament abgefasst habe. Alle Details habe ich bei meinem Anwalt Clemens Reitmaier hinterlegt. Im Falle meines Ablebens wird er Dir sofort helfen. Ich muss gestehen, dass ich mir einen besseren Kontakt zu Dir gewünscht hätte. Aber wir haben beide unsere Fehler. Wir sind keine Sänger; das ist mir zuletzt durch den Kopf gegangen. Wir konnten nie singen, offen, freiheraus. Deine Mutter konnte singen, sie war eine wunderbare und bewunderungswürdige Sängerin. Noch heute höre ich sie, wie sie am Klavier sitzt und vor sich hinsingt. Sie hatte eine Stimme voller Leben. Denk darüber nach. Dein Vater

Faller schob den Briefbogen in den Umschlag zurück. Ein Testament bei seinem Anwalt also – und das Bekenntnis: Wir sind keine Sänger. Was sollte das bedeuten? Wir konnten nie aus unserer Haut heraus – so etwas in der Art? Hatte er deshalb Maria Derkum in seinem Haus aufgenommen, weil sie eine Sängerin war und ihn an seine Frau erinnerte?

Es war gegen dreizehn Uhr, als Faller vor der Uniklinik vorfuhr. Obschon sein Smartphone nach wie vor stumm geschaltet war, konnte er daran, wie oft das Display aufleuchtete, sehen, dass er fast ständig angerufen wurde. Auch Julia hatte wieder versucht, ihn zu erreichen, aber erst musste er seinen Vater sehen, bevor er sich bei ihr meldete. Die Nacht mit ihr kam ihm unwirklich vor. Nein, sie hatten zusammen geschlafen – und sie hatte Klavier gespielt. Sie war einer dieser Menschen, die sich einfach an ein Instrument setzen und losspielen konnten. Das hatte er immer bewundert.

»Monday«, er warf dem Hund, der auf dem Beifahrersitz hockte und stur geradeaus blickte, einen strengen Blick zu, »ich muss jemanden besuchen – und Hunde sind da nicht erlaubt. Zu unhygienisch.« Er erlaubte sich zu lächeln.

Monday schaute ihn aufmerksam an. Faller glaubte sogar, so etwas wie Verständnis in seinen Augen zu lesen, als er aus dem Wagen stieg und den Hund allein ließ.

»Ihr Vater liegt noch im Koma – sein Zustand ist unverändert ernst.« Eine Krankenschwester mit orangerot gefärbten Haaren versuchte, ihn abzuwimmeln.

»Ich möchte ihn nur einmal sehen«, erwiderte Faller. »Einmal seine Hand halten«, fügte er hinzu, was ihm aber, noch während er die Worte aussprach, sehr pathetisch vorkam.

»Tut mir leid.« Die Pflegerin schüttelte den Kopf. »Außerdem hat Ihr Vater schon Besuch.«

Die Polizistin, ging Faller sofort durch den Kopf, was tat die Polizistin hier? Sein Vater würde doch gar keine Aussage machen können. »Die Polizei?«, fragte er. »Was wollen sie von meinem Vater?«

»Nicht die Polizei, ein Freund besucht ihn.« Die Pflegerin wandte sich schon ab. »Ein Freund Ihres Vaters.«

»Hören Sie …« Faller machte entrüstet zwei Schritte auf den Eingang zur Intensivstation zu, aber da war die Tür auch schon ins Schloss gefallen. Was für ein Freund? Die Worte lagen ihm auf den Lippen, es war jedoch sinnlos, sie gegen eine geschlossene Tür auszusprechen.

Im nächsten Moment wurde die Tür bereits wieder geöffnet. Ein alter Mann, der einen hellbraunen Anzug und sogar eine Krawatte trug, trat heraus. Er zögerte einen Moment und schaute Faller forschend an.

»Robert«, sagte er dann, »du bist doch Robert, nicht wahr?« Der Mann hatte eine weiche, freundliche Stimme, er mochte um die achtzig sein. Er war klein, kaum einen Meter sechzig; mit einer lebhaften Geste hatte er seine Worte unterstrichen.

»Du erkennst mich nicht mehr. Nun, es ist ja auch schon ein

paar Jahre her. Und jünger bin ich nicht geworden.« Er wies hinter sich auf die Tür zur Intensivstation. »Ich kenne den alten Chefarzt, ist auch ein Logenbruder. Deshalb haben sie mich zu deinem Vater gelassen. Ich habe Herbert nur sagen wollen, dass er nicht verzagen soll. Da, wo er jetzt gerade ist.«

Nun endlich erkannte Faller den alten Mann. Es war Karl-Josef Hinck, Professor an der Uni Köln, ein Althistoriker; jedenfalls war er das vor etlichen Jahren gewesen.

Faller nannte seinen Namen, und der alte Mann nickte.

»Ist wirklich lange her, dass wir uns gesehen haben. Und leider habt du und dein Vater ja nicht viel Kontakt gehabt.« Er sagte das ohne jeden Vorwurf. »Herbert ist ein großartiger Germanist. Niemand versteht Rilke und die großen Lyriker so wie er, aber dich, seinen einzigen Sohn ... dich hat er nie wirklich verstanden, schien mir. Allerdings ist es mir mit meinem Sohn ähnlich gegangen. Wie entsetzt war ich damals, als er mir gestanden hat, dass er homosexuell ist – und dabei habe ich mich immer für sehr liberal gehalten. Na, heute ist er mit seinem Partner glücklich verheiratet.«

»Was war mit dieser Sängerin?«, fragte Faller. »Warum war sie bei meinem Vater?«

Hinck nickte, als hätte er diese Frage erwartet. Er deutete auf eine Bank, die ein Stück entfernt vor einer Fensterfront stand. »Wollen wir uns einen Moment setzen?«

Nun erst fiel Faller auf, dass Hinck ein Bein nachzog, als wäre es steif. Mit einem Stöhnen ließ der alte Professor sich auf der Bank nieder. »Nach meinem Schlaganfall bin ich nicht mehr derselbe.« Er gestattete sich ein mattes Lächeln. »Unsere Zeit läuft allmählich ab. Ist nicht mehr viel Sand in unserer Sanduhr ... habe ich deinem Vater schon häufiger gesagt, aber er wollte es nicht einsehen. Na, er ist ja noch keine achtzig und jetzt ein Radiostar im Internet geworden ... und ... Du hast mich nach der Sängerin gefragt? Maria Derkum war eine der besten Studentinnen, die dein Vater jemals gehabt hat. Er hat auch ihr schöpferisches Talent sofort erkannt, und, na ja ...

Wir haben vor vier Wochen zuletzt darüber gesprochen, als er mir erzählt hat, dass die Sängerin bei ihm im Gartenhaus wohnt. Er hat Maria Derkum gerettet, schon damals, als sie einundzwanzig war und abzudriften drohte.«

»Er hat sie gerettet?« Faller versuchte, für sich einen Sinn in die Worte des alten Mannes zu bringen.

»Die Polizei war wohl damals hinter ihr her. Sie gehörte zur Antifa – oder nein, nannten sich diese jungen Leute damals schon so? Ich weiß nicht genau. Jedenfalls war Maria eine Zeit lang mehr auf Demos als im Hörsaal. Dein Vater hat mit ihr geredet, hat ihr, glaube ich, einmal ein falsches Alibi gegeben, als die Polizei sie verhört hat. Und dann hat sie ihm ihre Texte gezeigt. Herbert war der Erste, der gesehen hat, dass Maria Derkum eigentlich eine Künstlerin ist. Deshalb ist sie auch zu ihm zurückgekommen. Nun, sie war krank …« Er seufzte. »Und jetzt ist sie tot, und Herbert …« Er drehte sich zu der Intensivstation um. »Ich hoffe, Herbert wacht wieder auf und die Polizei findet endlich den Mörder der Sängerin.«

19

Sie musste mit Dauner sprechen, sagte sie sich, während sie auf ihren Alfa zusteuerte. Von Bahnert war nichts mehr zu sehen. Vermutlich war er bereits ins Präsidium gefahren. Wenn Köster zweifelsfrei ermordet worden war, dann musste sie die Ermittlungen leiten. Das war sie ihm schuldig. Bahnert konnte sich dann um den Fall Maria Derkum kümmern. Oder hingen beide Fälle zusammen, wie ihre Intuition als Ermittlerin ihr sagte? Doch dafür würde sie handfeste Beweise finden müssen.

Birte beschloss, nicht ins Präsidium zu fahren, sondern noch einmal nach Langel zum Rhein, wo Köster ums Leben gekommen war. Sie hatte sich seinen Wagen nicht genau angesehen. Was hatte er dabeigehabt? Dinge aus dem Gartenhaus, in dem Maria Derkum ermordet worden war? Und wo war Kösters Notizbuch? Wo sein Smartphone?

Zwei Kriminaltechniker waren dabei, Kösters alten Golf auf einen Abschleppwagen zu verladen. »Kommt zur Untersuchung in die Kriminaltechnik«, sagte einer der beiden zu Birte, nachdem sie ausgestiegen war.

Sie nickte und beugte sich dann vor, um auf den Rücksitz zu schauen. »Was habt ihr in dem Wagen gefunden?«, fragte sie.

»Da ist ein Rucksack mit Sportsachen«, erwiderte der ältere Beamte. »Ein paar Dosen Bier, aber genau haben wir uns die Sachen nicht angeschaut.«

»Kein Smartphone, keine Unterlagen?« Birte begann, um den Golf herumzulaufen. »Und Kösters Notizbuch? Er hat sich immer Notizen gemacht.«

»Liegt vorne in der Ablage«, erklärte der zweite Techniker. Er machte dem Mann am Abschleppwagen ein Zeichen, dass er sich mit dem Aufladen noch einen Moment gedulden sollte. »Wir haben alles aus der Ablage in einer Tüte gesichert.«

Er öffnete die Beifahrertür und holte eine durchsichtige Tüte hervor. »Da Sie ja die Ermittlungen leiten werden, verzichte ich darauf, mir das quittieren zu lassen.«

Birte nahm die Tüte entgegen. Es war ein trostloser Anblick, diese wenigen Dinge zu betrachten. Wieder überkam sie Trauer und ein schlechtes Gewissen. Sie hatte sich viel zu wenig um Köster gekümmert, hatte keine Fragen gestellt, wenn er wieder einmal im selben Aufzug im Präsidium erschienen war, aber sie hatte sich niemals vorstellen können, dass er in einem finsteren Loch in Kalk lebte.

Fünfzig Meter vom Fähranleger entfernt gab es ein Lokal, das soeben geöffnet wurde. Sie ging mit der Tüte hinüber, bestellte sich einen Milchkaffee und setzte sich auf eine Terrasse mit Blick auf den Rhein und auf die Techniker, die nun den roten Golf verluden. Dann streifte sie sich Latexhandschuhe über und begann, sich den Inhalt der Tüte anzuschauen: Eine CD von Miles Davis fiel ihr als Erstes in die Hände, eine andere von Markus Stockhausen, einem Trompeter, und die dritte – Birte konnte es zuerst nicht sehen – war von Blanche. »My Days« hieß die CD. Es war, wenn der Eintrag bei Wikipedia stimmte, das einzige Soloalbum, das Maria Derkum jemals eingespielt hatte. Köster hatte sie also gekannt, aber das hatte er mit keinem Wort zu erkennen gegeben. Oder er hatte sich die CD erst besorgt, nachdem sie sich des Falles angenommen hatten.

Drei zerknüllte Quittungen fanden sich auch in der Tüte – zwei stammten von einem Dönerladen aus Kalk, die dritte war unlesbar. Tabletten hatten offensichtlich auch im Auto gelegen – zwei fast leere Schachteln Ibuprofen sowie bläuliche Pillen ohne Verpackung. Hieß es nicht, dass Viagrapillen blau waren? Birte musste sich eingestehen, dass sie es nicht genau wusste.

Als Nächstes fischte sie zwei Kugelschreiber aus der Tüte, dann Streichhölzer und ein Ladekabel für ein Smartphone, doch wo war das verdammte Smartphone? In der Tüte war davon nichts zu sehen. Ihr eigenes Smartphone meldete sich, aber sie nahm das Gespräch nicht an, sondern betrachtete weiter Kösters Habseligkeiten. Dann tauchte ein Fünf-Euro-Schein auf, danach die Visitenkarte eines Psychologen und der Katalog eines Hotels an der Nordsee – »Ideal für Hochzeitsreisende«, stand auf der ersten Seite. Na, dafür hatte Köster eigentlich keinen Bedarf gehabt.

Zuletzt nahm sie sich das schwarze Notizbuch vor, das Köster ständig zur Hand gehabt hatte. Es war noch recht neu, er musste es kürzlich ausgetauscht haben. Nur die ersten Seiten waren benutzt. Hier hatte er nicht in Druckschrift geschrieben, sondern krakelig und wie in Eile. Zuerst fand sie einen Eintrag, der nichts mit einem Fall zu tun hatte. Es waren Namen aufgeführt: »Mercurio, Levanto, Lucky Strike, Moukoko, Dreamer ...« Dahinter standen Ziffern, und es brauchte eine Weile, bis sie begriff, dass es sich um Pferde handelte. Köster hatte sich ganz offensichtlich Pferde notiert, auf die er wetten wollte, und das in einem Büchlein, das er auch für seine Ermittlungen verwendete.

Gleich darauf stand auf einer Seite groß und unterstrichen: »Silke anrufen!«, darunter: »Blumen?« Erst danach folgten Notizen zu ihren Fällen. Er hatte den Namen »Herbert Faller« notiert, die Uhrzeit, wann er am Tatort eingetroffen war, dazu: »Professor, Literatur, Feingeist – Beziehung zur Toten?« Darauf Angaben zu Robert Faller: »Sohn, unnahbar. Komplexe? Wo war er zur Tatzeit? Vom Vater nicht akzeptiert? Keine Blutspuren. Behauptet, vom Vater angerufen worden zu sein.«

Auch zu Maria Derkum fanden sich zwei Seiten. Überrascht war Birte nur von den beiden Sätzen: »Sie war die schönste Sängerin Kölns. Wie viele ehemalige Geliebte gibt es noch in der Stadt?«

Hinten in dem Notizbuch entdeckte sie noch einen zusammengefalteten Brief von der Sparkasse KölnBonn. Man wies Herrn Rüdiger Manfred Köster darauf hin, dass er die

Raten für seinen Kreditvertrag von fünfzigtausend Euro seit drei Monaten nicht mehr bedient habe und man nun leider gezwungen sei, eine Pfändung seines Gehaltes in die Wege zu leiten – hochachtungsvoll … Ein Brandfleck an der rechten oberen Ecke deutete darauf hin, dass Köster den Brief hatte anstecken wollen, es sich dann jedoch anders überlegt hatte. Auf der Rückseite las sie drei längere Ziffernfolgen – vermutlich Telefonnummern. Namen von Pferden standen jedenfalls nicht daneben.

Eine Pfändung seines Gehaltes – dann wäre Köster als Polizist erledigt gewesen. Das hätte vermutlich auf alle Zeiten Innendienst bedeutet, Routineanfragen beantworten oder in der Asservatenkammer hocken.

Birte legte auch das Notizbuch in die Tüte zurück.

Köster war am Ende gewesen, keine Frage, nirgendwo jedoch eine Spur, die zu einem Motiv für einen Mord an ihm führte. Schulden, Pferdewetten, Probleme mit seiner Ehefrau – alles sehr unschön, aber nichts wies darauf hin, dass Köster sich mit den falschen Leuten eingelassen hatte – Kredithaien, Leuten, die mit Tipps aus dem Präsidium eine Menge anfangen konnten. Vielleicht würde auf dem Laptop mehr zu finden sein.

Birte lehnte sich zurück und trank ihren Kaffee. Der rote Golf war inzwischen verschwunden. Ein Trecker fuhr vorbei und wartete auf die Fähre auf die andere Seite des Flusses, die jedoch noch gar nicht in Sicht war. Fahrräder kreuzten. Für einen Moment sah es so aus, als hätte es diesen Mord gar nicht gegeben.

Sie musste mehr über Köster herausfinden, sagte sie sich. Hatte er Freunde? Spielte er in einer Band? Und was konnte Bahnert mit alldem zu tun haben? Die beiden waren ja offensichtlich nicht nur entfernte Kollegen.

Als ihr Telefon summte, sah sie, dass Gül sie anrief.

»Kannst du kommen?«, fragte Gül. »Dauner macht hier alle verrückt. Um fünfzehn Uhr hat er eine Pressekonferenz anberaumt, weil der Tod von Rüdiger durchgesickert ist. Ist die Schlagzeile im Express. ›Todesserie in Köln – erst die Sängerin, dann ihr Ermittler.‹ Außerdem ist der Sohn von Maria Derkum gestern Nacht aus dem Krankenhaus abgehauen. Und dann steht hier jemand und behauptet, Maria Derkum sei vor einer Woche auf offener Straße von einem Mann geschlagen worden.«

20

Man gestattete es ihm, einen kurzen Blick auf seinen Vater zu werfen. Klein und blass lag der Professor da, fast wirkte es, als hätte man sein Gesicht weiß geschminkt. Ein Schlauch lag auf seinem Mund, der Faller im ersten Moment irritierte. Aber dann fiel ihm ein, dass ein künstliches Koma natürlich auch bedeutete, dass man den Patienten beatmen musste. Geräte im Hintergrund zeigten an, dass sein Vater ständig überwacht wurde. Tatsächlich war ein unaufhörliches Piepen zu vernehmen.

Nach fünf Minuten machte er kehrt. Er hatte keinen klaren Gedanken fassen, geschweige denn einen stummen Dialog mit seinem Vater führen können.

»In drei Tagen«, warf ihm ein junger Arzt im Vorbeigehen zu, »dann werden wir etwas Genaueres zum Zustand des Professors sagen können.« Mit einem schnellen Gruß flog der Arzt davon, als wollte er jede Rückfrage vermeiden.

Erst auf der Straße, während er auf seinen Wagen zuging, bemerkte Faller, wie hart sein Herz in seiner Brust schlug. Er fühlte sich wie nach einer viel zu großen Anstrengung. Er hatte seinen Vater nie geliebt, wenn er ehrlich war, doch nun tat es ihm in der Seele weh, ihn so zu sehen.

Monday sprang ihm mit einem Jaulen entgegen, dann lief der Hund an ihm vorbei, um sich an einem Straßenbaum zu erleichtern.

»Wir müssen etwas essen und trinken«, sagte Faller zu dem Pudel.

Es war beinahe Mittagszeit. Julia und Brasch hatten ihn angerufen. Dazu zwei unbekannte Nummern. Er winkte Monday heran, um ihn anzuleinen, als ein Mann auf ihn zutrat.

»Sie sind der Sohn von dem alten Professor, nicht wahr?«, sagte der Mann. »Ich bin Daniel Derkum.« Er war unrasiert und aschfahl. Faller brauchte einen Moment, um ihn zu erkennen. Ja, diesen Mann hatte er vor zwei Tagen vor dem Gartenhaus gesehen – den Mann, der einen Polizisten angegriffen hatte, Maria Derkums Sohn.

»Was wollen Sie?«, fragte Faller. »Haben Sie mir aufgelauert?«

Daniel Derkum verzog das Gesicht. Er bewegte sich schwerfällig auf Faller zu. »Ich muss es wissen«, sagte er. »Ein Testament – haben Sie ein Testament von meiner Mutter gefunden? Oder die Polizei? Hat meine Mutter irgendetwas hinterlassen?«

Faller versuchte, sich abzuwenden, aber Derkum streckte die Hand nach ihm aus, als wolle er ihn festhalten. Dann zuckte er zurück und keuchte auf.

»Ich brauche das Testament. Unbedingt!«

Faller sah, wie der Mann sich krümmte und sich dann mühsam aufrichtete.

»Ich hatte einen Unfall … Es ist alles die Schuld meiner Mutter … Haben Sie Maria gekannt?« Daniel Derkum hatte sein Gleichgewicht wiedergefunden. Er wischte sich über das Gesicht, dann atmete er tief ein. »Das Testament«, stieß er hervor, »ich brauche es. Oder einen Brief. Vielleicht hat sie auch einen Brief hinterlassen.«

»Rufen Sie die Polizei an. Ich weiß nichts von einem Testament.« Faller ging drei Schritte in Richtung Straße, doch Maria Derkums Sohn folgte ihm.

»Hat Ihr Vater meine Mutter umgebracht? Könnte das sein?«

»Hören Sie!« Faller spürte, wie Wut ihn erfasste. »Mein Vater liegt auf der Intensivstation und ringt mit dem Tod. Er hatte einen Herzanfall und hat bestimmt niemanden umgebracht. Und haben Sie Ihre Mutter nicht eine Hexe genannt? Und sie sei nie eine richtige Mutter gewesen?«

Daniel Derkum lehnte sich gegen ein parkendes Auto. Vielleicht war er krank oder stand unter Drogen. Er hatte offensichtlich Schmerzen. »Sie war trotz allem meine Mutter … und ich hätte nicht so häufig mit ihr streiten dürfen. Sie hat mich angerufen … eine Stunde bevor sie umgebracht worden ist. Ich habe es erst später in der Nacht gesehen. Und …« Seine Stimme hatte sich vollständig verändert. Jede Aggressivität war verflogen. Er starrte Faller an. In seinen Augen schien ein kleines wirres Licht zu flackern. »Und sie hat mir auf die Mailbox gesprochen. Sie müsse unbedingt mit mir sprechen, etwas besprechen …«

»Mein Vater hat ihr bestimmt nichts angetan.« Faller klang nun auch versöhnlicher. »Ihre Mutter hat unten im Studio Songs aufgenommen.«

»Ja«, sagte Daniel Derkum. »Davon hat sie gesprochen – neue Songs.« Er schwieg einen Moment. Im Flüsterton sprach er dann weiter. »Wenn ich das Gespräch angenommen hätte … glauben Sie, ich hätte sie retten können?«

Was für eine Frage? Faller war im Begriff, stumm den Kopf zu schütteln. Was sollte er darauf antworten? Maria Derkums Sohn schien völlig verzweifelt zu sein, hin- und hergerissen zwischen Liebe und Hass, was seine Mutter betraf. Aber warum hatte sie ihn angerufen? Hatte sie die Gefahr geahnt, in der sie schwebte?

»Ich weiß es nicht«, sagte Faller schließlich, »aber vielleicht wäre es gut, wenn wir über ein paar Dinge sprechen würden.«

Unter größten Mühen schleppte Daniel Derkum sich zu einem Café auf die Zülpicher Straße, ein paar hundert Meter von der Uniklinik entfernt.

»Ich hatte einen Unfall«, brachte er keuchend hervor. »Mit dem Motorrad … habe mir ein paar Rippen gebrochen. Meine Mutter war plötzlich in meinem Kopf. Ja, ich habe ihre Stimme gehört, laut und deutlich in meinem Kopf. Ich hätte ihr helfen müssen.«

Die Reue des Sohnes kam ein wenig spät, aber Faller antwortete nicht darauf. Ging es ihm nicht ähnlich? Hätte er nicht auch anders mit seinem Vater umgehen müssen, der vielleicht nie wieder aus dem Koma erwachen würde – und den die Polizei möglicherweise noch immer für einen Mörder hielt?

Daniel Derkum bestellte sich in dem Café einen Whiskey auf Eis, was die junge blonde Kellnerin, deren Arme über und über tätowiert waren, zu einem erstaunten Augenrollen veranlasste.

Faller nahm das Tagesgericht und orderte eine Wurst für Monday, über die der Pudel sich sofort hermachte.

Derkum stürzte den Whisky herunter und bestellte dann einen doppelten Espresso. »Die Schmerzen lassen nach«, sagte er. »Vielleicht sucht mich auch die Polizei. Für die war ich ebenfalls verdächtig – wegen meines blödsinnigen Auftritts da im Garten. Aber es war nicht einfach mit Maria – sie hat mich nie akzeptiert.«

»Ich muss Sie etwas fragen.« Faller beugte sich vor, nachdem sie ein paar Sekunden schweigend dagesessen hatten. Er hatte beschlossen, nicht den Schlüssel zu erwähnen, den Monday gefunden hatte, aber ein paar Informationen musste er dem Sohn geben. »Ein Mann ist bei meinem Vater im Garten auf-getaucht. Er nennt sich Bennie Radke. Er hat Ihre Mutter angeblich mit Drogen versorgt. Kennen Sie ihn?«

Daniel Derkum nickte. Als die Kellnerin den Espresso brachte, nippte er sofort daran. »Ich glaube, ja. Er ist mir mal hinterhergelaufen, ist ein paar Jahre her. Er wollte wissen, wo Maria ist, ihre Nummer in Portugal. Dabei hatte ich die gar nicht.«

»Er meinte, Ihre Mutter wollte sich mit Ihrem Vater treffen und sie habe ihm, Bennie Radke, etwas von einer Schlacht er-zählt. Es sollte wohl um eine richtige Schlacht gehen. Wissen Sie etwas darüber? Wissen Sie, wer Ihr Vater ist?«

Daniel Derkum vereiste mit einem Schlag. Er war wie in der Bewegung festgefroren, die Tasse mit dem Espresso in der Hand. Er schien nicht einmal zu atmen, dann setzte er den Kaffee abrupt ab. Faller hatte den Eindruck, er wäre am liebsten aufgesprungen und davongelaufen, aber seine Verletzung ließ das nicht zu.

»Ich habe meine Mutter dafür gehasst, dass sie mir nie gesagt hat, wer mein Vater ist. Irgendwann habe ich gedacht, dass sie es vermutlich gar nicht weiß, weil sie damals mit mehreren Männern gleichzeitig rumgemacht hat. Sie war schön, sehr schön. Ich glaube, fast jeder Mann, der sie gesehen hat, wollte mit ihr ins Bett.«

»Und was ist mit dieser Schlacht?«, fragte Faller weiter. Monday hatte seine Wurst aufgefressen und blickte ihn hungrig an. »Können Sie sich denken, was es damit auf sich haben könnte?«

Derkum kippte den Rest Espresso hinunter. Er lehnte sich zurück und schloss die Augen. »Sie war nie eine Mutter, die mit ihrem Sohn spielt, ihm Geschichten erzählt. Wir haben nie wirklich zusammengelebt. Daher meine Wut.« Er öffnete die Augen wieder. »Nein, von einer Schlacht weiß ich nichts. Was für einen Sinn sollte das auch haben? Maria in einer Schlacht?«

Faller stocherte in den Nudeln herum, die die Kellnerin ihm gebracht hatte. Dann schob er den Teller von sich. »Ihre Mutter war sehr krank – wussten Sie das?«

»Sie hat es nicht wirklich erwähnt, aber ich habe es ihr angesehen. Deshalb ist sie auch zurückgekommen. Nicht meinetwegen, sondern weil sie noch einmal ein Konzert geben wollte. Das Comeback der geheimnisvollen Blanche.« Er verstummte für einen Moment. »Ich würde gerne ihre Songs hören. Denken Sie, das ist möglich?«

Ja, sicherlich, wollte Faller antworten. Es war ja augenscheinlich, wie wichtig es Daniel Derkum war, seiner Mutter noch einmal näherzukommen, doch stattdessen sagte er: »Es ist noch etwas anderes passiert, was Sie vielleicht nicht wissen. In der Nacht ist der Polizist ums Leben gekommen, der Sie vorgestern hat festnehmen lassen. Es sieht nach Selbstmord aus, aber es könnte auch sein, dass er ermordet worden ist.«

21

Bahnert hatte sich bereits an Kösters Schreibtisch eingerichtet, bemerkte Birte, als sie ins Präsidium zurückkehrte. Rauchend, mit einer Tasse Kaffee neben sich, hockte er vor dem Laptop, den sie aus Kösters Wohnung mitgenommen hatten.

Er blickte kurz auf. »Rüdiger hat Gedichte geschrieben – kannst du dir das vorstellen?« Er deutete ein Lächeln an.

»Hat Köster seine Dateien nicht mit einem Passwort geschützt?«, fragte Birte, während sie sich auf ihrer Seite des Schreibtischs niederließ. Die Plastiktüte mit Kösters Habseligkeiten aus dem Auto verstaute sie in der untersten Schublade, ohne sie Bahnert zu zeigen. Gül hatte ihr mehrere Notizen hinterlassen, die sie auf der Tastatur ihres Computers abgelegt hatte.

»Habe sein Passwort geknackt.« Bahnert zog an seiner Zigarette. Dass in den Büros überall im Präsidium Rauchverbot herrschte, schien ihn nicht zu interessieren. »War nicht schwer – beim dritten Versuch war ich drin. Pastorius87.« Er schaute Birte beifallheischend an. »Jaco Pastorius – ihn hat Rüdiger wirklich verehrt. Ein berühmter Bassist, von dem Rüdiger alle Aufnahmen hat. 1987 war sein Todesjahr.«

»Und?«, fragte Birte weiter. »Hast du etwas von Bedeutung gefunden – außer Gedichten?«

Bahnert legte seine brennende Zigarette auf einer Untertasse ab. »Nur persönliches Zeug – Briefe an seine Frau. Eine Liste seiner Ausgaben. Er war ziemlich pleite. Und einen langen Artikel übers Auswandern – Neuseeland. Und etliche Fotos von Pferden, auf die er wetten wollte. Hat sich wirklich gut auf die Rennsaison vorbereiten wollen, der Gute. Aber nichts, was uns weiterbringt.«

»Also auch nichts, was auf einen Selbstmord hindeutet?«

Bahnert wischte sich durch sein langes graues Haar. »Er war

pleite – eine Liste mit ein paar Namen findet sich auch, Leuten, denen er Geld schuldet. Sind aber alles keine Beträge, für die man jemanden umbringt – zumindest wenn man einigermaßen normal tickt. Ich kriege von ihm auch noch Geld. Hat er dich auch angepumpt?«

Birte antwortete nicht darauf. Nein, Köster hatte nie auch nur einen leisen Versuch unternommen, sich Geld von ihr zu leihen. Bahnerts gleichgültiger Tonfall ärgerte sie. Ein Kollege war ums Leben gekommen, war vermutlich ermordet worden – und Bahnert tat so, als wäre es eine Lappalie. Und dabei hatte er offenkundig viel mehr mit Köster zu tun gehabt als sie.

»Dauner möchte auch, dass ich den Fall Derkum bearbeite und du dich um Köster kümmerst«, fuhr Bahnert fort. »Wir kriegen jeweils drei, vier Leute zugeteilt, die beiden Jungspunde Merkert und Brenner. Gül geht zu dir, wenn du willst.«

Birte hielt einen Moment inne. »So wird das nicht funktionieren«, sagte sie. »Köster ist ermordet worden. Bis heute Abend erhalten wir von der Rechtsmedizin den endgültigen Beweis. Und ich gehe jede Wette ein, dass die Fälle Derkum und Köster zusammenhängen.«

»Kann sein.« Bahnert drückte seine Zigarette aus, ohne noch einmal inhaliert zu haben. »Aber Dauners Wunsch ist mir Befehl. Um halb drei will er uns sehen, damit wir die Pressekonferenz vorbereiten.«

Birte sah die Notizen durch, die Gül ihr hingelegt hatte. Daniel Derkum musste gegen dreiundzwanzig Uhr das Krankenhaus verlassen haben. Offenbar hatte ihn ein Taxi nach Köln gefahren, allerdings nicht genau zu seiner Wohnung in der Südstadt, sondern bis zum Chlodwigplatz, wo er dann ausgestiegen war. Er hatte mit seiner Kreditkarte bezahlt. Bemerkt worden war seine Abwesenheit jedoch erst morgens um halb sechs, als die Nachtwache einen Rundgang durch alle Zimmer machte.

Dann hatte sich ein Zeuge gemeldet, der beobachtet hatte, wie mitten auf der Ehrenstraße Maria Derkum mit einem glatzköpfigen Mann in Streit geraten war, der sie sogar zu Boden gerissen hatte. »Vermutlich handelt es sich um Holger Persson«, hatte Gül dazu notiert. Rubikon – Maria Derkums ehemaliger Partner in ihrer Band Klangbreite. Sie hatten immer noch nicht mit ihm gesprochen, fiel Birte ein. »Persson hat ein großes Interview im Internet gegeben – Rheinpegel heißt die Seite. Geführt haben Julia Blum und Robert Faller das Interview!!!« Mit drei Ausrufezeichen hatte Gül ihre Notiz abgeschlossen.

Zorn wallte in Birte Jessen auf. Faller schien in diesem Fall also selbst zu recherchieren – und ihm war etwas gelungen, was sie nicht fertiggebracht hatten. Birte war im Begriff, Gül anzurufen; sie sollte einen Streifenwagen zu Perssons Adresse schicken, damit sie diesen Typen endlich im Präsidium befragen konnten, doch ein Anrufer kam ihr zuvor: Schultke, der Leiter der Kriminaltechnik.

»Der Chef höchstselbst ruft mich an.« Birte verbarg ihr Erstaunen nicht.

»Wir arbeiten manchmal schneller, als die Polizei erlaubt«, erwiderte Schultke ohne Ironie. »Wir haben uns die Waffe angeschaut …« Ein kurzes Zögern. »… mit der Hauptkommissar Köster ums Leben gekommen ist. Es war seine alte Dienstwaffe, aber eigentlich hätte sie in der Asservatenkammer liegen sollen. Vor zwei Jahren hat er damit einen Jugendlichen angeschossen.«

»Moment. Seine alte Dienstwaffe, die er nach einem Einsatz hatte abgeben müssen?«

»Du hast es erfasst.« Nun klang Schultke doch sarkastisch. »Ich kriege die Dinge nicht mehr ganz richtig zusammen. Es ging um einen Überfall auf eine Spielhalle in Mülheim. Bei einer Befragung von Jugendlichen wurde Köster plötzlich angegriffen. Jemand zog ein Messer, und da hat er seine Pistole gezogen und geschossen. Er hat gar nicht den Angreifer erwischt, sondern einen anderen Jugendlichen im Oberschenkel getroffen. Gab damals mächtig viel Ärger.«

Birte konnte sich nicht an den Fall erinnern, und Köster hatte ihn nie erwähnt. »Und ihr seid sicher, dass es diese Waffe ist?«

Schultke stöhnte auf. »Wenn ich es sage, bin ich mir sicher, hundertprozentig sicher. Es ist die Waffe. Seit wann sie nicht mehr ordnungsgemäß eingelagert ist, weiß offenbar niemand. Könnte also sein, dass Köster sie sich zurückgeholt hat. Fingerabdrücke haben wir in dem Wagen übrigens nur von Köster gefunden. Könnte also doch Selbstmord gewesen sein.« Mit einem kurzen Gruß legte er auf.

Nein, dachte Birte, Selbstmord war es garantiert nicht, aber nun wurde alles noch ein wenig komplizierter.

»Neuigkeiten?«, fragte Bahnert, der natürlich alles mitbekommen hatte.

Birte setzte ihn kurz ins Bild.

»Rüdiger hat damals kurz die Nerven verloren. Zehn Jugendliche, die plötzlich auftauchten. Zum Glück gab es Zeugen, die gesehen haben, dass der eine ein Messer gezogen hatte. Sonst wäre seine Karriere damals zu Ende gewesen.«

»Mit wem hat es er da genau zu tun gehabt? Mit einer türkischen Jugendgang?« In Köln-Mülheim war eine solche bloße Annahme nicht besonders weit weg von der Realität.

Bahnert steckte sich eine neue Zigarette an. »Könnte man annehmen. War aber nicht so. Da waren wohl auch ein paar türkische Jugendliche dabei gewesen … also junge Deutsche aus türkischen Einwandererfamilien, aber die Kugel hat ein Student abgekriegt, wenn ich mich richtig erinnere. Einer von diesen ACAB-Truppen – All Cops are Bastards. Antifa, die haben gemeint, die Türken verteidigen zu müssen. Hinterher haben sie Rüdiger auch heftig bedroht, nachdem man ihn freigesprochen hatte.«

»Könnte es sein, dass jemand sich an Köster gerächt hat?« Birte machte sich eine Notiz, dass sie sich die Akte des Falles anschauen musste.

»Nach zwei Jahren – und dann mit Rüdigers Waffe? Wie sollte das zusammengehen?« Bahnert schaltete Kösters Laptop aus. »Für mich spricht einiges für Selbstmord. Wieso hätte er diesen Abschiedsgruß an dich auf den Spiegel malen sollen?«

»Falls er es wirklich geschrieben hat. Die Rechtsmedizinerin wird uns heute Abend ihren Bericht abliefern – und eines noch: Wo ist Kösters Smartphone? In seiner Wohnung war es nicht. Auch nicht in seinem Auto.«

»Hier!«, sagte Bahnert. Er deutete auf den Computer. »Das Smartphone lag unter einer Akte neben seinem Computer, als ich heute ins Präsidium kam. Wahrscheinlich hat er es hier vergessen. Allerdings bin ich weder mit den Geburts- noch Todesdaten von Jaco Pistorius hineingekommen.«

»Versuche es mit Kösters Daten.«

Bahnert tippte und lächelte dann. »Bingo! Sein Geburtsdatum. Das war wirklich zu leicht für mich.«

Bahnert hatte es geschafft, das Passwort von Kösters Laptop zu knacken, aber beim Smartphone war er gescheitert? Wie konnte das sein? Birte nahm sich vor, mehr über das Verhältnis von Bahnert zu Köster herauszufinden. In der Besprechung mit Oberstaatsanwalt Dauner zeigte Bahnert sich überaus devot. Gerne übernehme er den Fall Derkum; er habe sich schon eingearbeitet und mit der Spurensicherung gesprochen. Zudem habe er schon eine Liste mit Personen erstellt, die sie dringend befragen müssten.

Als Birte einwendete, dass es, wie es aussehe, eine Verbindung der Fälle Derkum und Köster gebe, bemerkte sie, wie Bahnert das Gesicht verzog. Dauner schwieg einen Moment.

»Dafür brauchen wir noch handfestere Beweise. Die Boulevardpresse spekuliert darüber, doch daran werden wir uns nicht beteiligen. Zunächst sind das zwei unterschiedliche Fälle. Vielleicht ist es daher besser, wenn ich die Pressekonferenz allein bestreite, um den Spekulationen keine weitere Nahrung zu geben.«

Birte hatte nichts dagegen. Neben einem eitlen Oberstaatsanwalt auf einem Podium vor fünfzig Presseleuten zu sitzen
gehörte ohnehin nicht zu ihren Lieblingsbeschäftigungen.

»Wir müssen herausfinden, wie Kösters alte Dienstwaffe
aus der Asservatenkammer abhandengekommen ist«, sagte
sie, während Dauner schon seine Unterlagen zusammen-
packte.

»Forschen Sie nach!«, lautete sein kurzer Befehl. Dann stand
er auf, zog sein Smartphone hervor, um offenbar wegen aus-
gefallener oder verschobener Termine mit lauter Stimme mit
seinem Büro zu telefonieren, und verließ den Raum.

»Ich muss dir etwas sagen.« Bahnert erhob sich schwerfällig. Er steckte sich eine Zigarette an und nahm einen tiefen
Zug. »Du kannst mich nicht leiden, aber ich bin so, wie ich
bin, und ändere mich nicht mehr. Ich habe den Fall Derkum,
und du kümmerst dich um Köster, und vielleicht gibt es da
eine Verbindung, dann überlasse ich dir gerne die Teamlei-
tung. Ich war auch nicht Rüdigers Freund. Seine Frau hat
recht. Ich habe ihn benutzt.« Er blickte auf seine Uhr und
inhalierte wieder. »Vor zwei Jahren … da hatte Vera … meine
Frau … einen Herzinfarkt. Sie fiel einfach um. Ich dachte,
sie wäre tot, war sie aber nicht. Sie haben sie wiederbeleben
können, und nun …« Er führte seine Zigarette erneut zum
Mund, inhalierte und starrte an Birte vorbei. »Sie liegt bei
uns im Schlafzimmer … Wachkoma … Tagsüber kümmert
sich jemand um sie. Georg … er war mal Elitekämpfer bei der
Bundeswehr, zweimal in Afghanistan, aber irgendwann haben
seine Knochen nicht mehr mitgemacht oder seine Psyche …
wer weiß das schon?« Bahnert verstummte abrupt.

»Warum erzählst du mir das alles?« Birte ging um den Tisch
herum auf die Tür zu.

»Um achtzehn Uhr muss ich jeden Tag zu Hause sein«,
sprach Bahnert weiter. »Vera liegt zwar mit offenen Augen da,
ohne jede Regung, aber ich bin sicher, sie wartet auf mich. Um
achtzehn Uhr muss ich an ihrem Bett sitzen und ihr erzählen,

was ich so den ganzen Tag gemacht habe. Ich wollte, dass du das weißt.«

Birte nickte. »Dann weiß ich es jetzt, aber nun hast du ja noch zwei Stunden Zeit. Wenn ich mich nicht irre, dann wollte Gül jemanden einbestellen – Holger Persson, den ehemaligen Partner von Maria Derkum. Und außerdem ist wohl die Durchsuchung des Gartenhauses noch nicht beendet.«

Bevor Bahnert in ihr Büro zurückkehrte, packte sie Kösters Laptop und dessen Handy ein und verließ das Präsidium. In Köln herrschte dichter Nachmittagsverkehr an einem wolkigen Tag. Sie brauchte fast vierzig Minuten, bis sie bei Kösters Frau vor der Tür stand, den Laptop und das Handy unter dem Arm.

Silke Millner öffnete nicht sofort, sondern ließ sich fast eine Minute Zeit. Birte hatte schon beidrehen wollen.

Klein, in einem weiten schwarzen Kleid, stand Kösters Frau in der Tür. Misstrauisch schaute sie Birte an.

»Ich bin allein«, sagte Birte. »Bahnert hat einen anderen Fall übernommen.«

Silke Millner nickte und bat sie mit einer Handbewegung, einzutreten. »Ich bin nicht zur Schule gefahren – heute Morgen«, sagte sie. »Ich habe meditiert – bis eben. In meinem Gebetszimmer.«

Sie deutete auf eine Tür zur Rechten und ging dann in die Küche voraus, in der Birte schon am Morgen gewesen war.

»Muss ich etwas tun?«, fragte Silke Millner. »Meinen Mann identifizieren – so etwas?«

Birte nickte, während sie sich setzte. Silke Millner nahm ihr gegenüber Platz.

»Ihr Mann wird noch in der Rechtsmedizin untersucht, aber ich habe den begründeten Verdacht, dass er ermordet worden ist – erschossen mit seiner alten Dienstwaffe.«

Silke Millner seufzte, dann strich sie sich über ihr schwarzes Kleid, das so groß war, dass sie beinahe in ihm verschwinden konnte. »Mit seiner alten Dienstwaffe?«

Birte legte den Laptop und das Smartphone vor sich auf den Tisch. »Es gab diesen Vorfall in Mülheim – mit den Jugendlichen, als Rüdiger geschossen hat. Mit einer Kugel aus dieser Waffe ist er ums Leben gekommen.«

Kösters Frau starrte auf ein Bild an der Wand. Der volle Mond über einem schneeweißen Gebäude, das eine Schule oder eine Art Tempel sein mochte. »Ich muss Ihnen etwas sagen. Rüdiger und ich … wir haben kaum noch miteinander gesprochen. Ich bin Lehrerin. Vor drei Jahren bin ich zum Buddhismus übergetreten – und er? Ich weiß gar nicht, wer er war. Polizist – ja. Auch sein Vater war Polizist gewesen. Vielleicht war Rüdiger auch Musiker, oder er war einfach ein Flüchtender, jemand, der immer vor sich und seinen Träumen davonlief. Vielleicht wäre alles anders geworden, wenn wir Kinder gehabt hätten. Leider ging das nicht.«

Birte ließ die Worte verklingen. Kurz überlegte sie, sich Notizen zu machen, aber das wäre ihr unpassend erschienen, schließlich war Köster ihr Kollege, wahrscheinlich hatte sie mehr mit ihm gesprochen als seine Frau, doch auch sie hatte ihn kein bisschen gekannt.

»Sie wissen also nicht, ob Ihr Mann Feinde hatte – wirkliche Feinde, die ihn bedrohten?«

»Nein.« Silke Millner schüttelte den Kopf. Plötzlich sah sie aus, als würden ihr die Tränen kommen. »Davon weiß ich nichts, aber seit er auf die Rennbahn oder in Wettbüros ging, war ohnehin alles anders. Gerald Bahnert … Ihr Kollege …« Sie verstummte. Nun rollte tatsächlich eine Träne über ihre Wange.

»Hatte Ihr Mann noch andere Freunde? … Außer Bahnert?«, setzte Birte nach kurzem Zögern hinzu.

»Bahnert war nicht sein Freund, aber ja, Andre … Sie sollten mit Andre sprechen, er ist Musiker, auch nicht besonders erfolgreich, aber mit ihm hatte Rüdiger eine Band … Ich weiß aber nicht genau, wo er wohnt … in Mülheim, jedenfalls auf der anderen Rheinseite, glaube ich.«

Nun zog Birte doch ihr Notizbuch hervor und schrieb den Namen hinein. »Und Bahnert?«, fragte sie dann. Sie merkte selbst, wie ihre Stimme sich veränderte, strenger und offizieller wurde. »Was wissen Sie über ihn?«

Silke Millner versteifte sich. Die Träne auf ihrer Wange war verschwunden. Sie leckte sich kurz über die Lippen. »Ich bin wahrscheinlich ungerecht, dass ich ihm alle Schuld gebe, aber nach dem Vorfall, als Rüdiger geschossen hat, war er plötzlich ein anderer, unsicher, unzufrieden, ein Nervenbündel, und da tauchte Bahnert auf. Erst gingen sie nur einen Abend weg, dann immer öfter.«

Aber was ist mit Bahnerts Frau?, wollte Birte einwerfen. Bahnert muss sich doch um seine Frau kümmern, die im Wachkoma liegt. Sie unterließ es aber.

»Würde mich nicht wundern, wenn Rüdigers Schulden auch mit Bahnert zu tun haben … ich meine, dass er Bahnert Geld geliehen hat. Einmal hat mein Mann so eine Bemerkung gemacht. ›Wenn Bahnert am Wochenende eine Glückssträhne hat, dann kriege ich mein Geld zurück.‹«

»Interessant«, sagte Birte und versuchte, neutral zu klingen. Also musste sie sich auch Bahnerts Finanzen anschauen – und recherchieren, wie er abends unterwegs sein konnte, wenn er doch angeblich am Bett seiner Frau sitzen sollte.

»Ich trauere um meinen Mann, obwohl es vielleicht nicht so aussieht.« Silke Millner lächelte sanft. »Er hat irgendwie ein falsches Leben geführt, habe ich heute gedacht, während ich in meinem Gebetsraum saß. Aber was ist für uns das richtige Leben? Wer weiß das schon?«

Birte erhob sich. »Ich muss seinen Mörder finden«, sagte sie mit fester Stimme. »Darum geht es mir.«

Plötzlich hatte sie den dringenden Impuls, zu gehen. Silke Millner war sicherlich eine kluge Frau, doch darüber, was ein falsches oder richtiges Leben war – darüber wollte sie nun nicht sprechen. Über so etwas konnte sie nur mit Max reden, den sie auf einmal vermisste. Wo war er nun – auf dem Weg nach Santiago de Compostela, um herauszufinden, was für ihn das richtige Leben war?

»Ja«, erwiderte Silke Millner, »finden Sie den Mörder.«

Auf dem Weg zur Tür drehte sich Birte noch einmal um. »Gibt es außer diesem Laptop und dem Smartphone noch andere Geräte, die Ihrem Mann gehören? Oder hat er noch Unterlagen hier, Notizbücher, persönliche Aufzeichnungen?«

»Nein, ich glaube nicht«, entgegnete Silke Millner. »Er hat alles in seine Wohnung mitgenommen, was für ihn von Wert war.«

Birte hielt an der Tür inne. Sie sah Kösters Frau an. Kennen Sie die Wohnung Ihres Mannes? Diese Frage hätte sie am liebsten gestellt, doch nein, sie kannte die Antwort. Natürlich hatte Silke Millner diese heruntergekommene Bude in Kalk nie betreten.

»Wann ist Ihr Mann eigentlich ausgezogen?«, fragte sie stattdessen.

»Rüdiger ist vor drei Monaten ausgezogen. Gerry ... ich meine, Gerald Bahnert hat ihm die Wohnung besorgt und ihm beim Umzug geholfen. Ich war in der Schule, als Rüdiger seine Sachen abgeholt hat. Es war ein trauriger Tag.«

Als sie schon im Treppenhaus war, drehte Birte sich noch einmal um. Eine entscheidende Frage hätte sie beinahe vergessen. Sie zog ihr Smartphone hervor und klickte die Fotofunktion an. »Ihr Mann hat eine Nachricht hinterlassen – auf einem Spiegel im Bad. Könnten Sie einen Blick darauf werfen und mir sagen, ob Sie die Schrift Ihres Mannes wiedererkennen?«

Silke Millner kam vorsichtig einen Schritt näher und kniff die Augen zusammen. Sie las die Botschaft, die ihr Mann angeblich auf dem Spiegel hinterlassen hatte.

»Wir haben uns schon lange keine Briefe mehr geschrieben«, sagte sie tonlos, »und ich habe nie gesehen, dass Rüdiger in Druckbuchstaben geschrieben hat. Er hat eine sehr schöne Schrift – jedenfalls für einen Mann. Für mich sieht es nicht so aus, als hätte er das geschrieben. Und warum auch?« Sie blickte auf. »Haben Sie eine Ahnung, warum er das geschrieben haben könnte?«

»Nein«, erwiderte Birte, »nein, ich habe keine Ahnung.«

22

Faller blickte Daniel Derkum nach, der schwerfällig auf die Straße schlich und dann ein Taxi anhielt. In ein paar Tagen, hatte er ihm gesagt und ihn zum ersten Mal geduzt, kannst du die Songs deiner Mutter anhören. Darauf hatte Derkum tatsächlich Fallers Hand ergriffen, sie gedrückt und eine Visitenkarte hervorgeholt, die er ihm förmlich aufdrängte. »Daniel Derkum – Kunstfotograf«, stand darauf sowie eine Mobilnummer und eine E-Mail-Adresse. »Mein Internetauftritt ist noch in Arbeit«, hatte Derkum hinzugefügt, bevor er mühsam aufgestanden war.

Kunstfotograf – was sollte das sein? Faller zog sein Smartphone hervor, um Derkums Nummer einzugeben. Fünf Anrufe waren eingegangen. Zweimal hatte Julia versucht, ihn zu erreichen. »Melde dich!«, hatte sie ungeduldig in einer Kurzmitteilung geschrieben. »Wir haben morgen unsere Talkrunde im Hinterhofsalon! Und sieh dir unsere Seite an. So viele Klicks hatten wir noch nie.«

Er unterdrückte den Impuls, sie anzurufen, stellte aber immerhin den Stummmodus ab. Mit ihrer gemeinsamen Nacht hatten sie eine Grenze überschritten. Hätte Julia sonst auch ein bedrängendes »Melde dich!« an ihn geschickt? Ja, vermutlich hätte sie das getan, doch nun klang es für ihn anders: intimer, tiefgehender.

Als er aufstand, nachdem er sein Essen, den Kaffee und den Whiskey für Derkum bezahlt hatte, sprang Monday ungeduldig an ihm hoch. »Wir müssen noch etwas erledigen«, flüsterte er dem Pudel zu. »Bist du schon einmal auf einem Friedhof gewesen? Hunde sind da eigentlich nicht erlaubt, aber so ein Hündchen wie du wird gar nicht auffallen.«

Der Melatenfriedhof war eine Insel in der Stadt. Eine alte Mauer schloss ihn ein und sorgte dafür, dass kaum Geräusche hereindrangen. In Köln gab es viele Friedhöfe, doch keiner glich Melaten. Darum war seine Freundin Helen, die Malerin, hier bestattet worden, und deshalb hatte sein Vater damals Wert darauf gelegt, dass seine Frau hier ihre letzte Ruhe fand.

Faller konnte sich nicht genau erinnern, wann er zuletzt am Grab seiner Mutter gewesen war. Er parkte am Haupteingang, weil er nur aus dieser Richtung sicher sein konnte, die Grabstätte zu finden. Ein ganzes Stück den Hauptweg hinauf, an den mächtigen Gruften alter Kölner Familien vorbei, dann musste er sich links halten. In der Nähe einer alten Kapelle lag das Grab.

Sich interessiert umschauend, die Nase im Wind, trippelte Monday neben ihm her.

»Ich habe meiner Mutter noch nicht erzählt, was mit ihrem Mann passiert ist«, sagte Faller laut, und der Pudel schaute ihn an, als würde er ihn verstehen.

Während Daniel Derkum so hingerissen zwischen Verzweiflung und Liebe von seiner Mutter gesprochen hatte, war Faller der Gedanke gekommen, dass er unbedingt zum Grab seiner Mutter gehen musste. Als hinge irgendetwas davon ab – wie wenn es seinem Vater dadurch besser ginge oder irgendetwas sich klären würde.

Ein dummer Gedanke, sagte er stumm in sich hinein, als müsste er sich vor sich selbst entschuldigen.

Er fand das Grab nach einigem Suchen, es lag tatsächlich in Sichtweite zu der alten Kapelle. Das Grab war frisch bepflanzt. Kleine Blumen mit roten Blüten, deren Namen er nicht kannte, reihten sich aneinander. »Paula Faller«, stand in goldenen Lettern auf einem rötlichen Stein. Als wollte er sie besonders ehren, hatte sein Vater eine Stimmgabel über ihren Namen eingravieren lassen. Und noch etwas hatte sein Vater in den letzten Monaten getan: Auch sein Name war nun an dem Stein angebracht worden – nur sein Sterbedatum fehlte noch.

Für einen Moment war Faller überrascht, dann ging er vor dem Grab in die Hocke. Der Geruch von feuchter Erde drang zu ihm. Monday hatte sich neben ihm abgelegt, als spürte er, dass er sich ruhig verhalten musste.

»Er liegt im Krankenhaus«, sagte Faller leise. »Ein schwerer Herzanfall – vielleicht weil die Polizei ihn für einen Mörder gehalten hat.« Als hätte er eine wirkliche Person vor sich, berichtete er kurz von Maria Derkum und dem, was seinem Vater widerfahren war. »Was hat er nur all die Jahre allein in diesem großen Haus gemacht?«, fuhr er dann fort. »Und nun hat er sein Testament abgefasst und ein Tonstudio im Keller eingerichtet, und er hat Gedichte im Radio vorgelesen.«

Rilke war die Musik deines Vaters, sagte seine Mutter in Fallers Kopf, oder vielleicht war es auch seine eigene Stimme. Etwas anderes benötigte dein Vater nicht – kein Klavier jedenfalls, und das Haus war immer sein Rückzugsort, in dem er niemanden gebraucht hat, weil er seine Bücher hatte, aber nun braucht er dich. Er ist ein ganz anderer Mensch, als du immer gedacht hast. Jetzt musst du ihn retten.

Jetzt musst du ihn retten. Ja, das hätte seine Mutter zu ihm gesagt.

Faller spürte wieder, dass sein Smartphone summte. Julia, vermutete er, sie wurde allmählich ungeduldig. Vor ihren Auftritten im Hinterhofsalon war sie immer besonders nervös. Doch die Nummer, die aufleuchtete, kannte er nicht.

Er meldete sich mit einem neutralen »Ja?«, falls irgendein Journalist seine Nummer herausgefunden hatte.

Der Anrufer am anderen Ende der Verbindung zögerte kurz. »Spreche ich mit Herrn Robert Faller?«, fragte dann eine ältliche Männerstimme.

»Was wollen Sie von mir?«

»Oh, Robert – hier ist Professor Hinck. Wir haben uns ja vorhin getroffen. In der Klinik hatte man deine Nummer. Ich wollte dir nur noch etwas sagen – zu der jungen Frau … Maria Derkum … die Studentin deines Vaters. Du weißt?«, setzte der alte Mann überflüssigerweise hinzu.

»Ja, klar, ich weiß, um wen es geht.« Faller warf einen letzten Blick auf das Grab seiner Mutter und entfernte sich dann, Monday eng neben ihm.

»Ich habe vorhin erwähnt, dass dein Vater sie einmal gerettet hat. Daher kannten sie sich so gut. Das war im Jahr 1981. Da sollte sie verhaftet werden, wegen irgendeiner Demo, die aus dem Ruder gelaufen war. Dein Vater hat aber erklärt, sie sei bei ihm gewesen, sogar deine Mutter, die damals ja noch gelebt hat, musste es der Polizei bestätigen.«

1981 – da war Faller selbst zehn Jahre alt gewesen; er konnte sich nicht erinnern, Maria Derkum begegnet zu sein, aber all die jungen Leute, die gelegentlich zu seinem Vater in dessen Arbeitszimmer gekommen waren, hatten ihn damals gar nicht interessiert.

»Wissen Sie, was das für eine Demonstration war?«, fragte er den Professor.

Karl-Josef Hinck schwieg einen Moment. »Darüber habe ich auch schon nachgedacht. 1981 gab es die große Demonstration im Bonner Hofgarten gegen die Nachrüstung der NATO – war damals bei den Studenten eine bedeutsame Sache, aber da ging alles friedlich ab, wenn ich mich nicht irre. Es muss sich um eine andere Demo gehandelt haben – leider bin ich noch nicht darauf gekommen, welche es gewesen sein könnte.« Er atmete tief ein. »Wenn du nichts dagegen hast, würde ich deinen Vater gerne noch einmal besuchen. Er ist einer der letzten meiner Kollegen von damals an der Uni.«

»Besuchen Sie ihn gerne.« Faller bog wieder auf den Hauptweg ein, doch ein mächtiger Trauerzug kam ihm entgegen, sodass er mit Monday zurückwich und in einem schmalen Seitengang Zuflucht suchte. Helens Grab, sagte er sich stumm, würde er besser an einem anderen Tag aufsuchen.

Über einen Nebenweg ging er zurück zu seinem Wagen. Monday hüpfte gleich auf den Beifahrersitz, als wäre das nun sein angestammter Platz.

Als Faller in seiner Straße ankam, die nur fünf Minuten entfernt lag, und nach einem Parkplatz suchte, erkannte er,

dass eine Gestalt vor seiner Tür wartete. Während er vorbei-
rollte, hob die Gestalt den Arm. Daniel Derkum stand da, eine
Plastiktüte in der Hand, und winkte ihm.

Nachdem Faller einen Parkplatz gefunden hatte, hinkte
Maria Derkums Sohn auf ihn zu.

»Tut mir leid«, keuchte er. »Vor meiner Tür warteten zwei
Polizisten auf mich. Da bin ich abgehauen. Wahrscheinlich
denken die wirklich, ich hätte etwas mit dem Tod dieses Kom-
missars zu tun. Wäre schön, wenn ich eine Nacht bei dir bleiben könnte. Nur bis ich mich ein wenig sortiert habe.«

23

Max fehlte ihr, musste Birte sich eingestehen. Nun hätte sie am liebsten ein Bad genommen und sich hinterher nackt oder nur mit einem Bademantel bekleidet neben ihn gelegt. Er hätte ihre Hand genommen, sie hätte die Augen geschlossen, und dann hätte sie von ihrem Fall erzählt. Max konnte sie bedingungslos vertrauen – niemals würde er einem Dritten von ihren Gesprächen auch nur ein Wort mitteilen. Was war Rüdiger Köster für ein Mensch gewesen? Wenn er sich nicht selbst getötet hatte, wie es ja den Anschein hatte – wer profitierte von seinem Tod?

Birte war von Silke Millner nicht ins Präsidium zurückgefahren, sondern zu sich in die Wohnung, um sich ganz allein Kösters Laptop anzuschauen. Es war viel mehr Material gespeichert, als Bahnert ihr mitgeteilt hatte. Tatsächlich hatte Köster Gedichte geschrieben, wahrscheinlich waren sie eher als Songtexte gedacht. Unbeholfene Versuche, Gefühle in Worte zu kleiden. »Du bist für mich die Sonne – ich bin dein halber Mond – du lächelst voller Wonne – ich fühle mich wie unbewohnt.«

Auch Briefe an seine Frau fand sie, genauso wie Beschreibungen von Rennpferden.

Fotos hatte Köster ebenfalls gespeichert – von Bands, Musikinstrumenten, von Pferden und Autos. In einer Datei waren Fotos von Kirchen aufgeführt, die Köster offenbar selbst gemacht hatte. Der Dom, Groß St. Martin, St. Aposteln und ein paar andere, die sie nicht kannte.

Aber nirgendwo entdeckte sie etwas, das auf ein Tatmotiv hinwies.

Der Papierkorb auf dem Laptop war erstaunlicherweise leer, doch wurde angezeigt, dass die letzte Löschung erst vor vier Stunden stattgefunden hatte.

Bahnert, dachte sie sofort, er musste etwas gelöscht haben. Niemand sonst hätte an den Laptop gelangen können. Bahnert hatte also mutmaßliches Beweismaterial manipuliert. Wer so ein hohes Risiko einging, musste triftige Gründe dafür haben.

Wie stellte man gelöschte Dateien wieder her? Max hätte es vielleicht gewusst, und natürlich würde man es in der Kriminaltechnik wissen, aber da bestand die Gefahr, dass Bahnert davon erfahren würde.

Warum hatte Bahnert Dateien gelöscht? Weil sie ihn belasteten?

Auch auf Kösters Smartphone war nichts Verdächtiges zu entdecken. Er hatte die üblichen Websites aufgesucht – hauptsächlich spiegel.de, express.de, kicker.de, turf-times.de –, und telefoniert hatte er sehr selten, gelegentlich mit seiner Frau und mit einer anderen Nummer, für die kein Name hinterlegt war.

Als Birte die Nummer wählte, dauerte es fast eine Minute, bis jemand abnahm.

»Was soll das?«, fragte ein Mann dann voller Ärger. »Oder bist du das, Silke?«

»Birte Jessen, Kriminalpolizei Köln«, meldete sich Birte. »Mit wem spreche ich?«

Der Mann antwortete nicht sofort. »Sie sind Rüdigers Partnerin im Präsidium gewesen, nicht wahr?«, sagte er dann. »Er hat Sie zwei-, dreimal erwähnt.«

»Und Sie sind Andre, Kösters bester Freund?«

Birte hörte, wie der Mann tief einatmete. »Das war ich wohl – sein bester Freund, auch wenn ich zuletzt nicht viel für ihn tun konnte. Ich bin krank – Parkinson. Wirklich nicht schön. Kürzlich bin ich gestürzt und habe mir den Arm gebrochen. Ist nichts mehr mit Gitarrespielen.«

»Köster wollte mit Ihnen eine Band gründen?«

»Ja, das hatte er vor. Er war ziemlich am Ende. Silke verloren, Schulden, keinen Bock mehr auf seinen Polizeijob und dann die blöde Idee, auf Pferde zu wetten.« Kösters Freund verstummte für einen Moment. »Er hat sich nicht umgebracht, nicht wahr? Silke meinte, es sähe so aus, aber von Selbstmord hat Rüdiger nie gesprochen, nicht einmal, wenn er betrunken war und mich aus seiner Wohnung in Kalk angerufen hat. Da habe ich eher gefürchtet, er würde auf eine Art und Weise versuchen, an Geld zu kommen, die ihm das Genick brechen könnte. Einmal hat er herumgesponnen, was er wohl erbeuten würde, wenn er einen von diesen türkischen Juwelieren in Kalk überfallen würde.«

Birte hörte, dass jemand versuchte, sie anzurufen, trotzdem unterbrach sie ihr Telefonat nicht. »Also stimmt es, dass er ziemlich hohe Schulden hatte?«

»Hatte er wohl«, erwiderte Andre. »Ich konnte ihm leider nichts geben. Ich lebe selbst von Arbeitslosenstütze, die hinten und vorne nicht reicht. Als Musiker ist man sofort pleite, wenn man nicht in der richtigen Band spielt. Ich habe einmal im Karneval in einer Band ausgeholfen. Waren schlimme vier Monate von November bis Februar, aber danach bin ich im Geld geschwommen.«

Birte zögerte einen Moment, ob sie die nächste Frage wirklich stellen sollte. »Köster hatte hier im Präsidium auch einen Freund«, sagte sie dann. »Gerald Bahnert – kennen Sie ihn?«

»Gerry Bahnert – der Kettenraucher und Pferdenarr. Klar kenne ich den, aber ich habe ihn nur zweimal getroffen. Wir haben im Trash chic zusammen gegessen, ein veganer Laden, was Bahnert gar nicht gefallen hat. Außerdem waren wir uns nicht sonderlich sympathisch. Mir gefällt diese Art Besserwisser nicht, und, ehrlich, dieser Bahnert hat nicht halb so viel Ahnung von Musik, wie er meint.«

»Könnte es sein, dass Köster Bahnert Geld geliehen hat – ich meine, viel Geld, zehntausend, zwanzigtausend?« Aber während sie ihre Frage aussprach, kam es ihr völlig unwahrscheinlich vor, dass so eine Summe, die Köster vielleicht hatte aufbringen können, Grund genug für einen Mord war.

»Darüber weiß ich nichts.« Andres Tonfall hatte sich verändert. »Was ist nun genau passiert?«, fragte er. »Ist Rüdiger ermordet worden? Rufen Sie deshalb an?«

»Könnte es einen Grund dafür geben?«, fragte Birte zurück.

»Die Sache mit den Antifa-Leuten hat ihn aus dem Gleis geworfen – dass er da seine Waffe gezogen und auf einen Jungen geschossen hat. Er hat mir Drohbriefe gezeigt, die er bekommen hat. ›Wir killen dich, Bulle!‹ Solche Zettel haben unter dem Scheibenwischer seines Autos gesteckt – und nicht nur ein Mal. Vielleicht hat sich doch einer von denen gerächt.«

»Vielleicht«, erwiderte Birte einsilbig, dann bat sie Kösters Freund, ihr seinen vollen Namen und seine Adresse zu geben. Er hieß Andre Fischer und wohnte nicht in Mülheim, wie Silke Millner gemeint hatte, sondern in Ehrenfeld, Leyendeckerstraße.

»Wenn ich es irgendwie hinkriege, werde ich ein Lied für Rüdiger singen – bei seiner Trauerfeier. Ich hoffe, es wird ein großes Fest für ihn geben. Das habe ich Silke auch gesagt. Rüdiger war ein besonderer Mensch, er war sehr feinfühlig, und er hat nie das getan, was er wirklich wollte. Sonst wäre er auch nie Polizist geworden wie sein Vater.«

Nachdem Birte aufgelegt hatte, öffnete sie die SMS, die Monika Grams, die Rechtsmedizinerin, ihr während des Telefonats geschickt hatte. »Wir haben nun die Bestätigung. Das Blut an Kösters rechter Hand stammt von ihm. Er hat sich nicht selbst erschossen. Sie müssen einen Mord aufklären, Frau Hauptkommissarin.«

Nein, dachte Birte, vielleicht sind es sogar zwei Mordfälle – Maria Derkum und Rüdiger Köster. Es gab kein Motiv für den Mord an ihrem Kollegen – aber eigentlich stimmte das auch für den Mord an Maria Derkum, und doch sagte ihre Intuition, dass beide Fälle zusammenhingen und dass sie mehr über Bahnert herausfinden musste. Hatte er sich selbst beim Oberstaatsanwalt ins Spiel gebracht – oder hatte Dauner ihn tatsächlich von sich aus mit den Ermittlungen im Fall Derkum beauftragt?

Sie ging ins Bad hinüber, ließ Wasser in die Wanne laufen. Ihre Stimmung war absolut im Sinkflug. Ihr Kollege war ermordet worden – mitten in einer Ermittlung, die sie geleitet hatte –, und sie hatte nichts – außer einem Kollegen, der Beweismittel manipuliert hatte und der ihr höchst unsympathisch war.

Ihr Smartphone summte, als sie eben in die Badewanne steigen wollte.

»Max«, leuchtete auf dem Display auf, und sie registrierte, dass ihr Herz einen freudigen Hüpfer tat.

Sie rief freudig seinen Namen in den Apparat und dann: »Wo bist du? Wie geht es dir?«

»In Luxemburg«, antwortete er. »Ich bin gestürzt. Nichts Schlimmes – ein paar Prellungen, aber ich habe richtig schlechte Laune.«

»Ich auch«, sagte Birte.

Dann lachten sie beide.

»Gut, dass du anrufst«, redete Birte weiter. »Ich habe Sehnsucht nach dir.«

»Ich auch«, erwiderte Max, und wieder lachten sie gemeinsam.

»Nach Santiago de Compostela abzuhauen war vielleicht nicht meine beste Idee«, fuhr Max fort. »Nun liege ich hier in einem sauteuren Hotelzimmer und kann mich kaum bewegen. Sag mir, was du anhast.«

»Nichts«, war ihre Antwort. »Ich bin gerade in die Badewanne gestiegen. Um nachzudenken und wegen meiner schlechten Laune.«

Wieder ein gemeinsames Lachen.

Ich liebe ihn, dachte sie plötzlich. Ein Gedanke wie eine schöne schillernde Seifenblase. Ohne Max ist das Leben ärmer.

Dann sprachen sie über ihren Fall. Er kannte Maria Derkum natürlich als Sängerin Blanche, wusste sogar, dass sie irgendwann nach Spanien oder Portugal verschwunden war, als es nichts mit ihrer Solokarriere geworden war.

»Eine schöne Frau, aber dass sie ein wenig durchgeknallt war, konnte man ihr schon damals an den Augen ablesen. Und richtig singen konnte sie nie – es war eine Mischung aus Sprechgesang und erotischem Gehauche, aber eine Weile hat es funktioniert.«

Während sie telefonierten, hörte sie, wie er an seinem Laptop tippte – vermutlich Informationen abrief.

Erst als sie über ihren toten Kollegen sprach, wurde er stiller.

»Verdammt – und das ist nun dein Fall?«

»Ja, und ich mache mir Vorwürfe. Ich arbeite seit ein paar Monaten mit Köster zusammen und habe keine Ahnung, wer er ist. Er ist bei seiner Frau rausgeflogen, wettet auf Pferde und will eigentlich in einer Band spielen.«

»Und nun ist er tot, und sein Mörder will es wie einen Selbstmord aussehen lassen.«

»Genau, nur hat es nicht funktioniert. Da passten ein paar Dinge nicht – Köster ist Linkshänder und dann die Handschuhe, unter denen sein Blut klebt.«

»Bei einem anderen Ermittler hätte es vermutlich sogar funktioniert«, sagte Max, »aber du bist eben misstrauisch und klug.«

Dann sprach Birte über Bahnert – dass er ihr einziger Verdächtiger war, na, nicht einmal ein richtiger Verdächtiger, sondern eher jemand, der sie vor die Frage stellte, in welcher Beziehung er zu Köster stand.

»Leider kann ich schlecht offen gegen ihn ermitteln – er würde es mitbekommen, keine Frage.«

»Verstehe«, entgegnete Max, »aber er ist dein wichtigster Anhaltspunkt, also musst du gegen ihn ermitteln, nur anders, verdeckter. Du brauchst ein Schattenteam, zwei, drei Leute, die nur für dich arbeiten, losgelöst vom Präsidium und ohne Gefahr, enttarnt zu werden.«

»Ja«, sagte sie, und ein Gedanke formte sich in ihr. »Ja, du hast recht.«

»Und hast du eine Idee, wer das sein könnte?«, fragte Max.

»Ich habe ein Team«, erwiderte Birte und hätte beinahe laut aufgelacht, »zwei Männer. Ich muss sie nur noch überzeugen, für mich zu arbeiten.«

Max lachte auch wieder. »Na, das wird dir nicht schwerfallen, wie ich dich kenne. Und in ein paar Tagen gehöre ich auch zum Team. Wenn alles gut verläuft, komme ich übermorgen zurück.«

24

Faller beobachtete mit einigem Ärger, wie Daniel Derkum sich in seiner Küche auf einen Stuhl sinken ließ. Monday schnupperte interessiert an ihm, als würde er einen besonderen Geruch verströmen.

»Es war vermutlich nicht die beste Idee, vor der Polizei abzuhauen«, sagte Faller. Er nahm auf dem anderen Stuhl Platz.

Derkum wischte sich über seinen Dreitagebart und stöhnte auf. »Nein, wohl nicht, aber ich habe ein paar Pflanzen in meiner Wohnung, die niemand von der Polizei sehen sollte, und …« Er atmete tief ein und verzog schmerzverzerrt das Gesicht. »Es ist wirklich kein Spaß, sich drei Rippen zu brechen.«

Sie schwiegen einen langen Moment. Dann sagte Faller: »Wegen ein paar Marihuanapflanzen bist du aber nicht vor der Polizei abgehauen, oder?«

Daniel Derkum nickte. »Nein«, sagte er. »Ich habe ein Zimmer in meiner Wohnung, das niemand betreten darf, wirklich niemand. Da würde man denken …« Er brach ab und starrte an Faller vorbei zum Fenster, als hätte er Angst, jemand würde ihn von dort aus anstarren. »In diesem Zimmer hängen überall Bilder von meiner Mutter. Alte Fotos, die ich von Lore, meiner Großmutter, habe, Zeitungsausschnitte, Plattencover. Ich habe alles von ihr gesammelt, was ich in die Finger bekommen konnte. Wenn das jemand sieht, muss er denken, ich wäre besessen von ihr, irgendwie …«

»Dabei wolltest du ihr nur nah sein und sie ein wenig verstehen«, sagte Faller.

Daniel Derkum nickte beflissen, wie ein Kind, das eine Aufgabe gut machen wollte.

»Ich war schon ein paarmal kurz davor, das Zimmer auszuräumen. Cora, eine Frau, mit der ich einmal kurz zusammen war … sie hat mich einmal morgens in dem Zimmer erwischt, wie ich eine Zigarette geraucht habe … war so eine Gewohnheit von mir … sie ist fast ausgeflippt, hat mich einen Psycho genannt.« Er lächelte matt. »Na, jedenfalls konnte ich mich eher von Cora als von diesem Zimmer trennen. Und deshalb muss ich auch diese Songs hören, verstehst du?«

Faller stand auf und holte sich ein Bier aus dem Kühlschrank. Mit einem auffordernden Blick bot er auch Derkum eines an, doch der schüttelte den Kopf.

»Ich habe etwas erfahren«, sagte Faller, nachdem er die Flasche geöffnet und einen Schluck getrunken hatte. »Deine Mutter ist einmal beinahe verhaftet worden – mein Vater hat sie irgendwie vor der Polizei gerettet. Da war deine Mutter noch eine Studentin. Weißt du etwas darüber?«

»Ich weiß, dass sie auf irgendwelchen Demos herumgelaufen ist – gegen Raketen, Atomkraft, aber von einer Verhaftung weiß ich nichts. Von ihrer Vergangenheit hat sie nie etwas erzählt. Deshalb muss ich auch wissen, ob sie etwas hinterlassen hat – einen Brief, irgendwelche Notizen …« Er stöhnte wieder auf. »Hast du einen Whiskey im Haus? Ich brauche dringend etwas.«

Bevor Faller antworten konnte, summte sein Smartphone, und die Türklingel schrillte so laut, dass Monday zu kläffen begann.

»Julia«, meldete das Display seines Smartphones. »Ich stehe vor deiner Tür«, sagte sie mit wütender Stimme. »Und ich weiß, dass du da bist – also mach bitte die Tür auf.«

So in Rage hatte er sie noch nie gesehen. Sie stürmte an ihm vorbei, mitten hinein in Helens Atelier, dann blieb sie abrupt stehen. Ihre Augen funkelten ihn an.

»Was denkst du dir eigentlich?«, fragte sie. »Morgen habe ich unsere Talkrunde im Hinterhofsalon, und auf unserer Seite haben wir fünfhundert Aufrufe in der Stunde, und du … Wo bist du? Führst du dein Hündchen spazieren, oder was?«

Monday hatte sich auch hervorgetraut, freudig wedelnd hüpfte er um Julia herum.

»Ich habe Besuch«, sagte Faller und deutete in Richtung Küche. Er widerstand der Versuchung, Julia in den Arm zu nehmen, und dann, ohne groß nachzudenken, verfiel er auf eine wunderbare Lüge. »Außerdem arbeite ich. Nebenan sitzt Daniel Derkum, der Sohn der Toten, bereit, uns ein Interview für unsere Seite zu geben.«

Julias Kopf zuckte herum, dann trat ein Lächeln auf ihr Gesicht. »Maria Derkums Sohn ist dir zugelaufen? Wirklich wahr?«

»Wirklich wahr«, erwiderte Faller. Nun ging er doch auf sie zu und wagte es, sie auf die Wange zu küssen. »Er ist vor der Polizei abgehauen und möchte etwas über seine Mutter erfahren. Also machen wir ein Geschäft mit ihm – wir geben ihm etwas, und er gibt uns etwas.«

Julia wich nicht vor ihm zurück, registrierte Faller zufrieden, und wieder fiel ihm auf, wie sehr er ihren Geruch mochte. Sie benutzte ein bestimmtes französisches Parfüm, trug es jedoch so zart auf, dass man es beinahe nur unbewusst wahrnahm.

»Dann, Faller«, sagte sie, »will ich dir vielleicht noch einmal verzeihen, dass du dich den ganzen Tag nicht bei mir gemeldet hast.«

Daniel Derkum hatte einen Sinn für Schönheit, erkannte Faller. Maria Derkums Sohn hob den Kopf, dann straffte er sich und schaute Julia an. Seine Augen schienen Feuer zu fangen. Mühsam versuchte er, sich zu erheben.

»Bitte bleib sitzen«, sagte Julia mit weicher Stimme. »Ich bin Fallers Partnerin«, fuhr sie fort, während sie Daniel Derkum ihre Hand entgegenstreckte. »Wir betreiben eine wichtige Internetseite in Köln. Ich freue mich, dich zu treffen.« Wie selbstverständlich duzte sie ihn und traf gleich den richtigen Ton.

»Ganz meinerseits«, murmelte Derkum. Er sank auf den Stuhl zurück. »Ich bin hier gestrandet – unfreiwillig, irgendwie.« Sein Blick huschte kurz zu Faller, dann aber zurück zu Julia. »Ich bin …« Er brach ab und setzte neu wieder an, ohne die Augen von Julia abzuwenden. »Die Tragödie … der Tod meiner Mutter hat mich aus der Balance gebracht. Obendrein hatte ich einen Unfall mit meinem Motorrad … und die Polizei … sie denken …«

Julia hob ihre Hände, wie eine Dirigentin, die einen Einsatz gab. »Ich schlage vor, dass ich uns einen Tee koche, und dann unterhalten wir uns. Deine Geschichte finde ich hochspannend, und ich bin sicher, eine Menge Leute interessieren sich auch dafür.«

Aller Ärger war von ihr abgefallen. Daniel Derkum konnte nicht anders als nicken, und Faller begriff, was für eine hervorragende Journalistin sie war. Ihr Interesse an Derkums Geschichte war echt und tief; sie musste sich nicht verstellen, wie schlechte Boulevardreporter es taten, und gerade darum würde sie Dinge erfahren, die bisher nicht ans Tageslicht gekommen waren.

»Erzähle uns zuerst einmal, wer du bist – was dich ausmacht«, begann Julia. »Du bist eigentlich Fotograf, nicht wahr? So viel haben wir schon über dich gehört.«

Daniel Derkum lehnte sich zurück. Er schloss kurz die Augen und atmete tief ein. »Eigentlich«, sagte er, ohne die Augen zu öffnen, »bin ich ein verlorener Sohn. Wenn ich ganz still bin und in mich hineinsehe, nehme ich nur die Stimme meiner Mutter wahr.«

Fast eine halbe Stunde hörte Julia nur zu und ließ Daniel Derkum reden. Sie machte sich zwischendurch Notizen, aber so, dass es wie nebensächlich wirkte. Derkum nippte gelegentlich an seinem Tee und schien sich immer mehr zu entspannen. Faller hatte sich ans Fenster zurückgezogen. Er war hier nur der Zuschauer, eine Rolle, die ihm gefiel. Monday hatte sich zu seinen Füßen zusammengerollt.

Als Daniel Derkum erzählte, dass er vor drei Jahren sogar

einmal nach Portugal gefahren war, um seine Mutter zu treffen, er sie dann aber mit einem fremden Mann auf der Terrasse ihres Cafés in Nazare gesehen habe und sich wie ein Spanner vorgekommen sei, vibrierte Fallers Smartphone. Julia schaute ihn verärgert an. Die Nummer auf dem Display kannte er nicht. Eine Kölner Nummer. Hatte Brasch einen neuen Festnetzanschluss? Faller nahm das Gespräch an, während er in das Atelier hinüberging.

»Sind Sie allein?«, fragte eine Frauenstimme in einem Flüsterton. »Hört Ihnen jemand zu?«

Er brauchte einen Moment, um zu begreifen, dass die Polizistin ihn anrief, Hauptkommissarin Jessen.

»Einen Moment«, sagte er und schloss die Tür hinter sich. Dann stand er in dem dunklen Atelier. Helens Figuren aus Holz, die am Eingang Wache zu halten schienen, waren nur noch als Schattengebilde zu erahnen.

»Ich brauche Ihre Hilfe«, sprach die Kommissarin weiter. Im Hintergrund war ein Rauschen zu hören. Wind oder ein vorbeifahrendes Auto. Sie rief ihn von einem öffentlichen Telefon an, begriff Faller, jedenfalls nicht von ihrem Smartphone. »Können wir uns treffen – unten an dem Fähranleger, wo mein Kollege ermordet worden ist? In einer Stunde? Aber sprechen Sie mit niemandem darüber. Verstehen wir uns?«

Es war kurz vor halb elf am Abend, als er den Volvo in einer Nebenstraße parkte. Es war still und dunkel in dieser Straße, nur ein paar Laternen verteilten ein mattes Licht. Drei, vier Autos waren vor schmalen, geduckt aussehenden Häusern geparkt. Zu sehen war niemand. Er hatte Julia eine SMS geschrieben. »Muss dringend etwas erledigen. Bin in einer Stunde zurück.« Dann war er losgefahren.

Warum hatte die Polizistin ihn ausgerechnet zu der Stelle gerufen, wo ihr Kollege zu Tode gekommen war?

Das Lokal vor dem Fähranleger hatte bereits geschlossen. Nur hinter der Bar waren noch zwei Männer zu sehen, die aufräumten. Er passierte das Lokal und lief weiter zum Fluss hinunter. Zwei Vans standen da, vielleicht von Anglern, die irgendwo unten am Rhein die Nacht verbrachten. Faller kannte diesen Abschnitt des Flusses. Mit Helen war er einige Male hier gewesen, sie war nicht nur eine großartige Malerin gewesen, sondern auch eine Sammlerin. Oft war sie tagelang am Ufer entlanggelaufen, hatte Treibholz aufgelesen, Steine, einmal auch ein altes Fahrrad, Dinge, die sie für ihre Arbeiten verwendet hatte.

Ein wenig Flatterband, das die Polizei um den Tatort gespannt hatte, hatte sich an der Stoßstange des größeren Vans verfangen. Sonst deutete nichts mehr darauf hin, dass hier möglicherweise ein Verbrechen geschehen war.

Faller blieb stehen und blickte auf den Fluss. Ein wenig Licht schimmerte auf dem Wasser, ein großer Vogel glitt in diesem feinsilbernen Schein dahin. Faller hatte für einen Moment das Gefühl, dass dieser Vogel nur für ihn da war, nur für ihn diese eine majestätische Schleife über den Fluss zog, um dann für immer zu verschwinden. Dann spürte er, dass ihn ein Frösteln durchzog. Ein kühler Wind war aufgekommen, aber vor allem hatte er das Gefühl, am falschen Ort zu sein. Was tat er hier? Von der Polizistin war nichts zu sehen. Scheinwerfer hinter ihm leuchteten plötzlich auf, verschwanden jedoch gleich wieder. Ein Wagen war in die Straße abgebogen, in der er den Volvo abgestellt hatte.

»Gut, dass Sie allein gekommen sind.« Die Kommissarin stand plötzlich neben ihm. Ein Stück entfernt gab es eine Bushaltestelle mit einem Wartehäuschen, offenbar hatte sie ihn von dort aus beobachtet.

»Wollen Sie sehen, ob ich Angst habe, noch einmal an diesen Ort zu kommen, wo Ihr Kollege sein Leben verloren hat?«, sagte Faller in einem Tonfall, der unfreundlicher klang als beabsichtigt.

»Vielleicht«, sagte die Polizistin. Sie trug eine schwarze Lederjacke, nur ihre weißen Turnschuhe und ihr kurzes blondes

Haar leuchteten. »Mein Kollege ist hier ermordet worden. Er hat sich nicht erschossen. Das wissen wir nun genau.« Sie ging langsam weiter, entfernte sich vom Fähranleger zu dem sandigen Uferweg.

Faller folgte ihr unwillig. »Warum bin ich hier?«, fragte er.

Birte Jessen betrat den Uferweg und blickte auf den Fluss. »Ich habe so etwas noch nie gemacht«, sagte sie. »Ich muss ermitteln und kann niemanden im Präsidium hinzuziehen, und doch brauche ich Hilfe.«

25

Sie hatte versucht, möglichst viel über ihn in Erfahrung zu bringen. Robert Faller war Anfang fünfzig, er war seit über dreißig Jahren Journalist, zuerst beim Stadt-Anzeiger, dann nach einer großen Reportage über die Ereignisse am 11. September in New York war er zum Starautor eines Nachrichtenmagazins in Hamburg aufgestiegen. Bis er eine Story über ein Treffen von hochrangigen Wirtschaftsleuten und Politikern – den sogenannten Bilderbergern – geschrieben hatte, die komplett falsch gewesen war. Da hatte sein Abstieg begonnen. Er galt als Fälscher und war ein paar Jahre als Journalist von der Bildfläche verschwunden. Nun gab er mit der Journalistin Julia Blum, die sie schon mit ihm gesehen hatte, eine Internetzeitung heraus.

Konnte sie ihm trauen? Die Geschichte, die er über seinen Vater und den Mord an Maria Derkum geschildert hatte, klang plausibel. Wenn sie sich jedoch in ihm täuschte, war ihre Karriere bei der Kölner Polizei zu Ende – aber vielleicht wäre sie das auch so. Geheime Ermittlungen gegen einen Kollegen – so etwas wurde in ihren Kreisen ganz und gar nicht geschätzt.

Birte sah, wie Faller auf den Fähranleger zuschritt. Er hatte die Schultern hochgezogen, er war nicht unattraktiv, allerdings wirkte er auch stets ein wenig abwesend, als würde ihn nichts wirklich interessieren. Zum Glück hatte er seinen Hund nicht dabei.

Sie trat auf ihn zu und sprach ihn an. Er reagierte unwirsch, und er war unhöflich, aber ganz konnte sie es ihm nicht verdenken.

Sie verließen den Fähranleger und gingen am Fluss entlang. Auf keinen Fall wollte sie hier von irgendjemandem gesehen werden. Nichts durfte darauf hindeuten, dass sie mit ihm Kontakt aufgenommen hatte. Deshalb auch hatte sie ihn von einem öffentlichen Telefon am Lindenthalgürtel angerufen. Den Standort hatte sie im Internet herausfinden müssen.

Ein paar Sätze brauchte sie, um in ihre Geschichte zu finden, den Verdacht gegen Bahnert, ihren Kollegen aus dem Betrugsdezernat, der nun den Fall Derkum übernommen hatte, der aber, wenn sie nicht ganz falschlag, mit dem Tod ihres Kollegen Rüdiger Köster zu tun hatte.

Faller sagte nichts, er unterbrach sie nicht, schritt lediglich stumm, mit hochgezogenen Schultern, neben ihr her, doch sie spürte, dass sie nun seine ganze Aufmerksamkeit hatte.

»Ich soll Ihnen also helfen«, sagte er dann, nachdem sie mit dem Vorwurf, Bahnert habe vermutlich Kösters Laptop manipuliert, geendet hatte. »Ich und mein Freund Brasch.«

»Ich brauche ein Team«, antwortete sie und benutzte den Ausdruck, den Max am Telefon verwendet hatte, »ein Schattenteam. Im Präsidium kann ich niemandem trauen.«

Sie beobachtete, wie Faller nickte, dann schaute er sie lächelnd an. »Ich habe schon einiges als Reporter erlebt, aber so etwas noch nicht. Es gefällt mir. Allerdings …« Er machte eine vage Geste. »Sagen Sie mir, ob Sie etwas gegen meinen Vater in der Hand halten. Wird er noch verdächtigt?«

»Nein«, sagte sie eine Spur zu schnell und leichtfertig. »Ich denke nicht. Ihr Vater hat kein Motiv, aber … Na ja, wir tappen komplett im Dunkeln. Wir wissen nicht, warum Maria Derkum getötet worden ist. Ich bin mir in einer Sache aber ziemlich sicher: Wenn wir herausfinden, wer meinen Kollegen Köster getötet hat, wissen wir auch, warum die Sängerin ermordet worden ist.«

Faller streckte ihr die Hand entgegen; sie fühlte sich erstaunlich warm und irgendwie freundlich an.

»Ich bin dabei«, sagte er, »und ich bringe neben Brasch sogar noch jemanden mit. Wo ist der Laptop Ihres Kollegen? Wir haben auch noch einen Computernerd in unserem Team.«

Um kurz nach Mitternacht waren sie alle in einer hässlichen ehemaligen Garage in Höhenhaus versammelt. Hier hatte Matthias Brasch, der Privatdetektiv, von dem Birte wusste, dass er vor vielen Jahren und vor ihrer Zeit einmal Hauptkommissar gewesen war, sein Büro. Warum man ihn bei der Polizei hinausgeworfen hatte, wollte Birte gar nicht so genau wissen. Er nickte ihr auch nur kurz zu, ohne zu erklären, ob er eine genauere Ahnung hatte, wer sie war.

»Interessante Sache«, meinte er nur. Hinter Brasch tauchte der Computernerd auf – eine blond gelockte Frau mit einem riesigen roten Kussmund.

»Louisa«, stellte sich die Frau vor. »Faller hat gemeint, ich könnte nützlich für dich sein.«

»Wenn du etwas von Computern verstehst …« Birte versuchte, möglichst förmlich zu bleiben, aber da die Frau sie geduzt hatte, musste sie darauf eingehen.

»Soll vorkommen, dass auch Bullen Beweise manipulieren«, sagte Louisa mit einem spöttischen Seitenblick auf Brasch. »Nicht wahr, Matthias?«

Brasch winkte ab. »Worum geht es hier?« Mit seinen tiefbraunen Augen fixierte er Birte. »Dein Kollege hat an dem Laptop herumgespielt. Aber denkst du, er hat Köster erschossen?«

»Ich denke gar nichts. Ich will die Wahrheit wissen.« Sie holte den Laptop aus dem Rucksack, in dem sie ihn verstaut hatte, und legte ihn auf den alten zerschrammten Schreibtisch, auf dem nur eine Sportzeitung lag, sonst nichts, keine Akte, keine Notizen, nichts. Braschs Geschäfte schienen nicht gerade großartig zu laufen.

»Das Passwort hast du?«, fragte Louisa und zog gleich einen Stuhl heran, um sich zu setzen.

Birte nannte das Wort. »Ein Musiker«, sagte sie zur Erklärung. »Mein Kollege hat nebenbei Musik gemacht.«

Faller hatte die ganze Zeit nichts gesagt. Sie hatte ihm das Versprechen abgerungen, dass er nichts darüber schreiben würde, jetzt nicht und auch nicht in ein paar Wochen, aber sie spürte seinen forschenden Blick. Zwischendurch blickte er auf sein Smartphone und schrieb kurze Nachrichten.

Dass Louisa etwas von Computern verstand, sah man schon daran, wie sie das Gerät anschaltete und wie ihre Finger über die Tasten hüpften. Anmut und die Gewissheit, alles herausfinden zu können, lagen in ihren Bewegungen. »Wenn man denkt, dass man etwas gelöscht hat, dann hat man es noch längst nicht gelöscht«, sagte sie mit einem konzentrierten Blick auf den Bildschirm. »Aber das weiß ja eigentlich jeder.«

Gerald Bahnert vielleicht nicht, dachte Birte, sprach den Gedanken aber nicht aus. Oder er hatte einfach nicht genug Zeit gehabt, gründlicher vorzugehen.

Im nächsten Augenblick summte ihr Smartphone. Es war eine halbe Stunde nach Mitternacht. War Max noch etwas eingefallen, das er ihr unbedingt sagen musste?

»Wo bist du?«, fragte Gerald Bahnert, als hätten ihre Gedanken ihn angelockt.

»Zu Hause«, log sie und hoffte, dass er nicht aus irgendeinem Grund vor ihrer Tür stand. »Ich liege schon im Bett«, ergänzte sie hastig, um ihn von einem Besuch abzuschrecken.

Sie hörte, dass er rauchte. Louisa schaute sie abwartend an. Als Birte ihr zunickte, machte sie mit ihrer Arbeit weiter.

»Ich brauche einen Rat«, sagte Bahnert. »Dieser Sohn … Daniel Derkum … Ich hatte einen Streifenwagen zu seiner Wohnung geschickt, aber er ist abgehauen … ist nun spurlos verschwunden. Traust du ihm einen Mord an seiner Mutter zu?«

Deshalb rufst du mich mitten in der Nacht an?, dachte sie. Oder war es eine Art Kontrollanruf?

»Du hast ihn doch verhört, oder nicht?«, fügte Bahnert hinzu.

»Daniel Derkum ist eine merkwürdige Gestalt«, erwiderte sie und wandte sich ein wenig ab. Brasch und Faller mussten nicht unbedingt hören, was sie sagte. »Ein Loser, wie er im Buche steht. Er ist nie darüber hinweggekommen, keine richtige Mutter zu haben, und wer sein Vater ist, weiß er wohl auch nicht, aber nein, einen Mord traue ich ihm nicht zu.«

»Gut.« Bahnert zog an seiner Zigarette. »Dann deckt sich das mit meiner Meinung. Danke.« Ohne weitere Worte unterbrach er die Verbindung.

Louisa reckte die Faust in die Höhe, als Birte sich wieder umdrehte, und leckte sich über ihren schönen roten Kussmund. »Oh, là, là, was haben wir denn hier?«

Faller und Brasch umringten sie, wichen jedoch bereitwillig zurück, als Birte sich wieder näherte.

Louisa deutete auf den Bildschirm. »Ich habe wiederherstellen können, was da bis gestern im Papierkorb gelegen hat.«

Eine Liste erschien auf dem Bildschirm: Datumsangaben, manchmal auch eine Adresse und daneben Geldbeträge – zwischen tausend und zweitausend Euro.

»Sieht aus, als hätte Ihr Kollege ein paar einträgliche Nebengeschäfte betrieben«, meinte Brasch.

Birte antwortete nichts darauf. Sie nahm ihr Smartphone hervor und gab die erste Adresse von der Liste ein. Eine Shishabar in Ostheim. »Wie lang ist die Liste?«, fragte sie Louisa dann. Das erste Datum, das aufgeführt war, lag fast zwei Jahre zurück.

»Warte«, erwiderte Louisa. Sie scrollte blitzschnell herunter. »Vier Seiten.«

»Vier Seiten« bedeutete unzählige Adressen und eine beträchtliche Summe. Wenn es stimmte, wie es auf den ersten Blick erschien, dann hatten Köster und Bahnert Bars und andere Lokale gewarnt, wann die Polizei oder vielleicht auch der Zoll zu einer Überprüfung vorbeikommen würden. Und sie hatten sich diesen besonderen Service ordentlich bezahlen lassen.

»Die Polizei, dein Freund und Helfer«, meinte Faller spöttisch. »Hat Ihr Kollege da ein kleines Netzwerk aufgebaut?

Geld eintreiben gegen Tipps, wann einer vom Ordnungsamt auf der Matte steht?«

»Ordnungsamt – wohl kaum«, erwiderte Birte. So ganz konnte sie sich nicht vorstellen, wie Bahnert und Köster an all diese Hinweise für eine Überprüfung gekommen waren, aber vermutlich hatten sie tatsächlich so eine Art Netzwerk im Präsidium.

»Ist jedenfalls nicht erstaunlich, dass Ihr Kollege diese Liste gelöscht sehen wollte.«

»Gibt es noch mehr?«, fragte Birte, ohne auf Fallers Worte einzugehen.

Louisa hob den Kopf und lächelte sie an. »Hier ist noch ein Video – ist auch erst kürzlich gelöscht worden.«

Ein Bild von Köster tauchte auf. Er trug ein weißes Hemd und eine schwarze Lederjacke, sein Haar, das er ohnehin sehr seltsam trug, hatte er sich nach hinten gekämmt. Er hielt eine elektrische Gitarre in der Hand, allerdings nicht das Instrument, das Birte in seiner Wohnung gesehen hatte. Die Aufnahme war auch woanders aufgenommen worden.

Louisa startete das Video. Köster lächelte unsicher in die Kamera, er fuhr sich durch sein Haar, schob eine Strähne beiseite, dann räusperte er sich, strich einmal unsicher über die Gitarre, ohne dass ein Ton zu hören war. Eine Sekunde später sah er direkt in die Kamera. Ein Lichtschein brach sich auf seinen Brillengläsern. Vermutlich hatte er die Aufnahme mit seinem Smartphone selbst gemacht. »Liebe Silke«, sagte er eine Spur zu laut. »Ich weiß, die Dinge sind nicht so richtig gut gelaufen … ich meine, ich weiß, ich habe ein paar Dinge gemacht, die ich vielleicht besser gelassen hätte, aber … He …« Nun klang seine Stimme gekünstelt fröhlich. »Gibt es nicht immer die Chance, etwas zu ändern und besser zu machen? Ich werde all meine Schulden zurückzahlen … versprochen … und nun …« Sein Blick wanderte hinunter zur Gitarre. »Ich möchte einen Song für dich singen.« Und dann begann er zu spielen und sofort zu singen. »She was just seventeen …«

»Wow!«, rief Louisa. »Ist ja rührend! Ist das nicht ein alter Beatles-Song? ›I Saw Her Standing There‹.«

»Kann sein«, sagte Brasch, »aber stell das bitte ab. Das hört sich ja schrecklich an, oder dient das auch der Wahrheitsfindung, Frau Kommissarin?«

»Nein«, sagte Birte, »vermutlich nicht.«

Wieder meldete sich ihr Smartphone. Diesmal war es Gül, ihre Polizeianwärterin. »Birte, du bist noch wach? Habe ich ja Glück. Vor drei Minuten haben wir eine Meldung von der Feuerwehr bekommen. Das Gartenhaus, in dem die tote Sängerin gefunden worden ist, steht in Flammen.«

26

»Wo bist du?«, fragte Julia. »Wieso hast du mich hier allein in deiner Wohnung gelassen? Dein Hund hockt die ganze Zeit vor der geschlossenen Küchentür und wimmert.«

Faller fuhr hinter Birte Jessen her. Zweimal hatte Julia ihn angerufen, während er bei Brasch in dessen Büro gewesen war.

»Das Gartenhaus brennt«, sagte Faller in sein Smartphone hinein. »Die Polizei hat mich gerade angerufen. Den Rest erzähle ich dir später.«

»Die Geschichte wird ja immer irrer«, erwiderte Julia. Im Hintergrund hörte er tatsächlich Monday wimmern. »Soll ich auch vorbeikommen? Daniel Derkum schläft jetzt auf dem Sofa im Atelier. Ich musste ihm noch eine sauteure Flasche Whiskey aus einer Bar von der Venloer besorgen.«

Birte Jessen raste die Rheinuferstraße hinunter, die um diese Zeit zum Glück kaum befahren war. Faller hatte Mühe zu folgen.

»Lass ihn da schlafen. Ich komme nachher zu dir, ja?« Die Vorstellung, Derkum allein im Atelier zu wissen, gefiel ihm zwar nicht, aber von dessen rührseliger Muttergeschichte hatte er fürs Erste auch genug.

»Okay«, sagte Julia. »Ich jedenfalls habe mein Interview bekommen – geht nachher noch auf unsere Seite. Die Klickzahlen werden explodieren.«

Sie legten beide gleichzeitig auf.

Als Faller nach Marienburg abbog, erwartete er, einen grellen Feuerschein am Himmel zu sehen, doch alles war dunkel und ruhig. Nur vor dem Haus seines Vaters standen drei Feuerwehrtrucks und zwei Polizeiwagen. Uniformierte Feuerwehrleute liefen umher, sie schienen ihre Schläuche schon wieder einzuholen. Von einem Feuer jedenfalls war nichts zu entdecken. Wie Birte Jessen parkte er mitten auf der Straße.

Eine junge Frau mit langen schwarzen Haaren, die einen grünen Parka trug, lief ihnen entgegnen.

»Wie sieht es aus, Gül?«, fragte Birte Jessen sie. »Zieht die Feuerwehr schon ab?«

Die junge Frau musterte Faller, dann nickte sie. »Das Feuer ist gelöscht und war schnell unter Kontrolle. Da war eine Nachbarin sehr aufmerksam. Ein Wagen bleibt noch zur Sicherheit. Die beiden anderen rücken wieder ab.«

»Ist Bahnert auch hier?« Die Hauptkommissarin steuerte auf die Einfahrt zu, über die man am Haus vorbei in den Garten gelangte.

Die junge Polizistin wies in Richtung Gartenhaus. »Ist vor fünf Minuten gekommen und ziemlich schlecht gelaunt.«

Die Feuerwehr hatte an der Terrasse einen riesigen Scheinwerfer aufgebaut. Das Gartenhaus war nicht wirklich abgebrannt und das Haupthaus gar nicht in Mitleidenschaft gezogen worden, erkannte Faller zu seiner Erleichterung. Die Tür hing schief in den Angeln und war genauso verrußt wie das Mauerwerk des Hauses; die beiden Fenster zum Garten waren eingeschlagen worden, oder das Feuer hatte sie zum Bersten gebracht. Es stank nach Rauch; auf dem Rasen und unmittelbar vor dem Eingang waren ein paar Pfützen vom Löschwasser zurückgeblieben. Vier Feuerwehrleute, von denen zwei bereits ihre Helme abgesetzt hatten, standen da und sprachen mit einem Mann mit längeren grauen Haaren, der eine halblange bräunliche Lederjacke trug. Das also war Bahnert, der Mann, um den es den ganzen Abend gegangen war.

Nachdem er sie bemerkt hatte, kam Bahnert auf sie zu. Er wirkte überrascht, Birte Jessen zu sehen, und zog dann noch erstaunter die Augenbrauen in die Höhe, als er Faller entdeckte.

»Birte«, sagte er, »hat Gül dich hergerufen?«

»Ich war noch wach«, entgegnete Birte, als wäre das eine Erklärung für ihr Erscheinen. »Ich habe auch gleich Robert Faller Bescheid gegeben.«

Faller hob kurz die Hand zu einem Gruß.

Bahnert erwiderte den Gruß gleichfalls mit einem schlichten Handheben. »Wir können noch nicht ins Haus. War aber ganz eindeutig Brandstiftung, wie die Feuerwehr meint. Da hat einer Kartons oder irgendwelche Stoffe in Brand gesteckt. Ziemlich dilettantisch, wie es aussieht. Morgen weiß die Polizei mehr.«

»Warum macht jemand so etwas?« Faller trat vor und versuchte, ins Gartenhaus zu blicken. Er sah jedoch nur eine schwarz verkohlte Wand und einen Stuhl, der wie ein geschmolzenes Kunstwerk aussah.

»Spuren«, meinte Birte Jessen, die ihr Smartphone hervorzog, um ein paar Fotos zu schießen. »Da hat jemand gedacht, dass hier wohl noch irgendwelche Spuren sein könnten, die wir noch nicht gefunden haben, und wollte ganz sichergehen. Oder was denkst du, Gerald?«

Bahnert blinzelte im Licht der grellen Scheinwerfer. »Kann sein.« Er zog eine Schachtel Zigaretten hervor und schob sich eine in den Mund. »Wir waren ja mit der Untersuchung noch nicht ganz am Ende. Der Fall Köster ist uns in die Quere gekommen.« Der Blick, den er Birte Jessen zuwarf, war dunkel und argwöhnisch. Keine Frage, er mochte sie genauso wenig wie sie ihn.

Faller dachte an den Schlüssel, den Monday in dem Bad im Gartenhaus gefunden hatte. Bisher hatte er ihn nicht erwähnt. War jetzt der Moment, ihn hervorzuholen? Nein, entschied er. Wenn Bahnert tatsächlich in diesen Mordfall verwickelt war, dann konnte er nur allein mit Birte Jessen über diesen Schlüssel sprechen.

Um halb drei in der Nacht fuhr er zu Julia. Ihr Küchenfenster war das einzige in dem vierstöckigen Haus, in dem noch Licht brannte. Er hatte die Wohnung noch nicht betreten, da hörte er schon Monday laut kläffen. Der Hund war ganz außer sich und stürmte ihm entgegen.

»Dieses Pudelchen scheint dich zu lieben«, sagte Julia mit einem Lächeln. Sie trug ein weißes T-Shirt unter einem Bademantel und sah müde aus. Ihr blondes Haar hatte sie zusammengebunden. Sie roch nach Zitrone, als wäre sie eben aus der Badewanne gestiegen.

»Na, wenigstens einer«, erwiderte Faller und beugte sich vor, um den Hund zu beruhigen.

»Ich habe im Internet gelesen, dass die Feuerwehr wieder abgezogen ist«, redete Julia weiter. »Das Gartenhaus steht also noch?«

»Der Brand konnte schnell gelöscht werden«, erwiderte Faller. Plötzlich wurde er verlegen. Sollte er Julia küssen, als wären sie ein wirkliches Liebespaar? Doch sie kam ihm zuvor und drückte ihm einen sanften Kuss auf die Lippen.

»Nun bist du schon wieder hier«, sagte sie in einem Flüsterton und drehte dann in ihre Küche ab. Zwei Gläser Wein standen da und ihr aufgeklappter Laptop. »Ich habe das Interview mit Derkum bearbeitet und vor einer halben Stunde online gestellt. Und ich habe noch etwas gemacht.« Sie hielt ihm das Glas hin und prostete ihm zu.

Monday sprang ihm auf den Schoß, nachdem er sich gesetzt hatte. Faller trank. Nun spürte er seine Müdigkeit, gleichzeitig war er froh, hier zu sein.

»Ich habe Daniel Derkum überredet, an unserer Talkrunde heute Abend im Hinterhofsalon teilzunehmen. Das wird eine große Nummer werden. ›Blanche – die unbekannte Sängerin‹ habe ich als Motto ausgegeben. Holger Persson wird dabei sein, Jochen Blüchel, ein ehemaliger Musikredakteur vom WDR, und nun auch Daniel Derkum.«

»Na, da wird sich die Polizei freuen. Sie suchen Derkum immer noch.« Faller schob den Pudel von seinem Schoß. »Und sie haben keine Ahnung, wer Maria Derkum getötet hat. Nur einen vagen Verdacht, und der gilt ausgerechnet einem Polizisten.«

»Daniel Derkum hat jedenfalls mit dem Mord an seiner

Mutter nichts zu tun. Er ist ein großes, verängstigtes Kind, das seine Mutter zugleich gehasst und geliebt hat.« Julia trank ihren Wein aus. »Faller«, sagte sie dann, »können wir nicht ins Bett gehen? Ich bin so müde, dass ich dich fast doppelt sehe.«

27

Hatte Bahnert sie um Mitternacht angerufen, damit sie ihm gewissermaßen ein Alibi gab? Oder hatte er da schon am Gartenhaus gestanden, bereit, ein paar in Benzin getränkte Lumpen anzuzünden? Dieser Gedanke ging ihr nicht aus dem Kopf. Und war es ein Fehler gewesen, mit Faller an der Brandstelle aufzutauchen, wo sie nun gewissermaßen gemeinsam ermittelten? Aber nein, Bahnert konnte keinesfalls ahnen, was sie vorhatte.

Um drei Uhr saß Birte in ihrer Küche und konnte nicht schlafen. Am liebsten hätte sie Max angerufen. Warum hätte Bahnert das Gartenhaus anzünden sollen? Es gab eine Verbindung von ihm zu Köster – die beiden hatten eindeutig illegale Geschäfte gemacht, indem sie polizeiliche Informationen verkauft hatten. Aber wo war die Verbindung zum Mord an Maria Derkum?

Birte kochte sich einen starken Kaffee und nahm dann ein leeres Blatt Papier. Sie schrieb Bahnerts Namen in die Mitte, doch gehörte er dahin? Ja, er war der erste Verdächtige im Mordfall Köster. Hatte er Köster getötet, weil ihr Kollege aussteigen wollte, weil er unzuverlässig geworden war? Sie schrieb auch Kösters Namen auf, aber dann … dann war sie schon mit ihrem Latein am Ende. Daniel Derkum fiel ihr noch ein, nur: Welches Motiv sollte er gehabt haben, seine Mutter zu töten?

Kurz überlegte sie, Faller anzurufen, doch es war halb vier in der Nacht, keine Zeit für einen spontanen Anruf. Hatte er eigentlich eine Freundin? Vielleicht die Journalistin, mit der sie ihn gesehen hatte. Von einer Ehefrau war jedenfalls im Netz, als sie über ihn recherchiert hatte, nirgendwo die Rede gewesen.

Als sie sich gegen vier Uhr dann doch hinlegte, sah sie,

dass Bahnert ihr eine Nachricht geschickt hatte. »Weißt du etwas von einer Japanerin?«, hatte er um drei Uhr vierzehn geschrieben. »Eine Japanerin ist am Haus des Professors gesehen worden – kurz vor dem Brand.«

Im Traum holte der tote Köster sie ein. Sie hörte ihn »I Saw Her Standing There« singen. »She was just seventeen …« Der alte Beatles-Song. Er wiegte den Kopf hin und her, dass sein graublondes Haar flog, und seine Stimme klang seltsam verzerrt. Einmal hielt er seine Gitarre wie ein Gewehr, und dann wachte sie auf und sah, dass es draußen hell war. Sie hatte lediglich drei Stunden geschlafen.

Sie musste auch mehr über Köster herausfinden, sagte sie sich, während sie in ihre Küche wankte und sich einen Kaffee kochte. Wann war Kösters Leben aus dem Gleis geraten? Als er auf den Jugendlichen geschossen hatte, wie seine Frau gemeint hatte? Aber damit hatte sie immer noch kein Motiv für den Mord.

Dann, während sie den ersten heißen Schluck Kaffee trank, kam ihr ein anderer Gedanke. Hatte Köster bei der Durchsuchung des Gartenhauses etwas gefunden, mit dem man ein Geschäft machen konnte? Etwas, das auf den Täter hinwies?

Der Gedanke war so erschreckend, dass ihr übel wurde. Bis vor drei Tagen hatte sie Köster für einen untadeligen Polizisten gehalten, und nun kam sie auf so eine Idee? Und wie passte Bahnert da ins Bild? Was ihre dunklen Geschäfte anging, waren sie offenbar Partner gewesen. Hatte Bahnert die Informationen über Razzien und Durchsuchungen besorgt, und Köster hatte sie dann weitergegeben? Hatte er deshalb auf seinem Laptop so eine Art Buchführung gehabt, die Bahnert so dilettantisch gelöscht hatte? Ja, das war denkbar. Konnte Köster dann Bahnert mitgeteilt haben, dass er etwas entdeckt hatte, mit dem sich der Mörder von Maria Derkum identifizieren ließ? Aber warum hätte Bahnert dann Köster töten sollen? Außerdem musste er wissen, dass Köster Linkshänder war.

Du brauchst ein Schattenteam, hatte Max gesagt, und dieses Team musste sie nun losschicken. Es musste sich an Bahnert halten, ohne dass er etwas mitbekam. Sie überlegte, Faller eine Kurznachricht zu senden, aber nein, sie durfte nicht ihr eigenes Smartphone verwenden. Sie musste dafür sorgen, dass sie unauffällig miteinander kommunizierten. Nur hatte Louisa, ihr Computernerd, ihr in der Nacht leider nicht verraten, wie sie zu erreichen war. Aber sie wusste, wo Matthias Brasch wohnte. Faller hatte es einmal in einem Nebensatz erwähnt.

Das Haus lag ebenfalls am Rhein, vielleicht einen knappen Kilometer von der Stelle entfernt, wo Köster ermordet worden war. Ein kleines graues Einfamilienhaus, an dem der Putz bröckelte. Birte öffnete eine rostige Pforte, der Vorgarten war verwildert, das Gras stand kniehoch. Louisa hockte in einem hellen Slip und einem T-Shirt mit dem goldenen Aufdruck »Feenzauber« auf der Steintreppe vor dem Haus und rauchte. Sie lächelte, als sie Birte sah.

»Na, auch keine Ruhe gefunden? Was kann es Schöneres geben, als den ersten Kaffee zu trinken und die erste Zigarette zu rauchen!« Sie hielt Birte ihre Kaffeetasse hin, auf der sich ein großer Lippenstiftabdruck abzeichnete.

Birte hob abwehrend die Hand und ließ sich neben ihr nieder. »Es ist schön, dass du auch im Team bist«, sagte sie und nahm dann doch den Becher entgegen. Der Kaffee war widerlich süß, trotzdem trank sie einen großen Schluck.

»Was ist mit dem Gartenhaus passiert?«, fragte Louisa. »Steht es noch?«

»Ja, es ist kein großer Schaden entstanden. Die Feuerwehr ist ziemlich schnell alarmiert worden.«

»Und der Täter?«

Birte reichte Louisa die Tasse zurück. »Wir haben noch keine Spur. Überhaupt …« Sie brach ab. Dann fiel ihr etwas ein. »Gibt es eigentlich Computerprogramme, mit deren Hilfe man Handschriften vergleichen kann?«

»Klar«, erwiderte Louisa. »Es gibt nichts, was es nicht gibt. Zur Not finden wir eine KI, die so etwas kann.«

Birte rief die Fotos aus Kösters Bad auf – seine vorgeblichen Abschiedsworte an sie, die er mit einem roten Edding auf den Spiegel geschrieben hatte.

»Das hat mein Kollege angeblich als eine Art Abschiedsgruß verfasst. Ich schicke es dir und besorge dann noch eine Handschriftenprobe von ihm und von meinem Kollegen Bahnert. Okay?«

»Alles machbar.« Louisa schien eine Vorliebe dafür zu haben, das R zu rollen. »Du musst dir übrigens nichts daraus machen, dass Brasch so unfreundlich zu dir ist. In Wahrheit hat er ein Herz aus Gold, deshalb hilft er auch Faller immer und überall, ohne auf die Kohle zu achten. Aber …«, sie strich sich ihr zerzaustes dunkelblondes Haar zurück, »… aber er ist damals bei der Polizei rausgeflogen, weil er Beweismittel manipuliert hat. Und seitdem trauert er irgendwie seinem Polizeijob nach.«

»Das gibt es – dass Leute ihrem Polizeijob nachtrauern?« Birte versuchte, spöttisch zu klingen, doch es gelang ihr nicht. Ihr Smartphone vibrierte. Max, war wie üblich ihr erster Gedanke; es war Bahnert.

»Wo bist du?«, fragte er mit einer strengen Stimme, als hätte sie ihn versetzt. »Kommst du ins Präsidium?«

»Ich bin schon so gut wie unterwegs«, erwiderte sie kurz angebunden.

»Ich habe dir gestern noch eine Nachricht geschickt – wegen einer Japanerin, die sich da am Haus des Professors herumgedrückt haben soll. Weißt du etwas darüber?«

»Maria Derkum hatte eine japanische Freundin, auch eine Musikerin. Sie ist von sich aus ins Präsidium gekommen. Ich habe kurz mit ihr gesprochen und eine Gesprächsnotiz angefertigt. Verdächtig scheint sie mir aber nicht zu sein.« Bahnerts fordernder Tonfall ging ihr gehörig auf die Nerven.

»Außerdem ist Daniel Derkum wieder aufgetaucht.« Bahnert zog zwischendurch an einer Zigarette. »Jedenfalls im Netz. Die Internetzeitung von Faller hat ein großes Interview gebracht. Diese Journalistentype sollten wir uns auch einmal vornehmen.«

He, wollte Birte einwenden, wenn ich es richtig sehe, ist das dein Fall, und ich kümmere mich um den Mord an Köster, jedenfalls bin ich nicht deine Assistentin, doch da hatte Bahnert schon die Verbindung unterbrochen.

»Ich habe übrigens gestern noch ein wenig weitergeforscht und noch mehr auf dem Laptop deines Kollegen entdeckt«, sagte Louisa, nachdem Birte ihr Smartphone wieder eingesteckt hatte. »Eine Menge Fotos von Jugendlichen – sind allerdings schon vor einiger Zeit gelöscht worden. Von einer Frau mit halblangen rötlichen Haaren gibt es auch etliche Fotos und … Ja, dich hat dein Kollege auch fotografiert. Sah aus, als hätte er dich von seinem Büro aus aufgenommen, wie du unten auf einem Parkplatz in dein Auto gestiegen bist.«

Köster hatte offenbar neben Birte heimlich seine Frau und auch die Jugendlichen fotografiert, die ihn nach seinem Schuss auf einen von ihnen bedroht hatten. Während Birte sich die Fotos ansah, trat auch Matthias Brasch aus der Tür. Er trug eine alte Jeans und ein blaues verwaschenes Hemd, war barfuß und ziemlich unausgeschlafen. Auch er hatte einen Kaffeebecher in der Hand.

»Habe ich doch richtig gehört«, knurrte er. »Verfolgen Sie uns, Frau Hauptkommissarin?« Er zwängte sich neben Louisa auf die Treppe.

»Wir sind doch ein Team«, sagte Louisa und drückte ihm einen Kuss auf die Wange. »Und spiel hier nicht wieder den Morgenmuffel.«

»Ich spiele nie etwas«, erwiderte Brasch. »Solltest du am besten wissen.« Auch er erkundigte sich knapp nach dem Brand im Gartenhaus. »Ist jemand gesehen worden?«, fragte er dann. »Da ist jemand ein großes Risiko eingegangen, um

Spuren zu verwischen, die vielleicht längst entdeckt worden waren.«

»Wir haben in der Nachbarschaft noch keine Befragung durchgeführt«, sagte Birte. »Jedenfalls weiß ich nichts davon. Bahnert leitet die Ermittlungen.«

Brasch schnaubte. »Ausgerechnet Bahnert. Er ist im Präsidium nicht sonderlich beliebt, nicht wahr? Aber er hat ein paar Leute, die ihm gewogen sind.« Er blickte Birte über seinen dampfenden Kaffeebecher mit dunklen, forschenden Augen an. »Also, wie lautet der Plan? Was genau wollen Sie von uns, Frau Hauptkommissarin?«

Louisa versetzte ihm einen Stoß. »Lass doch mal dieses blöde ›Frau Hauptkommissarin‹ weg!«

»Ich will wissen, was Bahnert macht, wenn er nicht im Präsidium ist. Eigentlich will ich, dass wir ihn auf Schritt und Tritt verfolgen«, erklärte Birte.

»Beschattung.« Brasch lächelte. »Wir sollen deinen Kollegen beschatten.« Nun duzte er Birte plötzlich. »Alles klar. Wenn wir auffliegen, kannst du bei mir in der Detektei anfangen. Gibt tausend Euro im Monat auf die Hand, der Rest ist erfolgsabhängig.«

Birte lächelte zurück. »Ich bin mir sicher: So weit wird es nicht kommen.«

28

Faller erwachte um sieben Uhr, weil Monday sich an ihn geschmiegt hatte. Er war nackt, genau wie Julia, die neben ihm lag. Ihr langes blondes Haar zerzaust, ruhig atmete sie ein und aus, wobei ihre Nasenflügel ein wenig zu flattern schienen. Schön und friedlich sah sie aus. Hatte er sich nun in sie verliebt? Er wusste es nicht genau. In Gedanken war Helen immer noch da, aber sie hätte es verstanden, dass er nun bei einer anderen Frau lag.

Monday schaute ihn kurz mit seinen braunen Augen an, dann drehte er sich weg, um weiterzuschlafen. Faller nahm sein Smartphone. Zwölf Anrufe registrierte er, die er sich gestern Abend nicht mehr angesehen hatte. Anna Talheim natürlich, die Journalistin, die ihn nicht in Ruhe ließ, bevor er nicht mit ihr gesprochen hatte. Und auch Winterfeld, der Chefredakteur vom Stadt-Anzeiger, hatte ihm auf seine Mailbox gesprochen. Er hörte die Nachricht jedoch gar nicht ab. Fünf andere Nummern sagten ihm nichts.

Abrupt schlug Julia die Augen auf. Sie schaute ihn an und lächelte müde. »Was machst du hier?«, murmelte sie und küsste ihn dann auf die Wange. »Das sieht ja fast wie Gewohnheit aus.« Dann rückte sie ein wenig an ihn heran und flüsterte: »Weißt du, dass ich dich unausstehlich fand, als ich dich zum ersten Mal gesehen habe – unrasiert, in dieser alten, viel zu großen schwarzen Lederjacke? Wenn Valentin Graf nicht gesagt hätte, du wärst ein erstklassiger Journalist, wäre ich gleich wieder gegangen …«

»Das hat er gesagt?« Faller küsste sie nun auch und atmete ihren schlafwarmen Duft ein.

»Hat er gesagt.« Julia rückte ein wenig von ihm ab. »Valentin will heute Abend auch zu unserer Talkrunde kommen. Er hat Maria Derkum auch gekannt. Würde mich nicht wundern, wenn er sie sogar einmal gemalt hätte.«

Faller wandte sich so heftig nach seinem Smartphone um, dass Monday aufsprang und jaulte. Er brauchte zehn Sekunden, um bei Google das Bild zu finden, das er schon einmal gesehen, dem er aber keine Bedeutung beigemessen hatte. Es hieß »Stille Blanche« und zeigte eine blonde Frau, die eine Kerze in der Hand hielt, als würde sie in einer Prozession mitlaufen. Ja, tatsächlich, Valentin Graf hatte dieses Bild vor gut dreißig Jahren gemalt.

Faller hielt Julia das Smartphone hin. »Er hat sie tatsächlich gemalt. Da war sie noch blond. Sie haben sich gekannt, vielleicht sogar sehr gut gekannt.«

Eine Stunde später besorgten sie sich an einem Büdchen einen Kaffee und gingen, damit Monday sich erleichtern konnte, mit dem Pudel um den Aachener Weiher.

»Unser Interview mit Daniel Derkum ist schon über zweitausend Mal aufgerufen worden.« Mit leuchtenden Augen blickte Julia auf das Display ihres Smartphones. »Unsere Seite wird eine der Top-Adressen Kölns. Bald werden Werbepartner Schlange stehen.«

Faller spürte, wie sein Smartphone vibrierte. Eine unbekannte Nummer. Vermutlich wieder ein Journalist, der nicht lockerließ. Unwillkürlich musste er lächeln. So war er früher als Boulevardreporter auch gewesen – immer auf der Jagd nach einer Story, egal, wem er dafür auf die Nerven gehen musste. Er nahm das Gespräch nicht an, sondern wählte die Nummer von Valentin Graf. Er wusste, dass der Malerfürst Frühaufsteher war, obschon er viele seiner Arbeiten seit geraumer Zeit von Assistenten oder besser noch Assistentinnen erledigen ließ. Faller erwartete auch nicht, dass Graf selbst an den Apparat gehen würde, doch dann hörte er dessen sonore Stimme.

»Faller, du störst mich beim Arbeiten. Was willst du von mir?«

Für einen Moment war Faller erstaunt. »Wir recherchieren«, sagte er dann, »Julia und ich, für unsere Seite. Wir sind da an einer ganz großen Geschichte dran.«

Graf schnaubte laut auf – ein dumpfes Altmännerlachen. »Faller, das weiß ich längst. Ich lese alles, was ihr schreibt. Julias Interview mit dem jungen Derkum war große Klasse. Bald macht eure Seite Gewinn – habe ich mir schon gedacht. Ihr werdet noch reich und berühmt, wenn ihr nicht aufpasst.«

»Du hast Maria Derkum gemalt … irgendwann in den neunziger Jahren.«

»Nein«, erwiderte Graf, »das war 1982. Da war Blanche noch blutjung und machte einen auf Revolution. Wir hatten so eine Art Debattierclub, hockten im Stollwerck rum oder in einem besetzten Haus an einem Bahndamm in der Nähe der Zülpicher Straße, und da ist sie eines Tages zu mir in mein Atelier gekommen … war damals noch in Ehrenfeld, eine alte zugige Fabrikhalle. Ich sollte sie als Musikerin malen. Habe ich aber nicht gemacht.«

»Du hast sie ›Stille Blanche‹ genannt«, sagte Faller.

»Ja, ich wollte die andere Seite von ihr zeigen – die verletzliche, in sich gekehrte, unsichere Frau, die nicht wusste, wo ihr Weg war. Fand sie gar nicht gut. Mit Musik war da aber noch nicht viel, aber Blanche wollte sie damals schon genannt werden.«

»Mit wem war sie damals zusammen?«, fragte Faller. »Hast du noch Namen in Erinnerung?« Es fiel ihm immer noch schwer, den weltberühmten Maler zu duzen. »Und wer könnte der Vater von Daniel Derkum sein?«

Graf antwortete nicht sofort. Er rief etwas, das Faller nicht verstehen konnte, zu jemandem, der sich offenbar auch in seinem Atelier aufhielt. »Ehrlich«, meinte er dann, »in diesem Club war ich nur kurz anwesend, war mir alles auf zu plumpe Art zu politisch. Dieser Typ, mit dem Blanche hinterher aufgetreten ist, war schon dabei, aber da waren auch andere in ihrem Schlepptau. Sie war so verdammt schön – sie sah wie ein Model aus, aber wie ein Model aus Paris oder New York, und dafür musste sie nichts tun, sondern nur auf ihre Art einen Raum betreten.«

»Dieses Bild, das du gemalt hast – wo ist es jetzt?«

»Keine Ahnung – mein Galerist hat es Anfang der Neunziger verkauft, war wahrscheinlich viel zu billig.«

Faller widerstand der Versuchung, sich zu erkundigen, was das Bild gekostet hatte – wahrscheinlich eine sechsstellige Summe.

»Aber irgendwo müsste ich noch Fotos aus der Zeit haben«, fuhr Graf dann fort. »Müsste ich noch in meinem Büro haben. Manchmal habe ich in meine Tagebücher Fotos und Zeitungsausschnitte eingeklebt.«

Faller hörte zum ersten Mal, dass Graf Tagebuch führte, aber vermutlich war das etwas, was alle großen Künstler taten.

»Wäre es wichtig?«, fragte Graf dann. »Um den Mörder zu finden?«

»Die Polizei hat bisher kein Motiv, aber ja«, entgegnete Faller, »ich glaube, der Mord muss mit Maria Derkums Vergangenheit in Köln zu tun haben.«

Valentin Graf nach einer Schlacht zu fragen, mit der Maria Derkum möglicherweise zu tun gehabt hatte, fiel ihm erst ein, nachdem er das Gespräch bereits beendet hatte.

»Valentin Graf ist ganz begeistert von unserer Seite.« Faller schloss zu Julia auf, die mit Monday an der Leine vorausgegangen war. Die ersten Sonnenstrahlen blinkten durch die Wolken. Es würde ein angenehmer Frühsommertag in Köln werden.

»Und nicht nur er.« Sie las etwas auf ihrem Smartphone. »Mein Interview mit Daniel Derkum ist auch von hochoffizieller Stelle gelesen worden. Ich habe per E-Mail eine Vorladung ins Präsidium bekommen. Morgen um zehn Uhr soll ich erscheinen.«

»Und wer will dich da unbedingt sehen?«, wollte Faller wissen.

Julia lächelte so sehr, dass ihre Augen funkelten. »Hauptkommissar Gerald Bahnert.«

Zum Glück war Daniel Derkum verschwunden, als Faller mit Monday zu seiner Wohnung fuhr. Julia wollte schon in den Hinterhofsalon, um mit Pepe, ihrem spanischen Techniker, die Talkrunde für den Abend vorzubereiten. Langsam ging Faller die Kunstwerke ab – erst die Holzstatuen, dann Helens Bilder. Alles war unversehrt. Monday schritt wie ein Miniwachhund neben ihm her.

Faller hatte nicht richtig aufgepasst, aber an den Laternenpfählen in seiner Straße gab es anscheinend nirgendwo einen Aushang, dass jemand seinen Pudel suchte.

»Ich muss gleich wieder in die Klink«, sagte er laut zu dem Pudel. »Einen Besuch machen.«

Aufmerksam hob der Hund den Kopf, und im nächsten Moment kläffte er los. Drei Sekunden später klingelte es an der Tür. Offenbar kriegte Monday Besuch schon vorher mit.

Faller spähte durch das Küchenfenster auf die Straße. Die Hauptkommissarin stand da. Ja, sie ließ sich natürlich nicht abschütteln.

Mit starrer Miene nickte sie Faller zu, nachdem er ihr die Tür geöffnet hatte. »Wir sind jetzt ein Team, nicht wahr?«, sagte sie. »Und da sollten Sie mit offenen Karten spielen. Ich war heute Morgen bei Ihrem Freund Brasch und dessen Freundin draußen. Was ist mit diesem Schlüssel, den Ihr Hund da im Gartenhaus gefunden hat? Hat deshalb gestern Nacht jemand das Haus angesteckt?«

Faller bat die Polizistin mit einer Handbewegung herein. Zu seinem Ärger wurde sie von Monday freudig wie eine alte Bekannte begrüßt. Er entschied sich, nicht in den Entschuldigungsmodus zu wechseln.

»Ich wäre noch auf den Schlüssel zu sprechen gekommen – keine Sorge.« Er zog sein Portemonnaie hervor, als sie in der Küche angekommen waren. Birte Jessen setzte sich unaufgefordert und ließ ihren Blick schweifen, als könnte sie hier noch etwas finden, das ihren Argwohn erregen könnte.

Faller legte den Schlüssel auf den Tisch.

Birte Jessen nahm ihn auf und inspizierte ihn. »Kein Aufdruck – nur eine Nummer. Könnte zu einem Schließfach gehören. Brasch meinte, Ihr Hund hat den Schlüssel gefunden, aber wo genau, wissen Sie nicht?«

»Monday ist aus dem Bad gekommen und hatte plötzlich ein Ledermäppchen im Maul.«

Die Hauptkommissarin holte eine kleine durchsichtige Plastiktüte hervor und ließ den Schlüssel hineingleiten. »Ich werde mich darum kümmern. Könnte sehr wichtig sein. Es wäre hilfreich, wenn Sie darüber erst einmal absolutes Stillschweigen bewahren würden.«

»Erst einmal«, wiederholte Faller ironisch.

»Genau.« Birte Jessen nickte. »Sie gehören zu meinem Team. Darüber waren wir uns doch gestern Nacht einig, oder? Dass diese Ermittlung kompliziert ist, habe ich Ihnen ja eingehend erklärt. Den Journalisten in sich müssen Sie erst einmal abschalten.«

»Erst einmal«, sagte Faller erneut – diesmal noch ironischer.

Birte Jessen seufzte. Als sie etwas sagen wollte, summte ihr Smartphone. Mit düsterer Miene meldete sie sich. »Bahnert«, sagte sie, »ich bin unterwegs. In einer halben Stunde bin ich im Präsidium. Obschon ich nicht ganz kapiere, weshalb du mich ständig anrufst.«

29

Den Schüssel, den Faller ihr gegeben hatte und auf den Louisa sie hingewiesen hatte, hätte sie sofort an Bahnert übergeben müssen, aber schon während sie ihn einsteckte, wusste sie, dass sie es nicht tun würde. Aber was sollte sie sonst tun? Noch im Auto fotografierte sie ihn und forschte im Netz nach. Der Schlüssel wies keine Auffälligkeiten auf, keine Nummer, keinen Herstellernachweis. Er hatte einen Doppelbart wie die Schlüssel, die man im Bahnhof für Schließfächer benutzte. Ihre schnelle Recherche erbrachte nicht wirklich etwas. Richtige Banksafes, die nur mit einem Schlüssel geöffnet wurden, gab es kaum noch, meistens waren sie mit einer Chipkarte gesichert. Und wie sollte sie auch solch eine Bank finden, ohne die Kriminaltechnik im Haus einzuschalten? Wenn sie Schultke ansprach, würde er daraus sofort einen formellen Vorgang machen, und Bahnert würde davon erfahren.

Als sie den Motor startete und losfuhr, bog sie nicht Richtung Präsidium ab. Sollte Bahnert noch eine Weile auf sie warten. In Sülz auf der Berrenrather Straße hatte sie vor einiger Zeit einen Schlüsseldienst aufgesucht, als Max ihr Ersatzschlüssel abgebrochen war. Ein junger Mann mit Sommersprossen und Hasenzähnen hatte ihr überaus freundlich weitergeholfen. Der Junge stand nun auch in seinem Laden und sortierte kleinere Kartons in ein Regal neben der Eingangstür ein.

Birte überlegte, ob sie sich als Polizistin ausweisen sollte, unterließ es dann jedoch. Die Geschichte, die sie erzählte, fiel ihr spontan ein. »Meine Patentante ist gestorben, und da ist mir beim Aufräumen ein Schlüssel in die Hände gefallen. Leider habe ich keine Ahnung, wozu er passen könnte.«

Mister Sommersprosse eilte hinter seine Ladentheke und wog dann den Schlüssel wie ein Stück Gold in der Hand. »So einen Schlüssel habe ich noch nie gesehen. Könnte zu einem

Haustresor gehören, aber kein Modell, das wir hier verkaufen. Höchstwahrscheinlich ein sehr antikes Modell.«

»Aber meine Patentante hatte keinen Haustresor«, entgegnete Birte.

Der Junge zuckte mit den Schultern und reichte ihr den Schlüssel zurück. »Könnte auch ein Wandtresor sein – hinter einem Bild oder einem Schrank. Hat Ihre Patentante nie etwas davon erwähnt?«

»Nie.« Birte nahm den Schlüssel entgegen. »Sie war zuletzt im Altenheim.«

Der Junge lächelte, dass seine Sommersprossen zu tanzen schienen. »Oh«, meinte er, »hat Ihre Tante vielleicht in einem alten Haus gewohnt? Dann müssten Sie einmal da nachschauen.«

Birte bedankte sich. In einem alten Haus gewohnt …

Wusste Robert Faller möglicherweise nichts davon, dass es im Haus seines Vaters einen Wandtresor gab?

Als sie im Präsidium eintraf, saßen Oberstaatsanwalt Dauner und Bahnert mit Gül, Merkert, Brenner und sechs anderen Kriminalanwärtern in dem kleinen Besprechungsraum auf ihrer Etage.

Dauner schaute vorwurfsvoll auf die Uhr. »Es ist schön, dass die Hauptkommissarin uns auch schon beehrt.«

Birte nickte ihm zu. »Stau auf der Deutzer Brücke«, erklärte sie lahm, woraufhin Bahnert das Gesicht verzog. Er hatte eine Schachtel Zigaretten vor sich liegen, an der er ständig herumgriff.

»Wir sind bei der Bestandsaufnahme«, sagte er. »Ich habe eben Holger Persson verhört. Er war der Partner von Maria Derkum in ihrer Band. Wie drei Passanten, die sich bei uns gemeldet haben, bezeugen, hat er sich auf offener Straße mit ihr gestritten. Drei Tage vor dem Mord. Seine Auslassungen würde ich eher als lauwarm bezeichnen. Maria Derkum wollte ein Konzert in Köln geben und Songs von ihm spielen, ohne ihn. Er sollte nur für ein Lied auf die Bühne kommen, und das auch noch ohne Honorar. Darüber ging der Streit.«

»Interessant«, erklärte Dauner, der wie üblich einen teuer aussehenden Anzug und eine dunkelrote Krawatte trug. »Und er hat kein Alibi?«

»Persson behauptet, zu Hause am Laptop gearbeitet zu haben, aber ein Alibi würde ich das nicht nennen.« Bahnert klappte eine Akte auf, die neben der zerknüllten Zigarettenschachtel vor ihm lag. »Außerdem haben wir diese Japanerin überprüft, die offenbar ständig um das Haus des Professors schleicht und die Blumen sortiert, die dort immer noch für die tote Sängerin abgelegt werden. Wir haben sie noch nicht sprechen können, aber wir wissen, wer sie ist und dass sie polizeilich in Dortmund gemeldet ist.«

»Gut«, sagte Dauner, dann wanderte sein Blick zu Birte. Er kniff die Augen zusammen, sodass sich ein Kranz aus Falten um sie spannte. George Clooney der Staatsanwaltschaft, der Begriff passte irgendwie, ging ihr durch den Kopf.

»Ich habe den besten Freund von Rüdiger Köster ausfindig gemacht«, sagte sie. »Ich bin nachher mit ihm verabredet«, fuhr sie fort, obschon es nicht stimmte. »Außerdem habe ich einen Termin mit seiner Bank vereinbart, um mir einen Überblick über seine Finanzen zu verschaffen. Er hatte Schulden, wie es heißt, wegen diverser Wetten, die er eingegangen ist.« Bei dem Wort »Wetten« starrte sie Bahnert an, der sich jedoch völlig ungerührt zeigte. »Aber wir wissen nun genau, dank der Untersuchung der Rechtsmedizinerin Monika Grams, dass Köster sich nicht erschossen hat. Es war Mord, kein Selbstmord.«

Dauner seufzte. »Damit gehen wir aber noch nicht an die Presse, bevor wir nicht ein Motiv oder besser noch einen Tatverdächtigen haben. Sind wir uns da einig?«

Bahnert nickte sofort, während Birte stumm blieb.

»Hat die Auswertung des Laptops von Kollege Köster etwas ergeben?«, fragte Dauner, während er schon aufstand.

»Nichts, was uns weiterbringt«, warf Bahnert ein, bevor Birte etwas sagen konnte.

»Nein, nichts außer sehr Persönlichem und Dingen, die den Verdacht erhärten, dass der Kollege sich mit seinen Wetten verschuldet hat«, ergänzte sie dann und spürte Bahnerts harten Blick.

»Wir haben wirklich nicht viel. Liegt also noch viel Arbeit vor Ihnen.« Dauner blickte in die Runde. »Frau Hauptkommissarin Jessen«, sagte er dann, »würden Sie mich ein Stück begleiten?«

An der Tür holte sie den Oberstaatsanwalt ein. Hier erst bemerkte sie sein aufdringliches Parfüm. Er schlug den Weg zum Fahrstuhl ein. »Hauptkommissar Bahnert hat sich bei mir über Sie beklagt – über die mangelnde Zusammenarbeit. Können Sie mir etwas dazu sagen?«

»Ich verstehe nicht.« Nun war sie ehrlich überrascht. »Er hat den Fall Derkum, ich den Fall Köster. So war es besprochen.«

Dauner blieb kurz stehen. Seine braunen Augen fixierten sie. Eine Falte erschien auf seiner Stirn, die sie noch nicht kannte, als würden ihm diese beiden Fälle tatsächlich Kopfzerbrechen bereiten. »Es wäre trotzdem im Sinne aller, wenn Sie zusammenarbeiten würden. Sie haben den wichtigsten Fall, den Tod eines Kollegen, aufzuklären, und Bahnert ist ein erfahrener Kollege. Deshalb habe ich ihn hinzugezogen. Unterstützen Sie sich bitte gegenseitig, ja?« Er berührte sie an der Schulter, ein sanftes Streichen, fast schon eine fürsorgliche Geste, die sie an ihm noch nie gesehen hatte. »Wir sitzen doch alle in einem Boot.«

»Danke, dass Sie mich daran erinnern«, erwiderte sie, aber da war Dauner schon drei Schritte weiter in Richtung Fahrstuhl gegangen.

30

Sein Vater war ihm in dem Krankenbett noch kleiner vorgekommen, als würde er mit jedem Tag ein wenig schrumpfen.
Er gehörte hier nicht hin. Dieser Gedanke war ihm sofort
gekommen. Sein Vater gehörte zu seinen Büchern und vermutlich auch in sein Tonstudio, um Sendungen über Gedichte
von Rilke und anderen bedeutenden Dichtern aufzuzeichnen.
Noch immer hatte er sich keine dieser Sendungen angehört,
fiel ihm ein, aber das wollte er bald nachholen.

Ein Arzt hatte kurz haltgemacht, als er ihn am Bett seines
Vaters gesehen hatte. »Der Professor zeigt Reaktionen, und
seine Werte haben sich stark verbessert«, sagte der Medizi-
ner und betonte das Wort »Professor«. Nun hatte es sich anscheinend herumgesprochen, wer genau Professor Dr. Herbert Faller war. »Ich denke, Ihr Vater ist in einem so stabilen
Zustand, dass wir ihn in drei, vier Tagen aus dem künstlichen
Koma holen können.«

Sollte das eine gute Nachricht sein? Ja, wahrscheinlich. Als
Faller noch eine Frage stellen wollte, war der Arzt schon wei-
tergeeilt.

Ein paar Sekunden nachdem Faller die Intensivstation verlassen hatte, klingelte wieder sein Smartphone.

Eine Festnetznummer.

Hauptkommissarin Jessen meldete sich.

»Sie benutzen ja ein gewöhnliches Telefon«, sagte Faller,
aber eigentlich lag ihm auf der Zunge, die Polizistin zu fragen:
Verfolgen Sie mich jetzt?

»Ich habe eine wichtige Frage.« Die Hauptkommissarin
ließ sich nicht irritieren. »Gibt es im Haus Ihres Vaters einen
Wandtresor? Könnte dieser Schlüssel, den Sie gefunden haben,
zu solch einem Tresor passen?«

»Nein«, erwiderte Faller, doch plötzlich war er sich nicht

mehr so sicher. »Zumindest weiß ich davon nichts. Aber es ist ein altes Haus, es wurde Anfang des letzten Jahrhunderts errichtet, wenn ich mich nicht irre. Keine Ahnung, ob man damals Wandtresore in solche Häuser eingebaut hat.«

»Könnten Sie nachschauen?« Birte Jessen klang ungewohnt bittend. »Natürlich ganz inoffiziell. Mein Kollege ... er ist bisher nicht eingeweiht.«

»Verstehe.« Faller verließ die Klinik. Plötzlich schien die Sonne, es war deutlich wärmer geworden. Der Sommer zog in Köln herauf. »Sind die Durchsuchungen im Haus also beendet?«

Birte Jessen zögerte. »Ich weiß es nicht. Daher stellen Sie es am besten so an, dass niemand mitbekommt, was genau Sie suchen.« Dann legte sie auf.

Falls so ein Wandtresor tatsächlich existierte – war es denkbar, dass Maria Derkum ausgerechnet dort etwas deponiert und sein Vater es gestattet hatte?

Monday kläffte laut los, als er entdeckte, dass Faller sich dem Volvo näherte. Der Pudel schien das absolute Gehör zu haben. »Wir müssen wieder nach Marienburg«, erklärte er dem Hündchen, das sofort auf seinen Schoß sprang.

Das Blumenmeer, das ihn am Haus seines Vaters empfing, war noch größer geworden und auch von dem Feuerwehreinsatz in der Nacht nicht in Mitleidenschaft gezogen worden. Rosen in kleinen Vasen, Bilder von Maria Derkum, Karten mit der Aufschrift »Blanche, du warst unsere Stimme«.

Faller schloss die Tür auf. Selbst hier im Haus roch es nach Rauch, und es war still, eine Stille, als hätte sich hier etwas verdichtet: das Gefühl von Abwesenheit, davon, dass hier niemand mehr lebte. Zuerst ging er in das Wohnzimmer und öffnete die Tür zum Garten. Niemand war am Gartenhaus zu sehen, kein Feuerwehrmann, kein Polizist. Das Mauerwerk war verrußt, der Eingang wirkte mit der zerstörten und gegen die Fassade gelehnten Tür wie eine offene Wunde.

Irgendwann würde er sich Gedanken machen müssen, das

Gartenhaus renovieren zu lassen – eine Vorstellung, die ihn erschreckte.

Er ging in das Arbeitszimmer seines Vaters hinauf. Wenn es im Haus einen Wandtresor gab, dann dort oben, war er sich sicher, und als er den Raum betreten hatte, glaubte er, genau zu wissen, wo sich der Safe befand. Nicht hinter den Familienfotos, die sein Vater hier aufgehängt hatte, sondern hinter dem großen Rilke-Porträt, das den Dichter mit nachdenklich-verklärtem Blick zeigte. Ja, das war der Humor seines Vaters – ein Geheimnis ausgerechnet hinter dem Bildnis des Dichters zu verstecken.

Doch Faller hatte sich geirrt. Fehlanzeige – im ganzen Raum gab es keinen Safe.

Fündig wurde er wenig später in dem Raum, in dem er es am wenigsten erwartet hatte: im Schlafzimmer seines Vaters. Dieser Raum lag in der ersten Etage, Wand an Wand mit dem Zimmer, in dem er als Jugendlicher gelebt hatte. Diesen Raum hatte er seiner Erinnerung nach zuletzt betreten, als seine Mutter sterbenskrank, mit einem roten Tuch über dem Kopf, das ihren fast kahlen Schädel verbergen sollte, in dem Doppelbett gelegen hatte, das sie mit seinem Vater teilte. Ganz hilflos hatte er ihr Obst gebracht – zwei in kleine Stücke geschnittene Orangen, die sie mit einem matten Lächeln betrachtet hatte und längst nicht mehr essen konnte.

Hinter dem Foto des Tafelbergs von Kapstadt, das seine Mutter vor vielen Jahren aufgehängt hatte, weil sie als junges Mädchen für ein Jahr in Südafrika gewesen war, befand sich ein kleiner silberfarbener Wandsafe. Niemand hatte ihn jemals erwähnt, und Faller hatte auch nie irgendwo einen Schlüssel zu diesem Safe gesehen.

Birte Jessen war sofort am Apparat.

»Ich habe ihn gefunden«, sagte Faller.

Ihre Antwort war genauso kurz. »Ich bin in zwanzig Minuten vor Ort.«

Während er auf die Polizistin wartete, ging er in den Keller in das Tonstudio hinunter. Barg dieses Haus noch andere Geheimnisse – und würde sich gleich ein Rätsel auflösen? Hatte Maria Derkum in dem Safe etwas hinterlegt, was auf ihren Mörder hindeutete? Birte Jessen hatte diese Vermutung sehr wahrscheinlich – dass sich nun alles klären würde oder zumindest das Motiv für den Mord offenbar wurde.

Faller setzte sich an das Mischpult. Er hätte nun gerne die Stimme seines Vaters gehört, und er versuchte, sich zu erinnern, was Louisa angestellt hatte, um auf der Anlage die Aufnahmen von Maria Derkum abzuspielen. Er schaffte es zwar, das Mischpult anzuschalten, weiter kam er allerdings nicht.

Schon bevor der Gong der Eingangstür durch das Haus schallte, kläffte Monday wieder los.

»Wo ist der Safe?« Birte Jessen hielt sich nicht mit Vorreden auf. Kurz warf sie einen Blick zum Gartenhaus. »Niemand da? Dann können wir uns also den Safe anschauen?«

So einfach wie eine Schranktür ließ sich der Safe öffnen – und nichts passierte, wie er vielleicht erwartet hatte. Kein Alarmton erklang, und hinter der ersten Tür befand sich auch keine zweite, die mit einem Zahlenschloss gesichert war. Zwei Fächer aus silberfarbenem Metall tauchten auf, die jedoch auch mit einem Schloss versehen waren. Das obere war verschlossen, das untere aber ließ sich ohne Umstände aufziehen.

Birte Jessen hatte sich Latexhandschuhe übergezogen; mit dem Licht ihres Smartphones leuchtete sie in das untere Fach. Vorsichtig griff sie dann hinein.

Ein Bündel Geldscheine zog sie heraus. Hundert-Euro-Scheine, mit einem Gummi umspannt. Vorsichtig legte sie die Scheine auf das Bett, auf der Seite, auf der Fallers Mutter früher geschlafen hatte. Als Nächstes brachte sie einen weißen, wattierten DIN-A4-Umschlag zum Vorschein.

»Das war es.« Die Hauptkommissarin leuchtete noch einmal in das Fach. »Mehr ist hier nicht zu finden.«

»Für Daniel Derkum«, stand in einer schön geschwungenen Handschrift auf dem Umschlag.

Faller blickte die Polizistin fragend an.

Sie verstand sofort. »Ich betrachte das als Notsituation«, sagte sie. »Es könnte sein, dass wir nun Hinweise auf den Mörder von Maria Derkum entdecken. Insofern ist Gefahr im Verzug. Also öffnen wir den Umschlag.«

Mit einer schnellen Bewegung riss sie die Lasche auf und griff hinein. Einen Bogen Papier enthielt der Umschlag und einen Ring mit einem grünen Stein, der Faller bekannt vorkam, aber er konnte sich nicht auf Anhieb erinnern, wo er ihn schon einmal gesehen hatte.

Birte Jessen kniff die Augen zusammen. »Ein Brief an ihren Sohn«, sagte sie und warf Faller einen kurzen Blick zu, dann begann sie vorzulesen.

»Lieber Daniel, ich hoffe sehr, dass du es bist, der diesen Brief nun in den Händen hält. Es ist eine Art Testament, doch vielleicht nicht genau so, wie du es dir vorstellst. Ich weiß, dass ich dir nie eine gute Mutter war. Ich hätte mich um dich kümmern müssen, aber ich konnte es nicht, sosehr ich es mir auch gewünscht habe. Ich hatte immer andere Dinge im Kopf – ich wollte die Welt erobern, in jeder Hinsicht. Vor allem auf der Bühne mit meinen Liedern. Um diese Lieder ging es mir – mit ihnen wollte ich die Welt ein wenig besser machen, und natürlich ging es mir auch um Ruhm und Anerkennung und das Gefühl, gesehen und vielleicht sogar geliebt zu werden. Ja, ich war furchtbar eitel und selbstbezogen. Das kann ich mir jetzt eingestehen, und du, mein Sohn, hast darunter leiden müssen.

Zu meiner Entschuldigung kann ich sagen, dass ich dich ja in den besten Händen wusste. Lore, deine Großmutter, war froh, dich zu haben und die Dinge wiedergutzumachen, die sie bei mir falsch gemacht hatte. Als ich ein Kind war, hat sie den ganzen Tag in ihrem Zimmer gesessen und Kleider genäht; da habe ich nur gestört, und einen Vater hatte ich genauso wenig, wie du einen hattest.

Da hat sich Lores und meine Geschichte ja wiederholt, obschon ich es nicht darauf angelegt habe.

In diesem Brief geht es darum, wer dein Vater ist. Er ist der wunderbarste und klügste Mann, der mir jemals begegnet ist – und er ist so fein und intelligent, dass ich es ihm niemals gesagt habe, dass ich von ihm schwanger geworden bin. Wir haben auch nur ein Mal miteinander geschlafen, in meiner Studentenwohnung in Braunsfeld, ein Zimmer unter dem Dach. Er kam vorbei, um mir Songtexte zu bringen, die ich ihm gegeben hatte. Er war mein Professor, und er war niemals zudringlich oder machte Anstalten, mich zu verführen. Nein, ich habe ihn verführt, ein einziges Mal, als er selbst schwach war und eine schlechte Nachricht erhalten hatte.

Nun bin ich in sein Haus zurückgekehrt, und er weiß es immer noch nicht. Doch kann ich nicht sterben, ohne es dir zu sagen, mein Daniel.

Ohne Professor Faller wäre ich niemals der Mensch geworden, der ich heute bin, und es ist eine Ironie des Schicksals, dass ich todkrank unter seinem Dach lebe und er sich wieder um mich kümmert. Den Ring, der diesem Schreiben beiliegt und der auch beweist, dass ich nicht lüge – ja, es könnte ja sein, dass du mich für eine Lügnerin hältst –, hat er mir geschenkt, als ich Köln verlassen habe und nach Portugal ging. Ich war damals am Ende, hatte mit Kokain angefangen, die Musik gab mir nichts mehr – überhaupt hatte ich von Köln und Deutschland genug.

Die Frau des Professors war damals schon gestorben, doch mir war klar, dass er seinen Seitensprung bedauerte, auch wenn er es niemals erwähnt hatte. Ich nahm den Ring als

eine Art Talisman, und nun soll er dir gehören, Daniel.
Pass gut auf ihn auf.
Ich küsse und umarme dich.
Maria«

Birte Jessen ließ den Brief sinken. »Das war es.«

Faller hatte sich bereits bei den ersten Zeilen auf das Bett gesetzt. Mit jedem Wort, das die Polizistin vorgelesen hatte, war seine Ahnung gewachsen. Sein Vater und Maria Derkum – sie waren ein Paar gewesen, wenn es auch viele Jahre her war. Und – Daniel Derkum war sein Halbbruder.

Die Polizistin reichte ihm den Brief, damit er sich selbst davon überzeugte, was sie da vorgelesen hatte, und betrachtete dann den Ring. »›Für M. D.‹, steht da – weiter nichts«, sagte sie. »Kann also sein, dass die Geschichte nicht stimmt.«

Faller überflog den Brief nur. »Die Geschichte stimmt. Warum sollte Maria Derkum ihren Sohn anlügen?«

Er gab den Brief zurück und versuchte, seine Gedanken zu ordnen. War er wütend auf seinen Vater? Nein, das war er nicht. Überrascht ja, aber nicht wütend. Er dachte an seinen Vater, als er ein noch junger, hoch engagierter Literaturdozent gewesen war; ständig waren Leute von der Universität im Haus zu Gast gewesen, junge Männer und Frauen, die Bücher oder Kladden mit ihren Seminararbeiten heranschleppten, aber niemals hatte sich sein Vater auffällig verhalten und niemals hatte es Anzeichen gegeben, dass seine Mutter verärgert über ihren Mann gewesen war, weil er sich in unpassender Weise Studentinnen genähert hatte. Nun, zumindest hatte Faller es nicht mitbekommen.

»Was heißt das nun für unsere Ermittlungen?«, fragte Faller.

»Nichts.« Birte Jessen seufzte. »Nicht viel jedenfalls«, korrigierte sie sich. »Es erklärt vermutlich, warum Maria Derkum, krank, wie sie war, hierher zurückgekehrt ist und warum Ihr Vater sie aufgenommen hat, aber in unseren beiden Mordfällen führt es uns kein bisschen weiter.« Sie legte den Brief in den

Umschlag zurück. »Ich besorge einen neuen Umschlag, und dann tun wir so, als hätten wir nie in diesen Tresor geschaut.«

»Gute Idee«, erklärte Faller. Dann fiel ihm ein, dass er in wenigen Stunden im Hinterhofsalon Daniel Derkum, seinem Halbbruder, begegnen würde.

31

Bahnert wohnte in Deutz in der Waltharistraße, nicht weit vom Präsidium entfernt. Kein Wunder, dass er meistens zu Fuß kam und stets einen Wagen von der Fahrbereitschaft benutzte. Birte parkte an der Lanxess-Arena, um nicht mit ihrem roten Alfa aufzufallen.

Auch wenn sie es sich nicht eingestehen wollte: Dass sie nach dem Auffinden des Safes im Haus des Professors lediglich erfahren hatte, dass er der Vater von Daniel Derkum war, hatte ihr zugesetzt. Insgeheim hatte sie gehofft, dass Maria Derkum ihr den Namen des Mörders auf einem Silbertablett servieren würde, und stattdessen hatte sie nun nichts – keine Erkenntnisse, die sie weiterbrachten.

Also blieb einzig der Plan, sich genauer um Bahnert zu kümmern. Sie durchlief die Straße einmal wie eine zufällige Passantin. Eine langweilige Wohngegend mit Zwei- und Dreifamilienhäusern, nicht heruntergekommen, sondern einigermaßen gepflegt; eine Straße, wie es sie zu Hunderten in Köln gab. Bahnerts Wohnung lag im Erdgeschoss. Durch ein großes Fenster meinte sie einen Mann zu sehen, der an einem Bett saß. Bahnert hatte von einem Georg gesprochen, einem ehemaligen Soldaten, der sich tagsüber um seine Frau kümmerte. Der Mann, den Birte zu sehen glaubte, hatte eine Vollglatze und trug eine Nickelbrille. Einmal schaute er kurz zum Fenster hinaus. Schnell wandte sie den Kopf und ging weiter.

Am Ende der Straße gab es ein Baugrundstück, das recht unübersichtlich war und von dem aus man Bahnerts Haus im Blick behalten konnte. Sie zwängte sich durch einen Bauzaun und betrat über zwei Holzplanken einen dreistöckigen Rohbau. Niemand war zu sehen. Zementsäcke lagen aufgestapelt in einer Ecke, daneben leere Eimer und zwei Schaufeln, doch anscheinend hatte hier schon länger keiner mehr gearbeitet.

Fenster waren noch keine eingesetzt worden. Birte betrat den ersten Raum zur Straße. Ja, von hier aus hatte man Bahnerts Eingang im Blick.

Es war siebzehn Uhr siebenunddreißig.

Wenn es stimmte, was Bahnert ihr gesagt hatte, würde er in der nächsten halben Stunde auftauchen.

Sie überlegte, Max anzurufen, als eine SMS bei ihr einging.

»Handschrift nicht von Köster – Computeranalyse sagt, zu 99 Prozent keine Übereinstimmung«, schrieb ihr Louisa.

Birte hatte ihr nach dem Treffen mit Dauner eine Seite aus Kösters Notizbuch fotografiert. Nur leider hatte sie noch keine Schriftprobe von Bahnert, die sie an Louisa weiterleiten konnte.

Um zehn vor sechs kam Bahnert. Rauchend ging er die Straße hinunter. Zehn Minuten später verließ ein Mann in einer hellen Sportjacke das Haus und stieg auf ein Rennrad. Georg, der Pfleger, hatte seinen Dienst beendet. So weit stimmte also die Geschichte, die Bahnert ihr erzählt hatte.

Was hoffte sie hier herauszufinden?

Es war die pure Verzweiflung, wie sie genau wusste. Sie hatte keinen anderen Ansatz, als herauszubekommen, warum Bahnert den Laptop manipuliert hatte. Matthias Brasch hatte recht: Wenn jemand im Präsidium entdeckte, was sie hier tat, wäre sie ihren Job los. Aber ihre Intuition sagte ihr, dass es richtig war.

Als ihr Smartphone summte, zuckte sie regelrecht zusammen. »Max«, leuchtete auf dem Display auf.

»Was tust du?«, fragte er.

»Ich stehe auf einer Baustelle, um die Wohnung meines Kollegen Bahnert zu observieren, und frage mich, ob ich nicht etwas komplett Dummes tue.«

»Das passt nicht zu dir.« Max lachte auf. »Morgen setze ich mich wieder aufs Rad – abends bin ich dann hoffentlich in Köln, falls ich nicht irgendwo in der Eifel schlappmache.«

»Ich freue mich«, sagte Birte – und fast hätte sie noch hinzugefügt: Und ich liebe dich, aber das kam ihr zu melodramatisch vor.

»Ich gehöre dann zu eurem Team«, fuhr Max fort, »falls du den Fall bis dahin nicht aufgeklärt hast.«

»Genau danach sieht es aus.« Birte berichtete kurz davon, was sie im Wandsafe bei Professor Faller gefunden hatten.

»Ich habe den Professor einmal getroffen. Er hat aus seiner Rilke-Biografie vorgelesen, in einer Buchhandlung an der Neusser Straße. Es waren nicht viele Leute da, zwanzig vielleicht, aber er hat alle zwanzig im Blick gehabt. Du hattest das Gefühl, er spricht nur zu dir. ›In guten Gedichten‹, hat er gesagt, ›kann es niemals ein falsches Wort geben, denn mit einem falschen Wort ist das Gedicht wertlos und damit kein Gedicht mehr.‹ Ich habe danach wirklich versucht, Gedichte zu schreiben, es ging natürlich nicht. In meinen Gedichten steckten zu viele falsche Worte. Habe ich zum Glück selbst bemerkt.«

»Du hast einen schönen Roman geschrieben«, sagte Birte, doch während sie es aussprach, klang es wie ein billiger Trost. Max hatte einen Roman über einen Tag in Köln verfasst – den 3. März 2009, als das Stadtarchiv in der Severinstraße eingestürzt war. Eine Katastrophe, die nun aber längst vergessen war, und der Roman, an dem er über drei Jahre gearbeitet hatte, war auch ein absoluter Flop geworden.

»Ich hoffe sehr, dass der Professor aus dem Koma erwacht«, redete Max weiter, ohne auf Birtes Einwurf einzugehen. »Er könnte bestimmt Klarheit in die eine oder andere Angelegenheit bringen.«

»Man will ihn in ein paar Tagen aus dem künstlichen Koma holen«, sagte Birte, dann registrierte sie, dass die Eingangstür zu Bahnerts Haus geöffnet wurde. Eine Gestalt in einem schwarzen Hoodie, die Kapuze über den Kopf gezogen, trat hinaus. Nur an der gelben Cordhose erkannte sie, dass es Bahnert war. Einen kleinen roten Rucksack hatte er sich über die Schulter geworfen.

»Max«, sprach sie in ihr Smartphone hinein. »Ich muss Schluss machen. Bahnert hat eben das Haus verlassen.«

Sie schoss ein Foto von Bahnert im Hoodie und folgte ihm dann. Er ging nicht in ihre Richtung, sondern die Straße hinauf zur Thusneldastraße. Dort bog er nach links ab.

Birte musste ihm einiges an Vorsprung lassen, um nicht entdeckt zu werden. Als sie die Thusneldastraße erreicht hatte, sah sie gerade noch, wie Bahnert sich nach rechts wandte. Er hatte sich wieder eine Zigarette angesteckt. Sein Ziel war offenbar nicht der nächste Kiosk oder ein Geschäft, um rasch noch etwas einzukaufen. Dafür sprach zwar der Rucksack, der aussah, als wäre er leer, doch dazu hätte er sich vermutlich keinen Hoodie übergezogen. Dreimal wandte er sich auch um. Zum Glück schaffte Birte es jedes Mal, sich in einiger Entfernung hinter parkenden Autos zu verbergen.

Nach fünf Minuten ahnte sie, wohin ihr Kollege wollte: zum Bahnhof Deutz. Sie vermutete, dass er in ein Taxi steigen würde, und machte sich schon bereit, die Straße zu überqueren, sobald er in das vorderste eingestiegen war, um ihn mit einem anderen Wagen zu verfolgen. Anscheinend war es ihm doch möglich, seine Frau für einige Zeit allein zu lassen.

Bahnert hielt jedoch nicht auf eines der Taxis zu, sondern ging auf eine hässliche, ziemlich lange Betonbank zu, die ein Stück weiter vor dem Bahnhof aufgebaut war. Er setzte sich, trat seine Zigarette aus und steckte sich sogleich eine neue an.

Birte nahm wieder ihr Smartphone hervor und fotografierte ihn. Mit starrem Gesicht saß er da, den Rucksack hatte er neben sich abgestellt. Hin und wieder warf er einen Blick in Richtung Lanxess-Arena, aber nicht wirklich interessiert, eher gelangweilt. Worauf wartete er? Dass jemand mit einem Auto vorbeikam und ihn mitnahm?

Birte blieb auf der anderen Seite, ein wenig versetzt hinter einem geparkten Van, stehen und hoffte, dass Bahnert sie nicht entdeckte. Er rauchte nachdenklich. Einmal zog er sein Smartphone hervor, warf einen Blick darauf und steckte es sofort wieder ein.

Birte überlegte, ob er sie zum Narren hielt. Hatte er bemerkt, dass er verfolgt wurde, oder wollte er etwaige Verfolger auf die Probe stellen?

Sie begann sich zu ärgern, dass sie sich auf diese Observation eingelassen hatte, und hätte beinahe die Frau übersehen, die plötzlich zwischen den Taxis auftauchte und dann auf Bahnerts Bank zuhielt. Sie trug einen hellen Trenchcoat, der für dieses Wetter eigentlich viel zu warm sein musste. Über ihr halblanges schwarzes Haar spannte sich ein dunkelrotes Kopftuch.

Birte meinte, zu beobachten, dass sie Bahnert zunickte; jedenfalls nahm sie in einer fließenden Bewegung den Rucksack auf, dann eilte sie weiter, nicht in den Bahnhof, sondern in den Auenweg hinter dem Bahnhof, während Bahnert aufstand und in Richtung Arena abdrehte.

Die Fotos, die sie mit ihrem Smartphone machte, würden auf diese Entfernung kaum brauchbar sein, aber Birte schoss trotzdem so viele Bilder wie möglich. Dann überquerte sie die Straße, gelangte auf das hintere Ende des Bahnhofsvorplatzes und lief in den Auenweg hinein. Von Bahnert war schon nichts mehr zu sehen, er war vermutlich auf dem Weg nach Hause, aber auch die Frau im Trenchcoat schien sich in Luft aufgelöst zu haben. Sie musste irgendwo in der Unterführung oder kurz danach in ein Auto gesprungen sein, oder sie war zu den Gleisen hinaufgelaufen.

32

Fünfzig Leute waren in den Hinterhofsalon gekommen. Faller
führte Monday an der Leine mit sich. Mit stolz erhobenem
Kopf trippelte der Pudel neben ihm her.

»Na, bist du auf den Hund gekommen?« Anna Talheim
stand an der kleinen Theke, ein Glas Weißwein in der Hand,
und strich sich durch ihre lange rote Mähne.

»Den Spruch«, sagte Faller, »habe ich schon irgendwann
gehört – nicht sehr originell.« Er hatte bereits erwartet, dass
er Anna nicht würde entgehen können.

Sie lächelte so sehr, dass ihre Sommersprossen in ihrem
Gesicht zu tanzen schienen. Das hatte ihm früher einmal sehr
gefallen. »Wie geht es deinem Vater? Schade, dass du alle meine
Anrufe ignoriert hast.«

»Ich bin der Journalistin Talheim aus dem Weg gegangen.«
Faller suchte den Raum ab. Julia war vorne am Podium und
kontrollierte die Mikrofone. »Der Zustand meines Vaters ist
unverändert ernst, aber nichts, wozu ich mich öffentlich äu-
ßern werde.«

Anna hob ihr Glas, als wollte sie ihm zuprosten. »Früher
warst du anders – nicht so verkniffen. Ich hoffe, deine neue
Freundin tut dir gut. Jedenfalls ist auf eurer Seite im Netz ganz
schön was los.« Sie blickte in Richtung Julia, die nun Persson
und Daniel Derkum begrüßte.

Derkum war sein Halbbruder – noch immer schien dieser
Gedanke völlig absurd zu sein. Maria Derkum hatte jedoch in
ihrem Brief so geklungen, als sei sie sich dessen vollkommen
sicher.

Faller ließ Anna stehen, er nickte Derkum mit verschlosse-
ner Miene zu und küsste Julia auf die Wange. Sie war ganz in
Schwarz gekleidet, was ihre langen blonden Haare wunder-
schön zur Geltung brachte. Wie immer vor diesen Veranstal-

tungen war sie überaus nervös. Pepe, ihr Techniker, würde die Talkrunde aufzeichnen und dann auf YouTube und andere Plattformen stellen. Diese Runde würden sich vermutlich so viele Leute wie noch nie anschauen.

»Wir hatten heute über fünfzigtausend Aufrufe«, hauchte sie ihm zu, dann kam der Musikredakteur herein und umarmte sie, ein schon älterer Mann mit langen grauen Haaren, der wie ein Altrocker ganz in schwarzes Leder gekleidet war.

Faller setzte sich mit Monday in die letzte Reihe, die nur halb gefüllt war. Brasch und Louisa waren entgegen ihrer Ankündigung nicht gekommen. Er sah, wie Professor Hinck auf eine Krücke gestützt hereinschlurfte. Sonst aber meinte er nur noch zwei Journalisten zu entdecken, die für den Express arbeiteten und die er vom Sehen kannte. Sie hatten sich in die zweite Reihe neben Anna Talheim platziert. Möglichst unauffällig machte er mehrere Fotos und versuchte, jeden Besucher aufs Bild zu bannen. Von der Polizei war offensichtlich niemand erschienen, und auch Valentin Graf war nirgends zu sehen, aber bei ihm konnte man entgegen seiner Ankündigung nie sicher sein, ob er auch kam.

Julia begann ihre Runde, indem sie Pepe bat, einen Song von Maria Derkum alias Blanche einzuspielen. Sie sang über »Rosen in der Nacht« – ihre tiefe, rauchige Stimme erfüllte den Saal. Faller beobachtete, wie Holger Persson regelrecht zusammenzuckte und sich über die Augen strich, als kämen ihm die Tränen. Wenn er Birte Jesse richtig verstanden hatte, war Maria Derkums ehemaliger Partner noch nicht vom Haken, weil sein Alibi auf wackeligen Füßen stand, und dass sie ihn mit einem Nacktfoto möglicherweise hatte erpressen wollen, wusste die Polizei vermutlich noch gar nicht.

Doch als die letzten Takte des Songs verklungen waren und Julia mit der Vorstellung ihrer Gäste begann, hatte Persson sich wieder in der Gewalt. Daniel Derkum jedoch hatte die ganze Zeit mit reglosem Gesicht dagesessen. Er sprach auch leise, wirkte völlig verschüchtert. Erst als er von seinen ersten Erinnerungen an seine Mutter erzählen sollte, taute er ein wenig auf.

»Es war ihr Haar«, sagte er. »Ihr Haar roch nach … ja, nach Kuchen. So habe ich mir das als Kind gedacht. Dabei habe ich nie gesehen, dass sie einen Kuchen gebacken hat. Wahrscheinlich konnte sie das gar nicht.«

Faller spürte, dass es ihm Mühe bereitete, sich auf das Gespräch zu konzentrieren. Blanche als Sängerin: Anfangs hatte sie auch gemodelt und einmal eine kleine Filmrolle erhalten – später, nachdem sie als Sängerin berühmt geworden war, war ihr mit der Zeit alles zu viel geworden. Sie hatte fernöstliche Zen-Lehren für sich entdeckt, Yoga, viele andere Dinge, über die die vier auf der Bühne allerdings nur spekulieren konnten.

Die japanische Freundin, ging es Faller plötzlich auf, Julia hätte sie einladen sollen, dann hätten alle mehr über Blanche erfahren.

Als sein Smartphone vibrierte, zog er es sofort hervor. Keine SMS von Birte Jessen, wie er vermutet hatte. Der Malerfürst Valentin Graf schickte ihm eine Nachricht. »Meine Assistentin hat ein paar Fotos herausgesucht … von unserem Debattierclub mit Maria damals in den Achtzigern.«

Drei Fotos kamen als Anhang, die alle nicht den Maler, der mit halblangen schwarzen Haaren ziemlich verändert aussah, im Mittelpunkt zeigten, sondern eine wunderschöne blonde Maria Derkum, die wild gestikulierte. Neben ihr saßen Graf und eine andere junge Frau, die einen Kurzhaarschnitt trug und die auf einem Foto verärgert das Gesicht verzog, auf einem anderen hatte sie den Mund geöffnet, als würde sie laut eine Parole rufen.

»Wer ist die zweite Frau auf den Fotos?«, schrieb Faller zurück.

»Eva Mechler«, kam unerwartet schnell die Antwort. »Sie war die Zweitschönste und immer im Streit mit Maria. Sie hat Jura studiert, war eine ganz Linke.«

Nur auf die Frage »Was macht diese Eva heute?« erhielt Faller keine Antwort mehr.

Persson erzählte auf der Bühne, dass eigentlich er es war, der die Band Klangbreite gegründet hatte. Von ihm stammten auch die meisten Songs und fast alle Ideen. Mit seinem mega-weißen Gebiss grinste er nach jedem Satz in Richtung Kamera. Damals sei er noch Fotograf gewesen; er habe Maria im Uni-viertel auf der Straße entdeckt und dann Probeaufnahmen mit ihr gemacht. Alles an dieser Geschichte klang erlogen oder zumindest weit übertrieben.

Faller gab den Namen Eva Mechler bei Google ein. Doch die einzige Eva Mechler, die er fand, war Mitte vierzig und hatte einen Frisiersalon in Reutlingen. Also musste die Eva Mechler aus dem Debattierclub damals ihren Namen geändert haben, oder vielleicht lebte sie auch nicht mehr. Trotzdem konnte es eine Spur sein. Also schickte er die Fotos an Birte Jessen weiter. Lediglich mit dem Hinweis: »Fotos aus den acht-ziger Jahren – hat Valentin Graf in seinem Archiv gefunden«.

Die Antwort von Birte Jessen traf Sekunden später ein. »Können wir uns sehen? Bei Brasch? In einer Stunde?«

33

»Das sieht tatsächlich wie eine Übergabe aus«, sagte Brasch.

Louisa hatte ihren Laptop in seinem Wohnzimmer aufgebaut, das im Wesentlichen aus zwei Sofas, einem riesigen Flachbildschirm an einer Wand und einem niedrigen Couchtisch bestand. Sie gingen die Fotos durch, die Birte von Bahnert und der Frau im Trenchcoat geschossen hatte. Leider war die Entfernung doch zu groß gewesen, um wirklich etwas zu erkennen.

»Aber was könnte Bahnert in dem Rucksack gehabt haben?« Faller war eine halbe Stunde nach Birte bei Brasch eingetroffen. Er hatte nur eine knappe Bemerkung darüber gemacht, aber offensichtlich hatte er sich aus der Talkrunde herausgeschlichen, die seine Partnerin und er im Hinterhofsalon veranstalteten.

Louisa ging die Fotos noch einmal durch und versuchte sie zu vergrößern, damit jedoch wurden sie noch unschärfer. Das Gesicht der Frau war nicht genauer zu erkennen. »So, wie die Frau die Tasche trägt, sieht es nicht aus, als hätte Bahnert da Goldbarren transportiert«, meinte sie.

»Unterlagen«, sagte Brasch. »Ihr Kollege verkauft etwas – Unterlagen, Papiere, die er im Dienst an sich genommen hat. Das Geschäft mit den Razzien, die sie im Voraus ankündigen, geht einfach weiter, obschon Köster tot ist.«

»Nein.« Faller klang absolut entschieden. »Das passt doch nicht. Die Frau – auch wenn man nicht viel von ihr sieht – gehört in ein anderes Milieu, und dann hätte sie ihm etwas zahlen müssen. Ein Briefumschlag mit Geld gegen die Unterlagen im Rucksack.«

»Exakt.« Louisa ließ die Fotos noch einmal der Reihe nach durchgehen. »Die Frau trägt teure Sneakers, und ich würde fast wetten, dass sie eine Perücke angezogen hat. Viel Brimborium für so eine Übergabe.«

»Fehlte eigentlich nur noch die Sonnenbrille«, warf Faller ein.

Louisa blickte von dem Bildschirm auf; ihre dunkelroten Lippen verzogen sich zu einem breiten Lächeln. »Eben nicht. Eine Sonnenbrille wäre auffällig. So hat niemand sie beachtet.«

»Fast niemand«, sagte Birte Jessen. Sie war müde und frustriert und konnte sich keinen Reim darauf machen, was sie beobachtet hatte. Bahnert beging irgendeine Schweinerei, aber welche genau?

»Kannst du ihn nicht vorladen, deinen Kollegen?« Brasch wandte sich ab und ließ sich auf das gelbe Cordsofa fallen, das aussah, als hätte er es vom Sperrmüll gerettet. Nun duzte er Birte konsequent. »Du zeigst ihm die Fotos und nimmst ihn richtig in die Mangel.«

»Weswegen genau?« Birte trank nicht gerne Bier, aber nun griff sie doch nach einer der Flaschen, die neben dem Tisch standen. »Weil er auf einer Bank sitzt und eine Frau einen Rucksack mitnimmt? Dafür könnte es auch andere Erklärungen geben. Sie war seine ehemalige Geliebte, die beiden sind im Streit, reden nicht mehr miteinander, und er übergibt ihr ihre letzten Sachen.«

»So eine Ausrede klingt nicht plausibel, und wenn es so wäre, könnte er ja den Namen der Frau nennen«, wandte Brasch ein.

»Wie soll ich überhaupt erklären, dass ich ihn observiert habe?«, fragte Birte in die Runde.

Niemand gab eine Antwort.

Ein lautes Tuten war plötzlich zu hören. Es musste vom Rhein herüberwehen, der nicht weit entfernt lag.

»Ich fürchte, wir müssen diesen Bahnert weiter beobachten«, sagte Faller. Sein Pudel, der sich vor die Terrassentür gelegt hatte, war durch das Tuten aufgeschreckt worden und gab ein Seufzen von sich.

Louisa rief nun die Fotos auf, die Faller von Valentin Graf bekommen hatte. »Maria Derkum war wirklich eine verdammt schöne Frau – mit blonden Haaren gefällt sie mir noch besser«, sagte sie und rollte jedes R im Satz. »Kein Wunder, dass alle Männer mit ihr ins Bett wollten.« Sie sah Brasch an, als hätte er auch zu diesen Männern gehört.

»Helfen uns diese Fotos weiter?«, fragte Faller. »Die zweite Frau heißt oder besser hieß damals Eva Mechler. Im Netz habe ich nichts über sie gefunden.«

»Jede Verbindung zu Maria Derkums Vergangenheit kann uns weiterhelfen.« Birte zog ihr Notizbuch hervor und notierte sich den Namen. »Weiß dieser Maler sonst noch etwas über Maria Derkum?«

»Dieser Maler?« Faller lachte laut auf. »Seine Bilder sind Millionen wert. Wenn er nur mit dem Finger schnippt, laufen Politiker aus mindestens zehn Städten zu ihm, die nur für ihn ein Museum bauen wollen.«

»Was kann er über Maria Derkum wissen?« Birte ließ sich von Fallers Erklärungen zu Valentin Graf nicht beeindrucken.

»Er hat sie auch gemalt«, sagte Faller. Er nahm sein Smartphone hervor und brauchte fünf Sekunden, um das Bild zu finden: »Stille Blanche« – Maria Derkum mit einer brennenden Kerze in der Hand.

»Ein großartiges Bild.« Louisa war ehrlich beeindruckt. »Ist bestimmt Millionen wert.«

»Gehörte dieser Maler auch zu den Liebhabern von Maria Derkum? Sie stand ja offensichtlich auf ältere Männer.« Birte sah Faller an, und ihr fiel erst dann ein, wie sie seinen Blick verstehen musste – als Anspielung auf seinen Vater.

»Kann sein.« Faller wich ihrem Blick aus. Der Ärger war ihm ins Gesicht geschrieben. »Sie können ihn ja vorladen und befragen!«

»Vielleicht weiß er etwas von dieser Schlacht, von der Maria Derkum angeblich gesprochen hat.« Birte gab sich nun versöhnlicher. Es hatte keinen Sinn, Faller zu verärgern.

Faller antwortete nicht. Er nahm eine Flasche Bier, setzte sie an die Lippen und trank, als stünde er kurz vor dem Verdursten. Dann holte er sein Smartphone hervor und wählte eine Nummer. Es war kurz nach dreiundzwanzig Uhr, aber das Gespräch kam sofort zustande.

»Ich weiß, wie spät es ist, Valentin«, sagte Faller mit einem spöttischen Unterton. »Aber richtige Künstler schlafen doch nie, nicht wahr? Ich habe nur eine Frage. Wir haben einen Song von Blanche gehört, in dem sie von einer Schlacht singt, in die sie gezogen ist. Gab es damals wirklich so eine Schlacht?«

Faller hörte aufmerksam zu, seine Augen schienen sich zu verdunkeln. »Okay«, sagte er zwischendurch. Der Maler hatte zu einem längeren Monolog angesetzt. Was er jedoch genau sagte, war für Birte und die anderen beiden nicht zu verstehen.

»Vielen Dank«, sagte Faller schließlich. »Tut mir leid wegen der Störung, aber du hast uns weitergeholfen.« Dann unterbrach er die Verbindung.

»Und?«, fragte Louisa neugierig. »Hat es wirklich so eine Schlacht gegeben?«

Faller blickte in die Runde, erst zu Louisa, dann zu Brasch und Birte.

»Der Maler meint, ja, es gab eine Schlacht. Hinterher wurde sie zumindest so bezeichnet. 1981 versuchten Demonstranten, in Brokdorf mit aller Gewalt auf das Gelände eines Atomkraftwerks zu gelangen, das heißt, es war noch in Bau, und man wollte die Fertigstellung unbedingt verhindern. Eine Demonstration von hunderttausend Leuten verlief friedlich, doch zweitausend militante Demonstranten lieferten sich direkt am Zaun zum Kraftwerk einen blutigen Kampf mit der Polizei. Über hundert Polizisten wurden verletzt. Es sind Steine und Molotowcocktails geworfen worden, und … und Maria war in der ersten Reihe dabei.«

»Gut. Hat sich das geklärt«, meinte Brasch lakonisch. »Aber wegen so einer Schlacht mit Polizisten bringt man doch über vierzig Jahre später niemanden um.«

»Genau das«, sagte Birte, »müssen wir nun herausfinden.«

34

Faller fuhr weder zu Julia, die ihm zwei Kurznachrichten geschrieben hatte, die erste freundlich, die zweite voller Unge-
duld, noch steuerte er seine Wohnung an. Es war fast ein Uhr in
der Nacht, als er vor dem Haus seines Vaters hielt. Nirgendwo
brannte ein Licht, lediglich drei Laternen tauchten die Straße
in einen matten gelblichen Schein. Das Blumenmeer vor dem
Haus war noch größer geworden. Die Japanerin saß an den
Zaun gelehnt, zu ihren Füßen eine flackernde Kerze. Obschon
es nun kalt war, trug sie nur eine dünne Jacke und schien zu
schlafen. Doch während Faller sich ihr näherte, schlug sie die
Augen auf. Als sie lächelte, sah ihr Gesicht aus, als wäre es
aus Pergament.

»Ich halte die Totenwache für Maria«, sagte Hoshimi Shimo
und machte dann eine wegwerfende Handbewegung, »aber
keine Sorge, ich sitze noch nicht lange da. Ich versuche auch,
mit Maria zu sprechen.« Sie deutete nun nach oben. Faller sah,
dass ein voller Sternenhimmel aufgezogen war.

»Und antwortet sie Ihnen?«, fragte er, ohne seine Frage
ernst zu meinen.

Die Japanerin nickte mit ernster Miene. »Sie bedauert, dass
sie gekommen ist. In Nazare war alles gut, aber hier hat sie doch
vieles falsch gemacht. Sie hätte in Portugal sterben sollen.«

Faller befreite Monday von seiner Leine. Der Pudel trippelte ein Stück die Straße hinunter und suchte sich dann den
nächsten Baum, um zu pinkeln.

Die Japanerin hatte die Augen wieder geschlossen.

»Möchten Sie nicht hereinkommen? Die Nacht ist kalt«,
sagte Faller. »Ich könnte uns einen Tee machen.«

In einer fließenden Bewegung stand Hoshimi Shimo auf.
»Nein«, sagte sie und öffnete die Augen wieder. »Sie können
mir bestimmt keinen Tee machen.«

Erneut hatte er das Gefühl, dass die Stille in diesem viel zu großen Haus ihn überschwemmte, nachdem er die Tür geöffnet hatte. Er schaltete das Licht ein und ließ die Japanerin vorgehen. Sie neigte leicht den Kopf und zog ihre Schuhe aus. Ihre Füße waren klein, als wäre sie ein zehnjähriges Mädchen.

In der Küche suchte sie in den Schränken nach Tee und einer Kanne. »Hier kann ich nur einen deutschen Tee machen«, erklärte sie nach ein paar Momenten, »keinen japanischen, aber das würde Ihnen auch viel zu lange dauern.«

»Da haben Sie recht.« Nachdem er sich gesetzt hatte, spürte Faller, wie müde er war. Auch Monday hatte sich eine Ecke gesucht und sich zusammengerollt. Er beobachtete, wie Hoshimi Shimo alles für den Tee bereitstellte und ihn dann langsam aufgoss. Sie tat das stumm und sehr konzentriert.

Erst als sie damit fertig war, traute sich Faller, wieder zu sprechen. Der Tee war heiß und schmeckte sehr intensiv nach Kräutern, die er jedoch nicht benennen konnte.

»Sie haben wirklich das Gefühl gehabt, Ihre Freundin Maria würde mit Ihnen sprechen?«, fragte er zaghaft.

Sie nickte. »Wir kennen uns sehr gut, obwohl wir uns nicht oft gesehen haben. Es war … es ist eine tiefe Seelenfreundschaft.« Ein Lächeln betonte ihr letztes Wort.

»Wir haben herausgefunden, wer der Vater von Daniel ist«, redete Faller weiter. »Es ist der Professor, mein Vater.«

»Der Professor – ja.« Die Japanerin nickte wieder. »Keine Überraschung.«

»Aber Sie haben es nicht gewusst?«

»Nein, doch zuletzt hat Maria vom Professor gesprochen wie von einem alten Geliebten.«

»Und wer hat sie umgebracht?« Faller hielt die Teetasse in der Hand und spürte, wie ihre Wärme sich in seinem ganzen Körper verteilte. »Wenn Sie mit Maria sprechen können, sollten Sie ihr diese Frage stellen.«

Hoshimi Shimo begann wie ein junges Mädchen zu kichern. »Oh, so einfach ist das nicht. Außerdem habe ich das schon gefragt. Und die Antwort war: Er ist verzweifelt und verwirrt und trägt eine Maske.«

»Aber der Täter ist männlich, ja?«

Die Japanerin zog die Achseln hoch und kicherte wieder. »Sie sind ein müder Mann. Sie sollten schlafen gehen.«

Um kurz vor sieben Uhr erwachte Faller, weil Monday ihm mit einer Pfote über den Arm strich. Er hatte sich in dem Zimmer, das sein Vater als Lesezimmer bezeichnet hatte, mit einer Decke auf das Sofa gelegt.

Monday winselte leise, und Faller verstand. »Du musst pinkeln, nicht wahr?«

Sie gingen in das Erdgeschoss hinunter. Die Japanerin, die sich im Wohnzimmer hingelegt hatte, war verschwunden, nur eine leere Tasse neben einem Sessel verriet, dass sie da gewesen war. Monday trippelte in den Garten hinaus und erleichterte sich an einem Baum.

Faller widerstand der Versuchung, auf sein Smartphone zu sehen, sondern kochte sich in der Küche, in der er sich kaum zurechtfand, einen Kaffee. Dann ging er in das Tonstudio hinunter. Darum war er überhaupt in der Nacht hierhergefahren. Louisa hatte ihm erklärt, wie er das Mischpult bedienen konnte, und nach ein paar Anläufen schaffte er es auch.

Die sonore Stimme seines Vaters erklang. Eine Sendung, die er für seinen Internetsender aufgenommen hatte, doch diesmal ging es nicht um Gedichte, sondern um Musik – Klaviermusik. »Für Elise«, »Die Mondscheinsonate«, »In der Halle des Bergkönigs« – Faller kannte all diese Stücke, die sein Vater anspielte, um sie zu erklären, weil seine Mutter sie oft geübt hatte, und für ein paar Momente war es auch, als wäre er in der Zeit zurückgereist, und er hörte heimlich seiner Mutter zu, wie er es als Kind oft getan hatte, abends hinter der Tür sitzend, wenn sein Vater noch unterwegs war und seine Mutter für sich spielte. Er hatte das Gefühl, dass sein Vater diese Stücke auch für sie spielte, dass er nach beinahe vierzig Jahren immer noch um sie trauerte. Vielleicht hatte er das Haus deshalb nie verlassen, weil seine Mutter hier immer noch irgendwie anwesend war.

Als sein Smartphone summte, schaltete er die Anlage aus. Die Stimme seines Vates verhallte.

Eine Frau aus der Uniklinik, deren Namen er nicht verstand, meldete sich, und eine Sekunde lang wusste Faller, dass sie ihm nun in diesem Moment, in dem er seinem Vater so nahegekommen war wie lange nicht mehr, die Nachricht von seinem Tod überbringen würde.

Doch die Frauenstimme sagte: »Herr Faller, wir möchten Sie darüber informieren, dass wir die Medikamentendosis bereits reduziert haben und Ihren Vater nun allmählich aus dem Koma holen wollen. Morgen am Nachmittag wird er vermutlich wach sein. Sehr oft sind die Patienten dann verwirrt und brauchen Hilfe und Orientierung. Es wäre sehr hilfreich, wenn Sie morgen Ihren Vater besuchen könnten. Er wird dann auch nicht mehr auf der Intensivstation versorgt werden müssen.«

»Ich komme morgen Nachmittag in die Klinik – auf jeden Fall«, entgegnete Faller. Er hörte selbst, dass seine Stimme zitterte und er wie ein kleiner, nervöser Junge klang.

»Ich bin sicher, Ihr Vater wird sich freuen, Sie zu sehen, wenn er erwacht ist«, sagte die Frauenstimme noch, bevor sie auflegte.

35

Bis um drei Uhr in der Nacht suchte Birte im Netz nach der Schlacht um Brokdorf und schaute sich Zeitungsartikel und Videos an. Es stimmte, was der Maler Faller gesagt hatte. Am Bauzaun war es zu bürgerkriegsähnlichen Szenen gekommen; es hatte Verletzte, aber keine Toten gegeben, und das Ganze war nun über vierzig Jahre her. Ein Ereignis für die Geschichtsbücher der Bundesrepublik. Was sollte es noch für eine Rolle spielen?

Um acht Uhr weckte sie eine SMS von Max. »Fahre nun los. Freue mich!«

Sie schickte ihm einen Smiley zurück, und dann zählte sie tatsächlich die Stunden, wie lange es dauern würde, bis er auf seinem Rennrad zurück in Köln war. Zehn Stunden vielleicht. Am Abend würde sie wieder Bahnerts Haus observieren. Machte er jeden Abend irgendwelche Übergaben oder seltsamen Geschäfte? Aber vielleicht konnte sie auch Brasch oder Faller überreden, sich auf die Lauer zu legen. Bahnert war der Schlüssel. Je länger sie darüber nachdachte, desto sicherer war sie sich. Konnte sie seine Kollegen unauffällig befragen? Kam sie irgendwie an seine Unterlagen heran oder in seine Wohnung? Aber wie sollte sie das genau anstellen, ohne dass er Verdacht schöpfte?

Kaum hatte sie sich geduscht und angezogen, traf wieder eine SMS von Bahnert ein.

»Wann kommst du ins Präsidium?«, fragte er, als wollte er sie kontrollieren. »Ich will mir diesen Persson noch einmal vornehmen. Er hat kein Alibi. Vielleicht willst du ja dabei sein.«

Sie antwortete ihm nicht. Wer konnte etwas über Bahnert wissen? Ihr fiel nur ein Name ein, den sie kannte: Silke Millner, Kösters Frau. Vermutlich war sie in der Schule, doch Birte wagte den Versuch, zu ihrer Wohnung zu fahren.

Nach dem dritten Klingeln wurde ihr geöffnet. Silke Millner trug einen weißen Kimono und hatte ein gleichfalls weißes Handtuch zu einer Art Turban um ihren Kopf gebunden. Sie wirkte noch kleiner und verletzlicher.

»Gibt es etwas Neues?«, fragte sie mit leiser Stimme.

»Ich brauche eine Auskunft«, sagte Birte und bedauerte, dass sie sich ihre Worte nicht sorgsam zurechtgelegt hatte, »über meinen Kollegen Gerald Bahnert. Was wissen Sie über ihn?«

Silke Millner zog die Augenbrauen zusammen, dann bat sie Birte mit einer Handbewegung, einzutreten. In der Wohnung roch es intensiv nach Weihrauch, ja, beinahe wie in einer Kirche. Sie gingen durch den dunklen Flur in die Küche.

»Warum fragen Sie mich nach Gerry?« Silke Millner setzte sich. Papiere lagen auf dem Tisch; es sah aus, als würde sie Versicherungsunterlagen durchsehen. »Ich habe gestern Rüdigers Leichnam anschauen dürfen. Nächste Woche ist die Beerdigung.«

Birte nahm gleichfalls Platz. Eine Kerze, erkannte sie, brannte auf dem Fensterbrett, aber von dort kam der Geruch von Weihrauch nicht.

»Ich fürchte, mein Kollege hat ein paar Geheimnisse«, erklärte Birte vage. »Was wissen Sie über ihn … über ihn und seine Frau?«

»Nicht viel. Rüdiger hat mir kaum etwas erzählt, und mit Gerry habe ich so gut wie nie gesprochen. Seine Frau stammt aus Köln, sie war Lehrerin wie ich, Französisch und Sport. Vor fünf Jahren sind sie wieder hierhergezogen, weil sie nicht mehr in Berlin leben wollte. Gerry war es egal, er kommt überall zurecht, so schätze ich ihn ein, er geht in Kneipen, er raucht und trinkt, er hat auch nichts gegen eine Affäre, und er ist ein Lügner. Er erzählt allen, dass seine Frau im Wachkoma liegt, weil sie einen Herzinfarkt hatte und wiederbelebt werden musste, aber das stimmt nicht. Es war ein Autounfall, in Italien während eines Urlaubs, er ist viel zu schnell in eine Baustelle gefahren. Seine Frau saß auf dem Beifahrersitz, als er gegen eine Umzäunung gerast ist, und hat ein schweres Hirntrauma erlitten, während ihm nichts passiert ist.«

»Woher wissen Sie das?«

Silke Millner wandte sich zu der Kerze am Fenster um, die zu flackern begonnen hatte, dann stand sie auf und blies sie aus. »Rüdiger hat es mir einmal erzählt. Gerry stand vor Gericht, er wäre fast ins Gefängnis gewandert, wegen Fahrlässigkeit, glaube ich. Er hat Unsummen für Gerichtskosten und Anwälte ausgegeben. Deswegen hat er auch mit den Pferdewetten angefangen. Er macht das, um zu gewinnen, nicht aus Passion, und ich glaube, er gewinnt auch oft, viel öfter, als Rüdiger es getan hat. Er hat Rüdiger nur ausgenutzt.«

»Verstehe«, sagte Birte. »Kennen Sie noch andere Bekannte von Bahnert?«

Kösters Frau schüttelte vehement den Kopf. »Nein, die meisten Polizisten sind Einzelgänger. So kommt es mir jedenfalls vor.«

»Ja, einige schon«, bekannte Birte.

»Aber Sie glauben doch nicht, dass Bahnert meinen Mann getötet hat?« Ein Hauch von Panik war in Silke Millners Stimme zu hören.

»Nein«, erwiderte Birte. »Das glaube ich nicht. Dafür sehe ich kein Motiv.«

»Aber wer sollte denn überhaupt ein Motiv haben? Rüdiger war ein harmloser Polizist, oder nicht?«

Birte erhob sich. »Ja«, sagte sie, »Ihr Mann war ein ehrbarer, guter Kollege.«

Wie musste es sein, wenn man dafür verantwortlich war, dass die eigene Frau im Wachkoma lag? War so etwas überhaupt zu ertragen? Bahnert saß an Kösters Schreibtisch, als Birte im Präsidium eintraf, und tippte an dessen Computer herum.

»Ich dachte schon, du hättest einen Tag Urlaub.« Er blickte kaum auf. In dem Aschenbecher neben dem Bildschirm brannte eine Zigarette.

»Ich war unterwegs. Was ist mit diesem Persson?«, fragte Birte.

Bahnert war unrasiert, sein zu langes graues Haar sah nicht aus, als hätte er sich am Morgen gekämmt.

»Persson gibt den Streit mit Maria Derkum zu. Er ist sogar mit ihr in die Kiste gehüpft, und da hat sie ihn fotografiert, nackt, wie er war, um das Foto seiner Freundin zu schicken, falls er nicht so spurte, wie er sollte. Hat sie ihm jedenfalls angedroht. War ganz schön skrupellos, die Dame.« Bahnert beugte sich vor, um an seiner Zigarette zu ziehen. Rauchverbote schienen für alle zu gelten, nur nicht für ihn. »Mehr konnte ich leider nicht aus ihm herausholen. Ich musste ihn laufen lassen.« Er seufzte ein wenig zu theatralisch.

Birte hatte sich ihm gegenüber an ihren Schreibtisch gesetzt. Sie schaute Bahnert an, musterte ihn, wie sie es manchmal auch mit Verdächtigen tat. Er ist ein Lügner, hatte Kösters Frau gesagt; ja, das glaubte sie auch. Am liebsten hätte sie ihn am Kragen gepackt und durchgeschüttelt. »Wie geht es deiner Frau?«, fragte sie stattdessen mit betont gleichmütiger Stimme. »Musst du eigentlich die ganze Nacht auf sie aufpassen?«

Bahnerts Kopf fuhr in die Höhe. Argwöhnisch blickte er sie an. »Ihr geht es den Umständen entsprechend. Warum fragst du?«

Sie zog die Schulter hoch. »Ich war gestern Abend noch kurz im Präsidium, dachte, ich hätte dich auf der Straße an der Arena gesehen, aber wahrscheinlich habe ich dich verwechselt.«

»Ganz bestimmt.« Bahnert wandte sich wieder seinem Computer zu und tippte weiter. Es gehörte mehr als so eine Bemerkung dazu, um ihn aus der Ruhe zu bringen.

Auf dem Display ihres Smartphones leuchtete Louisas Name auf. Deren Nummer hatte sie nun eingespeichert.

»Ich habe etwas für dich«, sagte Louisa mit rauer Stimme. »Bist du allein?«

»Noch nicht.« Birte erhob sich und ging in den Gang hinaus.

»Du wirst nicht abgehört, nicht wahr?« Louisa klang nun ernsthaft besorgt. »Wir hätten uns andere Handys besorgen sollen, unregistrierte, aber egal …«

»Was genau hast du für mich?« Birte blickte zur Tür ihres Büros und erwartete, dass Bahnert jeden Moment einen Anlass suchte, herauszukommen.

»Ich weiß nun, wer Eva Mechler ist«, sagte Louisa. »Sie hat BAföG bezogen. Im Bundesverwaltungsamt wird die Rückzahlung geregelt. Die haben die Daten gespeichert, mit Geburtsnamen und dem Namen nach der Hochzeit. Ich musste mich da nicht einmal reinhacken. Ein Bekannter hat mir …«

»Louisa«, unterbrach Birte sie. »Was genau willst du mir sagen?«

»Ihr habt da doch einen Oberstaatsanwalt Dauner. Sie heißt auch so: Eva Dauner, und sie ist bei einer großen Kölner Kanzlei beschäftigt, Expertin für Steuer- und Unternehmensrecht.«

36

»Louisa hat den heutigen Namen von Eva Mechler heraus-gefunden.« Faller hörte ein Zittern in der Stimme der Kommissarin, das da einfach nicht hingehörte. Sie machte eine Pause, um sich zu sammeln. Er nahm Verkehrslärm im Hintergrund wahr. Sie telefonierte wieder nicht mit ihrem Smartphone. »Sie ist Juristin und heißt nun Dauner – genauso wie unser Oberstaatsanwalt Rolf Dauner. Ein Zufall kann das nicht sein.«

»Was tun wir jetzt?«, fragte Faller. Er saß in seiner Küche und hatte Monday eben etwas zu fressen hingestellt, über das sich der Pudel schmatzend hermachte.

»Dauner ist heute krank – sehr merkwürdig. Ich würde mir gerne das Haus ansehen, in dem sie wohnen ... ob sie da gemeinsam leben. Und dann ...« Sie sprach nicht mehr weiter. »Und dann ...« hieß auch: Ich weiß es nicht genau.

»Es kann alles ganz harmlos sein«, sagte Faller. Monday schaute ihn mit funkelnden Augen an. Eigentlich habe ich noch mehr Hunger, bedeutete sein Blick.

»Ja«, erwiderte Birte Jessen, »kann harmlos sein. Vielleicht sollte ich sie auch ganz offiziell befragen, über ihre Beziehung zu Maria Derkum, ob sie noch in Kontakt waren, aber wenn dem so wäre, dann hätte doch ihr Mann etwas sagen müssen.«

»Die Schlacht ... war diese Eva Dauner auch bei dieser Schlacht dabei?«, fragte Faller.

»Vermutlich. Danach könnte ich sie auch fragen. Ich würde gegen neunzehn Uhr zu ihr fahren. Bist du dabei?« Zum ersten Mal duzte sie ihn.

»Um sie zu observieren?«

»Als Back-up«, erwiderte Birte. »Louisa und Brasch behalten meinen Kollegen Bahnert im Auge. Ich will sehen, ob er wieder irgendwelche Geschäfte betreibt.«

»Okay«, sagte Faller, »aber Monday muss ich mitnehmen. Er ist brav und wird im Auto bleiben.«

Im Netz schaute er sich Fotos von Eva Dauner an. Ja, sie war die Frau von den Fotos, die Valentin Graf geschickt hatte, und sie war auf eine vortreffliche Art gealtert. Sie stand lächelnd in einem grauen Kostüm an einen Schreibtisch gelehnt da – eine gut aussehende blonde Frau mit Kurzhaarfrisur und einem sinnlichen Mund. Das Werbefoto einer Kanzlei. Sie strahlte Kompetenz und Freundlichkeit aus, beides zu gleichen Teilen. Eine Frau, musste Faller zugeben, mit der jeder Mann gerne einmal zu Abend essen würde. Auch ein paar Fotos zusammen mit ihrem Mann waren zu finden. Rolf Dauner strebte offenbar an, als Kandidat für das Amt des Oberbürgermeisters anzutreten. Zumindest gab es im Netz einen Artikel, in dem er andeutete, einer Kandidatur nicht aus dem Weg zu gehen, falls seine Partei ihn aufstellte. Ein typischer Politikersatz. Auf einem anderen Foto war das Ehepaar Dauner im Karneval zu sehen – eine Sitzung mit Prominenten im WDR; während seine Frau, die sogar maskiert war, herzlich lachte, wirkte Rolf Dauners Heiterkeit aufgesetzt und gezwungen. Jüngere Aufnahmen von Eva Dauner waren nirgends zu finden. Auf allen Bildern war sie die elegante, gepflegte Juristin. Von Kindern war in keinem der Beiträge die Rede.

Faller schickte Julia, die ziemlich verärgert zu sein schien, weil er sich nicht bei ihr gemeldet hatte, eine SMS und machte sich dann auf den Weg. Rodenkirchen, Bismarckstraße – diese Adresse hatte die Kommissarin ihm geschickt.

Das Ehepaar Dauner wohnte in einem größeren Haus, das wie ein Kubus gebaut und nicht wie die meisten Gebäude in der Straße weiß verputzt war. Die Fassade ihres Hauses bestand aus dunklem Holz; es wirkte durch die Form modern, aber durch die Verschalung so, als hätte es auch irgendwo an einem Waldrand stehen können. Faller fuhr an dem Haus vorbei und parkte eine Querstraße weiter. Mit Monday an der Leine stieg er aus. In so einer ruhigen Wohngegend war es sogar ein Vorteil, einen Hund mit sich zu führen; so sah man wie ein harmloser Spaziergänger aus.

Birte Jessen passte ihn an der Einmündung zur Bismarckstraße ab.

»Schön, dass du kommen konntest«, sagte sie und klang wirklich erleichtert.

»Was ist der Plan?«, fragte er mit einem Lächeln.

Sie sah ihn an und fuhr sich durch ihr blondes, ohnehin schon zerzaustes Haar. »Wenn ich jetzt das Falsche mache, bin ich wahrscheinlich meinen Job los«, sagte sie. »So wie dein Freund Brasch es mir angedroht hat.«

»Nur ein paar Fragen zu Maria Derkum zu stellen kann so gefährlich nicht sein«, meinte Faller.

»Dauner ist der Oberstaatsanwalt«, erwiderte die Kommissarin. »Er kann mit einem Fingerschnipsen Karrieren zerstören. Hat er wahrscheinlich auch schon gemacht.«

In nächsten Moment sahen sie, wie ein schwarzer BMW sich vom anderen Ende der Straße näherte und genau in die Einfahrt zu Dauners Haus einbog.

»Das ist er – Dauner«, raunte Birte Jessen ihm zu und wandte sich abrupt ab. »Eigentlich hieß es, er sei krank und deshalb heute nicht im Dienst.«

Faller wagte sich mit Monday an der Leine ein wenig vor. Er konnte aus den Augenwinkeln erkennen, dass Dauner nicht in die Garage gefahren war, die Teil des Hauses war, sondern ausgestiegen war, mit einer Aktentasche in der Hand. Er trug einen dunklen Anzug und sah bleich aus und übernächtigt, möglicherweise war er tatsächlich krank. Im nächsten Augenblick, nachdem er sich dem Eingang genähert hatte, erklang lautes Hundegebell, das Monday zu einem Knurren veranlasste.

»Keine Kinder, aber einen Hund«, sagte Birte Jessen. »Dauner erzählt sonst nichts von sich, aber den Hund hat er schon einmal erwähnt.«

Falls Dauner nun aus einem der großen Fenster zur Straße

blicken würde, hätte er sie sofort entdeckt. Deshalb machten sie kehrt und gingen zur Querstraße zurück.

»Es muss uns etwas einfallen«, sagte die Kommissarin dann. »Ich kann da nicht so einfach auf der Matte stehen und Fragen stellen.«

Faller beobachtete, wie am anderen Ende der Bismarckstraße ein Taxi hielt. Eine Frau sprang heraus. Sie hatte schwarze halblange Haare, trug ein Kopftuch und einen Trenchcoat. Genau wie die Frau, die Birte Jessen mit Bahnert fotografiert hatte.

Im Eilschritt bewegte sie sich die Straße hinauf. Birte hatte sie auch bemerkt und schaute sie ganz gebannt an. Hinter einem Glascontainer suchten sie Schutz.

»Sie ist es«, flüsterte Birte, als hätte sie Angst, man könne sie bis die Straße hinunter hören, »die Frau, die am Bahnhof in Deutz Bahnerts Rucksack mitgenommen hat.«

Das Taxi war bereits wieder weggefahren. Bis vor die Haustür hatte die Frau sich nicht bringen lassen. Mit starrer Miene hielt Eva Dauner, wenn sie es denn war, auf ihr Haus zu und bog dann in Richtung Eingang ab. Bevor sie ganz aus ihrem Blickfeld verschwand, hatte Birte zwei Fotos von ihr gemacht. Einen Augenblick später bellte der Hund wieder laut auf, doch diesmal blieb Monday stumm.

»Was tun wir jetzt?«, fragte Faller. Er meinte, in dem großen Fenster des Hauses einen Schatten zu sehen, eine Gestalt, die er für Eva Dauner hielt und die heftig gestikulierte.

»Wir warten und observieren«, erwiderte Birte. »Wir müssen nur einen Platz finden, wo wir nicht besonders auffallen. Das heißt, wir sollten am besten ein Paar spielen, das im Auto sitzt und ein ernstes Beziehungsgespräch führt. Wo genau steht dein Wagen?«

37

Sie saßen nebeneinander und schwiegen. Das Wetter war deutlich schlechter geworden, der Himmel war wolkenverhangen, und ein paar Regentropfen waren gefallen, sodass in dieser Ecke Kölns nur wenige Menschen unterwegs waren. Brasch hatte sich kurz gemeldet; Louisa und er hatten auf der Baustelle in Bahnerts Straße Stellung bezogen. Er war um zehn Minuten vor achtzehn Uhr pünktlich eingetroffen.

»Ich verstehe die Verbindung von Eva Dauner und Bahnert nicht«, sagte Birte laut. »Warum ist sie in dieser Verkleidung aufgetaucht? Und warum trug sie diese heute schon wieder?«

Der Pudel hockte auf Fallers Schoß und schien zu schlafen. »Bahnert will ihnen etwas verkaufen«, sagte Faller. »So sieht es für mich aus. Er hat die ganze Zeit mit Informationen aus dem Präsidium Geld gemacht.«

Birte schaute Faller skeptisch an. Informationen aus dem Präsidium? Daran dürfte es für einen Mann wie Oberstaatsanwalt Dauner keinen Mangel geben. Ihnen fehlten etliche Stücke in diesem Puzzle – anders konnte es nicht sein.

Ihr Smartphone summte wieder. Max rief sie an.

»Du bist zurück?«, fragte Birte ihn voller Freude.

»He, ja, klar, habe richtig Gas gegeben, und nun stehe ich vor dem Präsidium und wollte dich abholen, um mit dir essen zu gehen. Zu Hause warst du ja nicht.« Max klang genauso erfreut wie sie.

»Sorry, ich bin noch in einem Einsatz, es ist ziemlich heikel und dürfte sich noch ein wenig hinziehen.«

»Das heißt, ich bin ganz umsonst hierhergerast – nach über hundertachtzig Kilometern?«

»Es tut mir leid, Max. Ich kann es dir später erklären, aber …«

Ein zweites Smartphone summte. Faller zog sein Telefon hervor. Birte registrierte, wie er das Gesicht verzog. Sie meinte, Louisas Stimme wahrzunehmen.

»Max«, sagte sie, »ich mache alles wieder gut, aber fahre bitte nach Hause, lege dich in die Badewanne und warte auf ...«

Faller unterbrach sie mit einer Handbewegung. »Es gibt ein Problem«, sagte er. »Bahnert hat eben das Haus verlassen, und wie es aussieht, will er mit einem Rennrad losfahren ...«

Birte dachte nur eine Sekunde nach. »Oder nein, Max«, sagte sie. »Wir brauchen dich, ganz in der Nähe des Präsidiums. Mein Kollege Bahnert ... ich habe dir ja von ihm erzählt ... er scheint sich mit einem Rennrad aufzumachen. Da wird für mein Team eine Verfolgung schwierig.«

»Sag mir die genaue Adresse!«

»Deutz, Waltharistraße, in etwa fünf Minuten müsstest du da sein.«

»Okay!« Max unterbrach die Verbindung.

Birte schaute zu Faller. »Mein Freund ist zurück. Er wird sich nun um Bahnert kümmern.« Gleichzeitig wählte sie Bahnerts Mobilnummer. Sie konnte nur hoffen, dass er das Gespräch annahm und sie ihn so lange beschäftigen konnte, bis Max in seiner Straße eingetroffen war und ihn im Blick hatte.

Es läutete ein paar Sekunden lang.

Endlich wurde abgenommen. »Was gibt's?«, fragte Bahnert unfreundlich und ohne eine Begrüßung.

»Birte hier«, sagte sie. »Ich hoffe, ich störe dich nicht ... Ich wollte mich nur erkundigen ... Wie geht es deiner Frau?« Sie sprach bewusst betont und langsam. Das Rauschen eines Autos war zu hören. Bahnert stand also bereits auf der Straße.

»Warum fragst du?«, erwiderte er mit harter Stimme. »Es geht ihr unverändert. Ich stehe gerade vor der Tür und rauche eine Zigarette. Dann gehe ich wieder hinein und setze mich an ihr Bett, wie jeden Tag, wie jeden Abend, und rede mit ihr.«

»Es hat mich nur interessiert. So ein Schicksal muss dich ja sehr belasten, trotz unseres Falles.« Sie hatte keine Ahnung, wie sie fortfahren sollte. »Ich möchte dich etwas fragen«, sagte sie dann. »Ich habe … von einem Freund von Köster einen Tipp bekommen … Er hatte wohl doch Geld, hat dieser Freund gemeint … auf einem geheimen Konto … könnte auch eine Geldanlage in einer Kryptowährung gewesen sein, Bitcoins oder so … Hast du eine Ahnung … also, weißt du vielleicht etwas darüber? Könnte das eine neue Spur für uns sein?«

»Ein geheimes Konto? Vielleicht in Bitcoins? Wer behauptet so etwas? Ich weiß nur, dass Rüdiger Schulden hatte. Frag seine Frau … und …«, wieder ein Motorengeräusch, das vorüberzog, »… und können wir später reden …? Oder nein, am besten morgen im Präsidium …? Ich werde heute früh schlafen gehen … Ich glaube, mir steckt eine Erkältung in den Knochen.«

»Gut, ja, wenn du meinst, dann reden wir morgen«, sagte Birte, »aber falls etwas ist oder dir noch etwas einfällt, ruf mich einfach an, egal, wie spät es ist.«

»Werde ich machen«, erwiderte Bahnert tonlos und legte auf.

Hatte das Gespräch lange genug gedauert? Drei Minuten und achtzehn Sekunden. Max hatte schon etliche Kilometer in den Knochen, aber das könnte er geschafft haben, und ein paar Sekunden später kam auch seine SMS.

»Sehe ihn und hänge mich dran.«

Faller, der aufmerksam zugehört hatte, streckte ihr den Daumen entgegen. »Deinen Freund hat der Himmel geschickt. Wo ist er so plötzlich hergekommen?«

»Von seinem Pilgerweg.« Birte lächelte, dann wechselte sie abrupt das Thema. »Irgendetwas wird heute Abend noch laufen, Bahnert möchte auf keinen Fall, dass ich ihn noch einmal anrufe.« Sie blickte zu Dauners Haus hinüber. Dort tat sich gar nichts, aber es war auch erst kurz nach halb acht. »Gut!«, sagte sie dann und wählte Louisas Nummer. »Dann können wir Louisa und Brasch von ihrer Observation erlösen – vorläufig zumindest.«

Mit Max hatte sie den Besten losgeschickt, um Bahnert zu folgen. Wahrscheinlich war noch sein ganzes Reisegepäck dabei, also musste er wie ein Durchreisender aussehen und war komplett unverdächtig.

Nach fünf Minuten schickte Max auch das erste Foto. Bahnert war ganz in Schwarz gekleidet und hatte sich wieder eine Kapuze über den Kopf gezogen. Auf dem Rücken trug er einen Rucksack, der ebenfalls schwarz war.

»Er fährt über die Deutzer Brücke«, kam wenig später die nächste Nachricht.

»Vielleicht macht dein Kollege nur einen harmlosen Ausflug.« Faller behielt das Haus der Dauners im Auge, wo sich aber weiterhin nichts rührte.

»Nein, auf keinen Fall.« Birte hatte Google Maps aufgerufen, um Bahnerts Weg zu verfolgen. Brasch hatte kurz gesimst, dass Louisa und er auf der Kalker Hauptstraße etwas essen und trinken wollten. »Er hat mir erzählt, dass er abends immer bei seiner Frau sitzt – und wieso ist er in diesem Aufzug losgefahren, ganz in Schwarz …?«

Eine neue Nachricht traf ein.

»Er hält am Rheinauhafen. Anderer Typ wartet auf ihn.«

Das Foto, das Max Augenblicke später schickte, zeigte einen glatzköpfigen Mann, der ebenfalls ganz in Schwarz gekleidet war. Die Aufnahme war aus einiger Entfernung entstanden, aber Birte war sicher, diesen ehemaligen Soldaten mit Namen Georg zu sehen, den Bahnert für die Pflege seiner Frau engagiert hatte. Bahnert ließ also seine Frau nicht nur allein, er war auch mit ihrem Pfleger unterwegs.

Ihr Smartphone summte.

»Sie steigen in ein Boot.« Max rang nach Luft. »Sieht so aus, als hätte der andere Typ das Boot schon klargemacht.«

»Wo könnten sie hinfahren?« Birte dachte laut nach, dann

sagte sie: »Fahr den Rhein hinauf, Max. Vielleicht schaffst du es, sie irgendwie im Auge zu behalten. Nach einer harmlosen Bootspartie sieht es mir nicht aus.«

»Okay – und nur, weil ich dich liebe.« Sie meinte, Max lächeln zu hören. »Und wenn sie den Fluss hinunterfahren?«

»Dann haben wir Pech gehabt.«

38

Ihre Anspannung wuchs, zumal Birtes Freund sich nicht mehr meldete. Sie starrte auf ihr Smartphone, doch nun ging keine Nachricht ein. Auch Monday bekam die Unruhe mit und begann zu winseln.

»Vielleicht muss er pinkeln«, sagte die Kommissarin. Sie rief Google Maps auf. »Wo will Bahnert mit einem Motorboot hin?«

Faller begriff, dass diese Frage nicht an ihn gerichtet war. Es regnete immer noch leicht. Kein Ausflugswetter.

»Wir sitzen hier und beobachten einen Oberstaatsanwalt, und dein Freund jagt einem Polizisten nach. Ist schon sehr merkwürdig, oder?« Er versuchte zu lächeln, aber Birte Jessen stieg nicht darauf ein.

»Polizisten sind nicht per se bessere Menschen«, sagte sie ernst. »Und Staatsanwälte auch nicht. Ich weiß leider zu wenig über Bahnert – und genauso ist es mir mit Köster gegangen. Wir haben zusammen unseren Job gemacht. Das war alles. Ich habe nicht gewusst, dass er pleite war und nicht mehr bei seiner Frau wohnte. Habe mich nicht genug gekümmert.«

Faller nickte. Er dachte an Julia. Sie hatte ihm nun keine Nachrichten mehr geschickt, vermutlich weil sie stinkwütend auf ihn war. Er konnte es ihr nicht verübeln. Sie war es, die für ihre gemeinsame Seite im Netz die Hauptarbeit gemacht hatte. Ohne sie hätte er als Journalist nicht wieder Fuß gefasst.

»Ich bin mit der Polizistin unterwegs. Mehr kann ich leider nicht sagen. Sehr geheim«, schrieb er ihr und kam sich gleichzeitig ein wenig wie ein Hochstapler vor. »Sehr geheim« – er hockte in Rodenkirchen in seinem Volvo und blickte auf ein Haus, in dem sich nichts tat.

Als Antwort kam immerhin ein Smiley.

Dann endlich summte Birtes Smartphone wieder.

»Ja?«, meldete sie sich und hörte aufmerksam zu. Mit einem Funkeln in den Augen sah sie Faller an. »Gut, Max«, sagte sie. »Ich liebe dich, und wirklich, ich mache alles wieder gut.«

Sie stöhnte auf, als sie das Gespräch beendet hatte. »Bahnert und dieser zweite Mann fahren den Rhein hinauf. Sie haben Max in Höhe Porz überholt, aber richtig eilig scheinen sie es nicht zu haben. Max versucht, sie im Blick zu behalten.«

»Hoffentlich klappt dein Freund nicht gleich zusammen.«

Birte kurbelte die Fenster hinunter, um ein wenig frische Luft hereinzulassen. »So schnell passiert das nicht. Er war früher Triathlet, wollte den Ironman in Hawaii mitmachen, aber dann hatte er einen Unfall. Ein Truck hat ihn gestreift. Sie mussten ihm den rechten Unterschenkel amputieren.« Sie redete tonlos, ohne Faller anzuschauen, sondern blickte wieder auf die Landkarte bei Google. Bei Porz verlief der Rhein in einem weiten Bogen, aber von der Uferstraße konnte man den Fluss weiterhin übersehen; es fragte sich nur, wie schnell Bahnert mit seinem Boot unterwegs war.

»Wenn das hier vorbei ist, mache ich zwei Wochen mit Max Urlaub«, erklärte die Polizistin abrupt. »An der See, kein Handy, keine Telefonate, nur er und ich, und vielleicht kriegen wir dann doch ein Kind.«

Faller wagte nicht, etwas zu sagen. Vermutlich hatten die beiden Streit gehabt, und ihr Freund war deshalb mit seinem Rad losgezogen.

Brasch rief ihn an.

»Nichts«, erwiderte Faller auf dessen Frage, was sich tat. »Wir hocken hier im Auto.«

»Sollen wir euch ablösen?«, fragte Brasch. »Wäre vielleicht an der Zeit, dass da ein anderes Fahrzeug herumsteht.«

»Ja, ich hätte nichts dagegen, wenn ihr uns ablöst. Wahrscheinlich fragen sich schon einige Leute in der Straße, was wir hier die ganze Zeit machen«, erwiderte Faller.

Doch Birte Jessen winkte ab. »Wir bleiben noch«, sagte sie.

Es war mittlerweile kurz nach acht und noch immer taghell. Dann fuhr ihr Kopf in die Höhe. »Ach, verdammt«, sagte sie, »was bin ich für eine Idiotin!« Sie streckte Faller die Hand fordernd entgegen, um sein Smartphone in Empfang zu nehmen. »Du bist doch ein Privatdetektiv aus der ersten Liga, oder nicht?«, fragte sie Brasch.

Faller konnte nicht genau hören, was Brasch antwortete. Er meinte nur, ein tiefes Schnauben zu vernehmen.

»Dann verfügst du vielleicht über ein kleines Arsenal an technischen Hilfsmitteln, nicht wahr? Wenn ein kleiner Peilsender dazu gehört, der an einen … sagen wir … neuen BMW passt, solltest du dich sofort auf den Weg zu uns machen. Mit dem Sender natürlich.«

Brasch kam dreißig Minuten später vorbei. Birte lächelte ihn an, als er ihr den Tracker zeigte; er war so klein, dass er auf eine Daumenspitze gepasst hätte.

»So etwas Feines hat nicht einmal die Kölner Polizei«, sagte sie, »und zum Glück hat das ja auch nichts mit der Polizei zu tun, falls wir auffliegen.« Sie bedachte Brasch mit einem noch tieferen Lächeln. »Leihst du mir mal dein Hündchen aus?«, fragte sie Faller. »Der Pudel muss bestimmt mal für kleine Mädchen, oder?«

Faller beobachtete zusammen mit Brasch, der sich hinter ihn gesetzt hatte, wie die Polizistin mit Monday, der sich überhaupt nicht zierte, die Straße hinaufging. Es hatte aufgehört zu regnen. Birte Jessen wartete geduldig, als der Pudel an einem Baum ausgiebig pinkelte. Um den Tracker an Dauners Wagen anzubringen, brauchte sie keine zwanzig Sekunden; es sah auch eher so aus, als hätte Monday in der Einfahrt etwas Interessantes erschnüffelt. An der nächsten Kreuzung bog sie nach links ab und verschwand aus dem Sichtfeld.

»Wenn wir auffliegen, bin ich auch meinen Job als Detektiv los«, sagte Brasch, allerdings nicht so, als würde ihn das bekümmern. »Aber vielleicht sollte ich auch irgendwann wieder etwas anderes machen. Ich könnte bei Louisa einsteigen – IT und solche Sachen.«

»Verstehst du genug von Computern?« Faller sah auf seinem Smartphone, dass Anna Talheim ihn wieder angerufen hatte. Außerdem leuchtete eine Nummer auf, die er nicht kannte. Er nahm das Gespräch jedoch nicht an.

»Von Computern verstehe ich nicht genug, doch es reicht, wenn Louisa die Hackerin ist. Ich verkaufe dann ihre Daten, oder ich werde Erpresser. Wenn du deine Daten haben willst, musst du zahlen. In diesem Land ist ja offenbar nicht einmal die Polizei mehr ehrlich, da hatten wir früher mehr Berufsethos.«

»Deshalb bist du bei der Polizei ja auch rausgeflogen – zu viel Berufsethos«, sagte Faller, was ihm jedoch im nächsten Moment leidtat. Brasch litt noch immer darunter.

Brasch sagte nichts darauf.

Wenig später tauchte Birte wieder auf. Sie hatte ihr Smartphone am Ohr, während sie auf der Beifahrerseite einstieg. Monday sprang Faller sofort auf den Schoß.

»Alles klar, Max«, sagte sie. »Kannst du dir ein Taxi nehmen – Großraum, für dich und dein Rad? Ich komme später, und dann … ich dich auch«, flüsterte sie und legte auf.

»Was ist mit deinem Freund?«, fragte Faller. »Wieso kann er zurückfahren?«

Birte antwortete nicht, sondern wandte sich zu Brasch um. »Du hast nicht zufällig einen Kaffee mitgebracht?«

Er schüttelte den Kopf. »Ich dachte, ein Geschenk, das mich meinen Kopf kosten kann, reicht dir aus.«

»Auch wieder wahr.« Birte lehnte sich zurück und schloss für einen Moment die Augen. »Max ist jetzt wirklich am Ende. Habe ich bei ihm noch nicht erlebt. Aber nun macht seine Prothese nicht mehr mit. Sein Bein fängt an zu bluten. Kollege Bahnert ist an Land gegangen. Ein gutes Stück hinter Zündorf, leider nicht linksrheinisch, sondern auf der anderen Seite. Max konnte es zum Glück ganz gut beobachten.«

Faller zog sein Smartphone hervor, und Birte tat es ihm gleich.

»Was will er da?«, sagte Birte laut vor sich hin.

Auch Brasch starrte auf eine Karte auf seinem Smartphone. »Könnte Langel sein – das andere Langel. In Köln gibt es ja zwei Stadtteile, die so heißen. Ein ziemlich öder Ort. Der Tracker funktioniert übrigens. Habe ich eben mit meinem Smartphone überprüft.«

Die Polizistin nickte. »Aber warum ist er ausgerechnet da an Land gegangen?«, fragte sie sich dann wieder. »Um da auf ein anderes Boot zu warten? Dann hätten wir uns hier vermutlich völlig umsonst auf die Lauer gelegt.«

»Ich habe in Langel letztes Jahr ein gestohlenes Auto wieder aufgetrieben, einen alten Mercedes, Baujahr 1969, das heißt, der Wagen war gar nicht gestohlen, sondern nur versteckt. Ein ziemlich dilettantischer Versicherungsbetrug. In Langel gibt es ein altes verlassenes Strandbad. Kein schlechter Ort, um Leute einzubestellen oder irgendwelche Dinge zu übergeben.«

»Verdammt!« Birte wandte sich um. »Brasch, du hättest bei der Kölner Polizei bleiben sollen.«

Als Fallers Telefon erneut summte, nahm er das Gespräch an. »Dr. Bredel, Uniklinik Köln«, sagte eine ernste Männerstimme. »Spreche ich mit Herrn Robert Faller?«

»Ja, das tun Sie.« Faller spürte, wie sich sein Magen zusammenzog. »Was ist mit meinem Vater?«

»Es geht ihm gut«, erwiderte die Stimme. »Er ist sogar vor der Zeit aufgewacht. Hat uns selbst überrascht. Er ist nur ziemlich verwirrt, was bei Komapatienten häufiger passiert, und fragt nach seiner Frau … sie hieß wohl Paula … und nach Ihnen, seinem Sohn. Könnten Sie schnell vorbeikommen?«

39

Sie hörte, wie Faller mit bebender Stimme sagte: »Ich bin unterwegs, das heißt, nicht in Köln, aber ich komme so schnell wie möglich. Sagen Sie das bitte meinem Vater.« Dann legte er auf. Er blickte Birte an. »Mein Vater ist aufgewacht.«

»Und du sollst direkt zu ihm fahren?«, fragte Birte.

Faller nickte. Gedankenvoll streichelte er den Pudel in seinem Schoß. »Ich fahre, wenn diese Sache hier vorbei ist. Er lebt – das ist die Hauptsache.«

»Nun, wo der Tracker an Dauners Auto hängt, könnten wir dich vorbeibringen«, sagte Birte.

»Nein.« Faller klang entschieden. »Ich bleibe.«

»Gut. Wir fahren nun nach Langel … zu diesem anderen Langel, und du, Brasch …«, Birte wandte sich um, »… behältst Dauner im Auge. Okay?«

Brasch lächelte. »Sollte ich wohl. Bevor hier was schiefgeht, muss ich auch meinen Tracker wieder einkassieren.« Dann stieg er grußlos aus.

»Ich mag Brasch«, sagte Birte, nachdem Faller seinen Volvo gestartet hatte und sie durch Dauners Straße gerollt waren, »er redet fast nie, er ist unfreundlich, und das Beste an ihm ist seine Freundin, aber ich mag ihn. Und irgendwie passt ihr beiden gut zusammen.«

Sie mussten über die Rodenkirchener Brücke fahren, zeigte das Navi an, dann in Poll wieder die Autobahn verlassen.

Faller schwieg. Der Hund hatte es sich auf dem Rücksitz bequem gemacht.

Es war mittlerweile fast neun Uhr am Abend, doch noch immer hell, obschon sich dunkle Wolken am Himmel ballten. Sie überlegte, Max eine Nachricht zu schreiben. Hoffentlich hatte er ein Taxi erwischt und die Blutung an seinem Bein stoppen können. Der Stumpf konnte ihm höllisch wehtun, sobald er die Prothese nur ein wenig zu lange trug. Sie bekam ein schlechtes Gewissen. Deutlich mehr als zweihundert Kilometer musste er an diesem Tag mit seinem Rad gefahren sein.

Als ihr Smartphone summte, erwartete sie, seinen Namen aufleuchten zu sehen, doch es war Bahnert, der sie anrief.

»Mir ist etwas eingefallen«, sagte Bahnert. »Wegen Köster. Vielleicht stimmt es doch, was du sagst. Rüdiger hat mir einmal erzählt, dass er gelegentlich ein paar Sportbars mit Tipps versorgt – ich meine, nicht wirklich etwas Illegales, nur dass er ihnen sagt, dass bald wieder eine Überprüfung anstehen könnte. In den meisten Bars wird ja auch Shisha geraucht … Die zahlen dann ganz oft keine Steuern.« Er brach ab. »Wo bist du?«, fragte er dann. »Zu Hause?«

»Nein«, erwiderte Birte, »ich sitze im Auto. Mein Freund kommt gleich, ich habe um die Ecke eine Pizza geholt. Er war auf Reisen – wir wollen unser Wiedersehen feiern.« Sie versuchte herauszuhören, ob es bei Bahnert irgendwelche Hintergrundgeräusche gab, doch es war alles still.

»Okay«, sagte Bahnert. »Dann feiert schön. Wir können morgen weiterreden. Wollte dir nur sagen, dass mir etwas eingefallen ist. Ich gehe jetzt ins Bett. Hoffe, dass ich keine Grippe kriege.«

»Das hoffe ich auch«, erwiderte Birte. »Bis morgen.« Die Verbindung wurde unterbrochen. »Gleich geht es los«, sagte sie laut. »Bahnert hat noch eine Nebelkerze geworfen, und er wollte wissen, wo ich bin.«

Im nächsten Moment meldete sich auch Brasch. »Sie sind losgefahren. Dauner und Frau.«

»Haben sie ihren Hund mitgenommen?«, fragte Birte. »In ihrem Haus hatte vorhin ein Hund gebellt.«

»Kein Hund«, erwiderte Brasch.

»Und wohin fahren sie?«

»Richtung Innenstadt, aber ich habe auch nicht erwartet, dass sie auf geradem Weg nach Langel unterwegs sein werden.«

»Wohl kaum.« Birte legte auf.

Faller hatte Porz passiert, er kam auf einer engen Land-
straße, auf der immer wieder Autos geparkt waren, nur langsam vorwärts. Sie konnte ihm ansehen, dass er angestrengt
nachdachte – wahrscheinlich über seinen Vater, der nun auf
ihn wartete.

»Was ist der Plan?«, fragte er dann, nachdem sie ihn eine
Sekunde zu lange angeschaut hatte.

»Wir müssen mitkriegen, was genau passiert, falls Dauner
und Bahnert sich wirklich treffen«, sagte Birte.

»Das ist kein Plan.«

»Nein, wohl nicht.«

»Und wir haben nichts«, sprach Faller weiter. »Keine
Unterstützung, keine richtigen Kameras und keine Drohne,
mit der wir alles beobachten könnten.«

»Stimmt, haben wir alles nicht«, erwiderte Birte. Sie hatte
immerhin ihre Waffe dabei, von der sie allerdings hoffte, sie
nicht einsetzen zu müssen. »Aber wenn wir nicht ganz falsch-
liegen, kennen wir den Übergabeort und wissen, wer da auftauchen wird.« Plötzlich kam ihr ein Gedanke. »Hast du eine
Kappe im Auto – irgendwas, um dein Haar zu bedecken?«

Faller deutete stumm auf das Handschuhfach, und Birte
zog eine verwaschene 1.-FC-Köln-Kappe hervor.

»Du bist Fußballfan?«, fragte sie spöttisch lächelnd.

Doch Faller antwortete nicht darauf.

In dem Örtchen Langel parkten sie vor einer Kneipe, die »Zur
Eule« hieß.

»Dein Hündchen müssen wir leider im Auto lassen«, sagte
Birte.

Der Pudel hatte sich auf der Rückbank zusammengerollt
und schien auch zu schlafen. Jedenfalls gab er erstaunlicherweise keinen Ton von sich, als sie ausstiegen. Nur in der Kneipe
brannte Licht, sonst war in der engen Straße alles still und
dunkel.

Schweigend gingen sie Richtung Rhein, eine schmale geteerte Straße hinunter. Sie passierten einen Spielplatz mit einer Rutsche und Klettergerüsten, der im Zwielicht verlassen dalag, dahinter begann ein Waldstück, rechts von ihnen lag ein freies Feld.

Nach etwa fünfhundert Metern hatten sie den Rhein erreicht. Hier konnten sie auf einem schmalen Streifen Ufersand weiterlaufen. Nach zweihundert Metern entdeckten sie das Boot, mit dem Bahnert und sein Gehilfe hier angekommen sein mussten. Niemand schien in der Nähe zu sein, doch wagten sie sich nicht näher als fünfzig Meter heran.

»Und jetzt?«, fragte Faller flüsternd.

Birte dachte fieberhaft nach. Wenn es stimmte, was Brasch annahm, dann hockten Bahnert und sein Kompagnon nun in dem alten Strandbad, hatten es ausgekundschaftet und die beste Ecke für ein Treffen ausgewählt. Sie würden nicht an die beiden herankommen oder sie hier herauslocken können, ohne sich aus der Deckung zu wagen.

»Es ist ihr Fluchtfahrzeug«, erwiderte Birte. »Wenn wir es auf den Rhein hinaufschieben, sitzen sie hier fest. Es gibt leider das Risiko, dass wir dabei gesehen werden könnten.«

Faller nickte stumm.

Sie warteten zehn Minuten ab, ohne ein Wort zu verlieren. Die Dunkelheit nahm zu. Gelegentlich zog auf dem Rhein ein erleuchtetes Schiff vorbei. Sie konnten leise das Tuckern der Motoren hören. Dann bewegten sie sich langsam und schweigend auf das Boot zu. Es war ein kleines, eher unauffälliges Motorboot. Ein Aufkleber verwies auf einen Bootsverleih am Rheinauhafen. Fast geräuschlos schoben sie es über den Sand zum Fluss. Birte spürte, dass sie zu schwitzen begann. Immer wieder blickte sie sich über die Schulter, bereit, ihre Waffe zu ziehen, falls doch jemand auftauchen sollte. Doch niemand kam. Erst als sie das Wasser erreicht hatten und das Boot hineinglitt, gab es ein lautes Platschen, das sie beide zusammenzucken ließ. Mit einem dicken Ast, den er am Ufer aufgenommen hatte, versetzte Faller dem Boot drei heftige

Stöße, sodass es auf den Rhein hinausdriftete. Es drehte sich einmal um sich selbst und wurde dann von der Strömung erfasst, die es rasch mit sich riss. Ein Glück, dass der Rhein genug Wasser hatte und die Strömung an dieser Stelle früh einsetzte.

Birte warf dem davontreibenden Boot einen letzten Blick zu, bevor sie sich rasch zurückzogen. Von Bahnert war nichts zu sehen. Er hatte also von diesem Manöver nichts mitbekommen und war auf seinem Posten im Strandbad geblieben.

»Erster Teil erfüllt«, sagte Faller mit einigem Stolz.

»Jetzt wartet Teil zwei.« Birtes Smartphone summte.

»Sie sind über die Deutzer Brücke gefahren, sind dann rechts abgebogen. Würde vermuten, wir sind auf dem Weg zu euch«, sagte Brasch, nachdem sie das Gespräch angenommen hatte.

»Wir sind am Rhein und haben Bahnerts Bötchen gerade auf die Rückreise geschickt«, sagte Birte. »Wir erwarten euch dann. Bitte gib Bescheid, wo ihr genau ankommt.«

Sie setzten sich auf dem Spielplatz auf eine Bank. Mittlerweile war es stockdunkel geworden. Kein Licht drang aus dem Ort zu ihnen herüber. Das einzige Geräusch verursachte der Wind, der durch die Bäume strich.

Faller hatte sich die Kappe aufgesetzt. »Wenn du unrecht hast, bist du morgen keine Polizistin mehr«, sagte er.

Birte antwortete nicht darauf.

»Oder wir haben beide eine Kugel im Bauch.«

Sie schwieg immer noch und schrieb Brasch eine Nachricht: »Hast du Handschellen oder Kabelbinder im Auto?«

»Ich möchte heute Nacht noch zu meinem Vater.« Faller nahm einen kleinen Zweig und malte Zeichen in den Sand zu ihren Füßen. »Ich kann den Gedanken gar nicht aushalten, dass er da liegt und völlig verwirrt ist – der Herr Professor, der Rilke-Experte … und dass ich der Einzige bin, den er vielleicht erkennt und der ihm erklären kann, was mit ihm passiert ist.«

»Wir werden unser Möglichstes tun.«

»Wir sind gleich da«, schrieb Brasch oder Louisa. »Habe Handschellen im Wagen.«

»Ich möchte heute Nacht auch zu Max. Wir hatten ziemlichen Ärger, bevor er abgefahren ist, und heute hat er alles getan, damit wir hier sitzen und unseren Fall lösen«, sagte Birte.

Der Schrei eines Nachtvogels war zu hören – sehr laut und sehr nah über ihnen.

»Ich ahne, wie es abläuft.« Faller warf den Zweig beiseite und schaute sie an. Unter der dunklen Kappe konnte sie sein Gesicht nicht sehen. »Es gibt nur diese eine Möglichkeit. Wir setzen den Staatsanwalt und seine Frau hier fest, und wir gehen an ihrer Stelle. So ist es doch, oder?«

Birte hörte die Unsicherheit in seiner Stimme. »Ja«, sagte sie. »Eine andere Möglichkeit sehe ich nicht. Wir müssen ganz nah an Bahnert herankommen. Um was geht es hier? Was hat er zu verkaufen?«

»Und wenn es nichts mit dem Mord an Maria Derkum und deinem Kollegen zu tun hat?«

»Hat es aber.«

Brasch rief wieder an. »Wir sind in Langel«, sagte er. »Sie sind fünfzig Meter vor uns. Biegen nun in eine Straße ab, die Frongasse heißt.«

»Genau da sind wir.« Birte versuchte ruhig zu bleiben.

Im nächsten Moment sah sie auch schon zwei grelle Scheinwerfer, die um die Ecke bogen. Der BMW näherte sich langsam, während sie sich vom Spielplatz in den Wald zurückzogen. Birte nahm ihre Waffe hervor, die sich fremd und kalt anfühlte. Eine Waffe, um einen Staatsanwalt aufzuhalten. Sie überlegte kurz, was sie tun sollte, falls Dauner an ihr vorbeifuhr und in die Straße einbog, die den Namen Am Langeler Lido trug. Lido – das klang nach Italien, nach Venedig, nicht nach einer dunklen Ecke Kölns.

Doch der BMW bremste plötzlich ab und blieb stehen.

Ein paar Sekunden geschah gar nichts. Birte meinte, die

beiden Silhouetten auszumachen im Wagen. Dauner und seine Frau … sie saßen reglos da. Nein, Dauner hatte seine Hand erhoben, als halte er sein Smartphone ans Ohr. Er telefonierte.

Weitere Sekunden vergingen. Faller neben ihr atmete schwer. Brasch sendete eine weitere Nachricht. »Wir sind ausgestiegen – warten dreißig Meter hinter dem BMW.«

Langsam rollte Dauners Wagen dann weiter, beinahe geradewegs auf sie zu. Die Scheinwerfer erfassten den Spielplatz und hätten sie beinahe gestreift. Dann wurde der Motor abgeschaltet, und die Scheinwerfer erloschen. Der BMW parkte direkt an dem Spielplatz.

Perfekt, dachte Birte. Sie strich sich durch ihr Haar. Ihr war heiß und kalt zugleich.

Endlich wurden die Wagentüren geöffnet. Kurz flammte ein Licht im BMW auf. Gleichzeitig stiegen zwei Personen aus. Dauner telefonierte nicht mehr. Gut so.

Eva Dauner trug ihren Trenchcoat und wieder ein Kopftuch, aber auf die Perücke hatte sie verzichtet, wenn Birte sich nicht irrte. Sie verharrte an der offenen Beifahrertür, als überlegte sie, ob sie überhaupt noch einen Schritt machen sollte.

Dauner trug einen schwarzen Mantel. Er öffnete die hintere Tür und holte einen Rucksack heraus, den roten Rucksack, den seine Frau Bahnert abgenommen hatte.

»Wir können noch umdrehen und zur Polizei gehen«, sagte seine Frau. Sie war um den BMW herumgegangen. Ihre Stimme zitterte, als würde sie gleich anfangen zu weinen.

»Das haben wir alles besprochen, Eva«, herrschte Dauner sie an. »Ich habe keine Wahl.«

Eva Dauner blieb vor dem Wagen stehen. »Du willst ihn erschießen, nicht wahr?«, sagte sie dann überraschend laut. »Ist das dein Plan? Du willst ihm das Geld gar nicht geben. Aber was ist, wenn er nicht allein ist – genau wie Köster? Wenn da jemand als Zeuge dabei ist?«

»Hör auf!«, sagte Dauner nur. »Ich habe keine Wahl«, wiederholte er.

»Maria«, sagte Eva Dauner. Sie näherte sich ihrem Mann und streckte eine Hand nach ihm aus. »Sie hat noch nie jemandem Glück gebracht. Das war schon damals so. Und ich verstehe, dass du die Nerven verloren hast, aber jetzt …«

Dauner schaute sie an. »Hör auf«, sagte er wieder. »Ich bringe das jetzt zu Ende – so oder so.« Seine Schuhe machten ein scharrendes Geräusch, er setzte sich in Bewegung.

Birte wusste, dass sie nur einen kurzen Moment der Überraschung hatte. Dauner hatte eine Waffe bei sich, aber nicht so, dass er sofort losfeuern konnte.

»Komm mit den Handschellen – sofort!«, schrieb sie an Brasch, dann atmete sie tief ein, wie eine Taucherin, bevor sie sich in ein Wasser stürzte, von dem sie nicht wusste, wie tief es wirklich war.

40

Für Faller verlangsamte sich die Zeit. Das passierte manchmal, wenn er absolut konzentriert war. Er sah, wie Birte Jessen sich straffte, zwei, drei schnelle Schritte machte und auf den Weg sprang. Dauner zuckte zusammen und riss die Arme hoch, als hätte er Angst, ein wildes Tier könnte ihn anfallen. Einen halben Schritt vor ihm stoppte Birte abrupt. Sie zischte ihm zu: »Hände hoch!«

Dann packte sie ihn in einer fließenden Bewegung, riss seinen rechten Arm so heftig herum, dass er vor Schmerzen aufstöhnte und auf die Knie sank. Mit der linken Hand griff sie in Dauners Manteltasche und zog eine Pistole hervor, die sie sofort hinter sich an Faller weiterreichte. All das dauerte vielleicht drei Sekunden, und die ganze Zeit hatte sie es geschafft, auch Eva Dauner im Blick zu behalten.

Die Pistole fühlte sich in Fallers Hand überraschend leicht an. Er hatte keine Ahnung, ob sie entsichert war, und hielt sie auf Dauner gerichtet.

»Ich nehme Sie wegen Mordes an Maria Derkum und Rüdiger Köster fest«, sagte Birte. Noch immer hatte sie Dauner fest im Griff, der beinahe wie ein Betender vor ihr kniete. Dann glitt ihr Blick zu Eva Dauner. »Frau Dauner, Ihre Reise ist hier nun zu Ende. Es wäre schön, wenn Sie sich ruhig und einigermaßen vernünftig verhalten würden.«

Eva Dauner schien wie aus einer Trance zu erwachen. »Reise zu Ende«, flüsterte sie vor sich hin.

Birte versetzte Dauner einen Stoß und wich einen halben Schritt zurück.

Der Staatsanwalt richtete sich langsam auf. Sein Gesicht war schmerzverzerrt. Er atmete keuchend ein. »Was soll das?«, stöhnte er. »Sind Sie verrückt geworden, meine Frau und mich hier zu überfallen? Das wird ein Nachspiel haben …«

»Kein Nachspiel – hören Sie mit dem Theater auf.« Birte schaffte es zu lächeln, dann machte sie eine kurze Bewegung mit dem Arm, und Brasch und Louisa kamen aus der Dunkelheit hinter dem BMW heran.

Im nächsten Augenblick summte ein Smartphone – es gehörte Dauner.

Birte warf Faller einen Blick zu. Sichere mich ab, bedeutete dieser Blick. Sie streckte ihre Hand aus.

»Wir übernehmen jetzt, Herr Staatsanwalt. Geben Sie mir das Telefon und ziehen Sie Ihren Mantel aus!«

Das Smartphone summte weiter. Dauner zögerte. Faller konnte ihm ansehen, dass er überlegte, ob sich ein Angriff lohnte, dann fuhr seine Hand langsam in seinen Mantel, und er zog das Smartphone hervor und reichte es Birte.

Sie nahm das Gespräch an.

»Wo bleiben Sie?«, hörte Faller eine Männerstimme, die vermutlich Bahnert gehörte.

»Wir sind auf dem Weg«, sagte Birte. »Mein Mann … er hatte noch ein dringendes Bedürfnis.«

Ein hohles Lachen war die Antwort. Dann wurde aufgelegt.

Brasch war neben Birte getreten. Wie eine Trophäe hielt er Handschellen in die Höhe.

»Das wollen Sie tun?« Eva Dauner klang, als bekäme sie nicht genug Luft in ihre Lungen. »Sie gehen … tun so, als wären Sie … an unserer statt?«

Birte nickte. »Ich brauche Ihren Mantel und Ihr Kopftuch – schnell.«

Eva Dauner gehorchte ohne jedes Zögern. Sie streifte ihren Mantel und ihr Kopftuch ab.

Brasch war an Dauner herangetreten und schaute ihn auffordernd an. »Den Mantel und den Rucksack! Wie viel Geld haben Sie bei sich?«

Dauner bewegte sich nicht. Seine Kiefer mahlten, erkannte Faller, dann versuchte er es noch einmal. »Sie irren sich«, sagte er, nun aber mit schwankender Stimme. »Sie irren sich ganz gewaltig!«

»Den Mantel!« Brasch stieß Dauner mit der flachen Hand gegen die Brust. »Schnell!«

Faller hob die Pistole und tat so, als würde er auf Dauners Kopf zielen. Er spürte, wie sein Herzschlag sich beschleunigt hatte. So etwas hatte er noch nie getan – eine Pistole auf einen Menschen gerichtet.

Dauner bewegte sich endlich und machte Anstalten, seinen Mantel auszuziehen. »Er wird Sie erschießen«, zischte er in Birtes Richtung. »Ja, genau das wird er tun.«

Birte hatte den Trenchcoat bereits angezogen und das Kopftuch so übergestreift, dass von ihren blonden Haaren nichts zu sehen war. »Ich vermute, dass Sie nicht viel mit dieser Sache zu tun haben, Frau Dauner«, sagte sie, und es klang, als wäre sie kein bisschen aufgeregt. »Bleiben Sie daher vernünftig. Mein Kollege wird Sie und Ihren Mann jetzt zu seinem Auto mitnehmen. Machen Sie da bitte keinen Fehler.«

Eva Dauner seufzte. »Sie wissen, wer Sie erwartet?«

Birte neigte leicht den Kopf. »Wie genau lauten die Anweisungen?« Ihre Augen ruhten auf Eva Dauner.

Die beiden Frauen schauten sich an, als würden sie sich schon eine Weile kennen.

»Wir gehen den Weg hinunter – nebeneinander, bis zu einem Tor. Da warten wir«, sagte Eva Dauner. »Das Geld halten wir in einem Rucksack bereit – hunderttausend Euro.« Sie schaute nun Brasch kurz an.

Dauner schnaubte. Sein Gesicht war erstarrt. Brasch nahm den Mantel entgegen und legte ihm dann eine Handschelle um den rechten Arm. Eine routinierte, schnelle Bewegung.

»Sie sollten sich beeilen«, sagte Eva Dauner. »Er könnte ungeduldig werden – und dann hoffe ich, dass nichts passiert. Es hat genug Unglück gegeben.« Sie schob sich neben ihren Mann und wartete darauf, dass Brasch ihr die zweite Handschelle umlegte.

»Eine Frage habe ich doch«, sagte Faller, während er sich Dauners Mantel überzog. »Der Mord an Maria Derkum – der war nicht geplant, oder doch?«

Dauner hatte bereits abgedreht, er verharrte kurz, wandte sich aber nicht wieder um.

»Mein Mann«, sagte Eva Dauner, »er glaubt, nur er ist klug, alle anderen sind dumm, und dann verliert er die Geduld. Er wird jähzornig. Kennen Sie den Ausdruck ›Ihm brennen die Sicherungen durch‹? Da ist von ihm die Rede – von einem promovierten Oberstaatsanwalt.«

»Halt den Mund, Eva.« Dauners Stimme hatte jede Festigkeit verloren. »Bitte«, setzte er zitternd hinzu.

Dann führten Brasch und Louisa seine Frau und ihn die Gasse zurück in den Ort.

Sie warteten eine Minute. Bevor sie losgingen, öffnete Birte kurz den Rucksack und machte zwei Beweisfotos von dem Geld, das ordentlich gebündelt da verstaut war. Dann gingen sie die schmale dunkle Straße hinunter. Laternen gab es auf diesem Weg nirgendwo. Ein wenig Licht schien in der Luft zu schweben, sodass man wenigstens die eigenen Schritte noch erkennen konnte.

Faller hatte die Pistole eingesteckt. »Ich glaube, ich habe mich verliebt«, sagte er plötzlich und überraschte sich selbst durch diese Worte. »Ich habe bei meiner Partnerin übernachtet, na, sie ist meine Partnerin, was unsere Seite im Netz betraf, nicht mehr, aber jetzt …« Er brach ab und blieb stehen. »Ich hätte jetzt wenig Neigung, mir einen Bauchschuss einzufangen.«

»Ich habe mich auch verliebt«, erklärte Birte vollkommen ernst. »Wieder einmal in Max, und ein Bauchschuss käme mir da auch nicht gelegen, aber …« Nun schlich sich doch ein Lächeln in ihre Stimme. »So weit wird es nicht kommen. Bahnert ist kein Mörder, er wird auf niemanden schießen – anders als Dauner. Bahnert will sein Geld, und dann werden wir sehen, was dem Oberstaatsanwalt hunderttausend Euro und zwei Morde wert war.«

Dauners Smartphone summte wieder. Birte reichte es Faller. Er versuchte, seiner Stimme einen dunklen Klang zu verleihen.

»Ja?«

»Wo seid ihr?«, sagte Bahnert. »Ihr seid zu langsam! Nimm das Smartphone hoch und schalte kurz die Lampe an. Und an der nächsten Weggabelung rechts halten!« Dann unterbrach er die Verbindung.

Faller schaltete die Lampe an und hob sie hoch, dann gingen sie ein paar Meter weiter.

»Schalte die Lampe wieder aus«, sagte Birte leise. »Ich wette, dass sein Gehilfe hier irgendwo hockt und guckt, ob wir allein sind.«

Faller stellte die Lichtfunktion wieder aus. Nichts geschah, kein Anruf.

Sie gingen weiter. Nur ihre Schritte waren zu hören. Tief am Himmel war der Mond aufgezogen, sodass es nun ein wenig heller geworden war. Viel von der Umgegend war trotzdem nicht zu erkennen. Ein Schild wies auf einen Campingplatz hin, von dem aber auch kein Licht herdrang, vermutlich hielt sich da niemand auf. Sie bogen nach rechts in einen genauso schmalen asphaltierten Weg ein.

Einmal meinte Faller, rechts vor sich im Gebüsch einen Schatten wahrzunehmen, aber vielleicht täuschte er sich auch.

Er dachte kurz an seinen Vater, der seine Herzattacke überlebt hatte, und dann auch an Julia. Ja, vermutlich war er wirklich in sie verliebt, und sie hatte keine Ahnung, was er nun hier tat.

Als sie fünfzig Meter gegangen waren, summte wieder das Telefon.

»Nun nach links«, sagte Bahnert, »dann warte ich an der Einfahrt. Ihr zählt bis zehn und haltet dann den Rucksack mit dem Geld hoch, sodass ich ihn sehen kann.«

»Okay«, erwiderte Faller, aber Bahnert hatte schon aufgelegt.

Sie wandten sich nach links, an einer Einfahrt hielten sie an und warteten. Etwa dreißig Meter entfernt war ein lang gestrecktes, einstöckiges Gebäude zu erkennen. Wie ein Strandbad sah es nicht aus. An der halben Front verlief außen eine Steintreppe quer in die erste Etage. Die Fenster waren eingeschlagen, eine Tür unter der Treppe war mit Brettern vernagelt. Viel mehr war nicht zu erkennen.

Faller zählte stumm vor sich hin. Dann hielt er den Rucksack in die Höhe.

Nichts geschah.

Sein Herzschlag hatte sich beschleunigt, registrierte er, aber eine Gefahr spürte er nicht. Er tastete nach der Pistole in der Manteltasche. Zur Not könnte er immerhin die Waffe ziehen.

Weiterhin geschah nichts.

Er stellte den Rucksack vor sich ab. Neben ihm scharrte Birte unruhig mit den Füßen. Nun war sie eindeutig auch nervös.

Auf einmal war ein Surren zu hören, erst sehr leise, dann lauter.

Eine Drohne, dachte Faller, was hat dieser Polizist mit einer Drohne vor? Doch dann erkannte er, dass von dem Gebäude sich ganz langsam ein ferngesteuertes Fahrzeug näherte, ein Kipplader, blau, mit einer gelben Ladefläche. Ein hübsches, recht großes Kinderspielzeug.

Kurz vor ihnen stoppte es. Im nächsten Moment summte das Smartphone wieder.

»Den Rucksack ordentlich auf die Ladefläche legen«, sagte Bahnert. »Dann wartet ihr. Sobald ich das Geld habe, schicke ich euch das Material – und dann …« Er zögerte. »Dann ist der Deal abgeschlossen. Ich werde mich daran halten – hunderttausend für die Fotos, mehr will ich nicht.«

»Okay.« Fallers Stimme klang heiser, aber das schien Bahnert nicht zu stören oder irgendwie aufzufallen. Er legte auf.

Faller trat vor und legte den Rucksack auf die Ladefläche des kleinen Plastikwagens. Er meinte, Bahnerts Blick zu spüren, aber so mit der FC-Kappe und Dauners Mantel war auf die Entfernung vermutlich nicht zu erkennen, dass nicht der Oberstaatsanwalt das Geld platzierte. Faller hob sogar kurz die Hand, zum Zeichen, dass er seinen Job erledigt hatte. Drei Sekunden später wurde der Kipplader rangiert und machte sich surrend auf die Fahrt zurück zum Gebäude. Irgendwo unterhalb der Treppe verschwand er in den Schatten, die das Gebäude warf.

Erneut geschah nichts. Faller hörte den Wind und dann und wann einen Vogelruf. Sonst war alles still. Nicht einmal dass der Rhein nur wenig entfernt lag, war hier zu spüren.

»Was tut er?«, flüsterte Birte ungeduldig. »Muss er das Geld erst zählen?«

Dann jedoch kehrte der ferngesteuerte Kipplader aus der Dunkelheit zurück. Diesmal kam er schneller auf sie zu. Auf der Ladefläche befand sich eine weiße Plastiktüte.

Faller nahm sie rasch auf. Sie fühlte sich überraschend leicht an. Nur ein DIN-A4-Umschlag steckte in ihr.

Wieder summte sein Smartphone. »Das ist alles«, sagte Bahnert. »Damit ist unser Deal über die Bühne gegangen, Herr Oberstaatsanwalt. Ich werde weiterermitteln, aber keine Angst, ich werde nicht viel herausfinden, und die Kollegin Jessen werde ich im Blick behalten. Sie können sich ganz auf mich verlassen. Und – ich halte mein Wort. Ich wollte nur diese hunderttausend haben.«

»Dann ist es ja gut«, brachte Faller hervor. Nun brach er die Verbindung ab. Er gab Birte Jessen ein Zeichen, und sie eilten aus der Zufahrt zurück auf den Weg, in die schützende Dunkelheit.

Im Laufschritt bogen sie nach wenigen Minuten wieder auf die schmale asphaltierte Straße ein, die sie gekommen waren. Niemand schien ihnen zu folgen, aber für Bahnert gab es ja auch keinen Grund dazu. Für ihn war das Geschäft abge-schlossen – und dass damit ein zweifacher Mörder davonkam, schien ihn nicht zu berühren. Faller konnte es kaum fassen. Hunderttausend Euro ... damit hatte Dauner gemeint sich aus allem herauskaufen zu können. Oder nein, vielleicht hatte er auch Bahnert töten wollen, doch der hatte ihn gar nicht in seine Nähe gelassen.

Birte legte Faller eine Hand auf den Arm und schaltete das Licht an ihrem Smartphone ein. »Nun will ich sehen, was hunderttausend Euro wert ist.«

Faller zog den Umschlag heraus. Er war nicht zugeklebt. Fotos lagen darin – Schwarz-Weiß-Fotos, ziemlich vergilbt. Ein Blick reichte, um zu erkennen, dass die Fotos fast vierzig Jahre alt sein mussten: Eine junge blonde Maria Derkum und ein junger Rolf Dauner mit schulterlangen Haaren waren darauf zu sehen. Sie trugen grüne Parkas und machten sich bereit, loszuziehen – in eine Schlacht am Bauzaun gegen das Atomkraftwerk Brokdorf. Zwei Fotos zeigten Dauner direkt am Zaun, einen Gegenstand in der Hand, sein Gesicht war vor Anstrengung verzerrt. Gleich im nächsten Moment würde er einen Stein werfen, gegen irgendeinen Polizisten auf der anderen Seite des Zauns.

»Die Schlacht«, sagte Birte, »es gibt also Fotos von der Schlacht von Brokdorf, und Maria Derkum und Rolf Dauner waren mittendrin. Nicht gerade förderlich, wenn ein Oberstaatsanwalt noch die große Karriere in der Politik anstrebt.«

»Und diese Fotos hat Maria Derkum die ganze Zeit besessen?«

Birte schob die Fotos zurück. »Vermutlich. Und die Fotos wollte sie bei Dauner zu Geld machen, aber dann … Vielleicht sind sie in Streit geraten, und er hat ein Messer …«

»Und wie sind die Fotos zu Bahnert gelangt?«, fragte Faller, aber die Antwort gab er sich dann selbst. »Dein Kollege Köster hat sie im Gartenhaus gefunden und mitgenommen. Er wollte sie an Dauner verkaufen, war aber leider ein wenig zu unvorsichtig. Bahnert war sein Back-up und hat gesehen, wie Dauner dann am Fähranleger Köster erschossen hat. Allerdings ohne dass der Oberstaatsanwalt alle Fotos in die Finger bekommen hat.«

»So könnte es gewesen sein«, sagte Birte. Sie reichte Faller die Plastiktüte. »Aber nun müssen wir das Beweismaterial in Sicherheit bringen und danach Bahnert darüber aufklären, dass sein Bötchen bereits eine Leerfahrt den Rhein hinunter angetreten hat.«

Kaum hatten sie die Frongasse erreicht und sahen, wie die Scheinwerfer an Braschs Volvo aufblinkten, meinten sie, einen lauten Fluch zu hören, der unten vom Rhein zu ihnen herüberschallte.

41

Birte schrieb Max eine kurze SMS: »Alles gut, komme bald.«
Dann hörte sie, wie im Hintergrund Faller seinen Pudel begrüßte, der vor Aufregung loskläffte. Dauner saß mit seiner
Frau in Braschs Volvo. Beide starrten geradeaus, keiner von
ihnen hatte noch ein Wort gesagt.

Sie machte ein paar Schritte die Straße hinunter, dann wählte
sie Bahnerts Nummer.

Zu ihrer Überraschung war er sofort am Apparat.

»Ja?«, fragte er mit wütender Stimme.

»Wie geht es deiner Frau?«, fragte Birte betont freundlich.

»Alles in Ordnung?«

»Deshalb rufst du mich an?« Es war deutlich zu hören, dass
Bahnert nicht in seiner Wohnung am Bett seiner Frau saß. Der
Wind am Fluss verursachte ein vernehmliches Rauschen im
Hintergrund.

Birte lachte auf. »Nein, eigentlich rufe ich dich nicht deshalb
an. Ich wollte dir nur sagen, dass wir dein Boot schon auf die
Rückreise den Rhein hinunter geschickt haben. Ich hoffe, dass
es da heil ankommt, aber so mitten in der Nacht … Kann sein,
dass du es als vermisst melden musst. Den Oberstaatsanwalt
nebst Gattin habe ich bereits verhaftet, und nun warten wir auf
dich und deinen Kompagnon. Ich weiß, dass du die hunderttausend Euro hast – wir haben sie dir vor …«, sie zögerte einen
Moment, »… vor etwa dreizehn Minuten selbst übergeben.
Es wäre also nutzlos, das Geld irgendwo verschwinden zu
lassen. Am besten kommst du das Sträßchen in den Ort Langel
hinunter – mit hocherhobenen Händen. Deine Waffe kannst
du stecken lassen. Die nützt dir nun ohnehin nichts mehr.«

Ein paar Sekunden vernahm Birte lediglich die Geräusche
des Windes in der Leitung.

»Nein«, sagte Bahnert dann, ein lautes, ungläubiges »Nein«.

»Das war eindeutig ein falsches Geschäft«, erwiderte Birte, »und das hättest du wissen können. Kösters und deine kleinen Tricksereien wären wohl nicht aufgefallen, aber dieses Geschäft … Zwei Morde sind passiert.«

»Vera«, sagte Bahnert, »sie ist schon viel zu lange allein. Ich muss zurück. Unbedingt.« Dann legte er auf.

Faller trat neben sie, das Hündchen an der Leine. »Was sagt Bahnert?«, fragte er.

Birte blickte die schmale Straße hinunter. »Seine Welt … sie ist gerade eingestürzt.« Wieder nahm sie ihr Smartphone hervor und forderte vier Streifenwagen an.

Sie mussten zehn lange Minuten warten, bevor ihnen zwei Schattengestalten entgegentraten. Beide hoben die Hände, als sie ins erste Licht der Laternen eintauchten. Im selben Moment traf mit Sirene und Blaulicht der erste Streifenwagen ein.

Bahnert blieb stehen. Er starrte Birte an, den Rucksack trug er über einer Schulter.

»Das Geld war für Vera«, rief er ihr zu, mit lauter Stimme, wie ein abgekämpfter Schauspieler im letzten Akt, »damit wir sie verlegen können, in eine Klinik, in ein richtiges Bett mit einer Matratze, die … Dafür war das Geld.« Im Gegensatz zu seinem Gehilfen, der sich stetig näherte, bewegte Bahnert sich nicht. Er stand da, als läge ein Fluss vor ihm, den er nicht überqueren konnte.

»Du hattest die Wahl«, entgegnete Birte fast ebenso laut und bestimmt. »Du hast dich leider falsch entschieden.«

Bahnert nickte. In seinem grauen Haar spielte der Wind, er sah aus, als wäre er in der letzten Stunde um zehn Jahre gealtert. »Ich habe meine Frau wirklich geliebt – und dieser Unfall … Ehrlich, das Geld war nur für sie. Es war eine einmalige Chance, auch wenn es nicht richtig war, nicht alles richtig.« Seine Stimme bekam einen weinerlichen Klang, den Birte an ihm noch nicht einmal in Ansätzen wahrgenommen hatte.

Ein zweiter und ein dritter Streifenwagen rasten heran, ebenfalls mit Blaulicht und Martinshorn. Türen wurden zugeschlagen, unterdrückte Stimmen erklangen in ihrem Rücken. Birte widerstand dem Impuls, sich umzudrehen.

»Bevor wir ins Präsidium fahren, kannst du deine Frau noch einmal sehen«, sagte sie, »und dann organisieren wir Hilfe – solange du dich nicht kümmern kannst.«

Bahnert verzog das Gesicht zu einem gequälten Lächeln. »Gut«, sagte er. »Versprichst du mir das, ja?«

Birte nickte. Bahnerts Gehilfe hatte sie inzwischen erreicht und wurde von einem uniformierten Polizisten, der sich neben sie geschoben hatte, in Empfang genommen.

»Ich verspreche es, aber nun wird es Zeit, zu uns zu kommen, Bahnert«, sagte sie. »Es ist zu Ende.«

Bahnert lächelte wieder, diesmal befreiter und nicht mehr so gequält. »Danke dir«, sagte er, dann griff er hinter sich in seine Hosentasche. Birte sah die Pistole kurz aufblitzen, als das Licht der Laterne sie einfing, dann donnerte ein Schuss durch die Nacht, und Bahnert sackte zu Boden.

Faller neben ihr schrie auf. »Was verdammt …?«, brüllte er. »Dieser Idiot hat sich in den Kopf geschossen.«

Epilog 1

Es war schon seit zwei Stunden hell, als sie in ihrer Wohnung zu Max ins Bett kroch.

Er hob nur kurz den Kopf und murmelte: »Da bist du ja, meine Schöne.«

»Sorry«, flüsterte sie zurück. »Wir hatten noch eine Menge zu tun.« Eine Sekunde später hörte sie, wie er wieder regelmäßig ein- und ausatmete. In der Wohnung roch es nach Badewasser und Kerzenrauch. Der Rucksack, mit dem Max unterwegs gewesen war, hatte mitten im Flur gelegen, als hätte er es gerade noch in ihre Wohnung geschafft.

Birte war auch völlig erschöpft und übermüdet, doch als sie die Augen schloss, hatte sie die schrecklichen Bilder in ihrem Kopf – wie Bahnert sie anlächelte, wie der Wind in sein langes graues Haar fuhr, wie Bahnert die Pistole zog und sie sich in einer blitzschnellen Bewegung an die Schläfe setzte. Einen Wimpernschlag später sackte er zusammen. Der Schrei, der dann in ihren Ohren dröhnte, kam von Faller, der irgendwo neben ihr stand, und aus dem alten Volvo hinter ihr. Dauners Frau schrie sich die Seele aus dem Hals. Nur Birte selbst brachte keinen Ton heraus. Starr stand sie da. War es ihr Fehler gewesen? Sie hatte Bahnert nicht am Rheinufer, wo er nach seinem Motorboot suchte, festgenommen, sondern sie hatte ihn mit einem Anruf herausgelockt, und ja, sie hatte am Telefon spöttisch und siegessicher geklungen. All die Arroganz und Ablehnung, die sie bei ihm gespürt hatte, hatte sie ihm mit ein paar Worten zurückgezahlt.

Und nun hatte er sich erschossen, weil er einen Mörder gedeckt hatte und mit ihm Geschäfte hatte machen wollen.

Ja, es war ihr Fehler gewesen, aber niemals hätte sie gedacht, dass so etwas passieren würde. Selbst Dauner, ein zweifacher Mörder, hatte sie verächtlich angeschaut, während zwei Polizisten ihn in einen Streifenwagen bugsierten und ihn endlich von seiner Frau trennten.

Jemand hatte ihr den Schlüssel von Bahnerts Wohnung in die Hand gedrückt. Faller hatte sie hingebracht, starr hinter dem Steuer, ohne auch nur ein Mal das Wort an sie zu richten. Nicht einmal der Pudel hatte einen Ton von sich gegeben. In Bahnerts Wohnung, da lag seine Frau reglos und ohne jede Aufsicht unter einer Atemmaske; sie war kaum zu erkennen, eine sanfte Erhebung unter einer weißen Decke, aber sie wirkte jung, viel jünger, als Birte erwartet hatte, und für einen Moment hatte sie gemeint, dass diese Frau doch nun aufstehen müsste, damit man ihr die schlimme Nachricht vom Tod ihres Mannes überbringen konnte.

Mehr als fünf Minuten hatte sie es nicht ausgehalten. Jemand aus dem Präsidium, vermutlich Gül, hatte einen mobilen Pflegedienst aufgetan. Eine etwa dreißigjährige Pflegerin, ihrem Akzent nach zu urteilen, eine Polin, kam und übernahm die Überwachung von Bahnerts Frau.

Faller war dann verschwunden, und sie war zu Fuß ins Präsidium gegangen, um Dauners Verhaftung und die seiner Frau zu organisieren. Dazu hatte sie auch den Polizeipräsidenten aus dem Schlaf reißen müssen.

Sie hatte zwei Morde aufgeklärt, aber zu welch einem Preis?

»Du schläfst ja gar nicht.« Max drehte sich plötzlich um und küsste sie auf die Stirn. Er war unrasiert, sein dunkelblondes Haar hing ihm in die Stirn, seine Augen jedoch leuchteten.

»Bahnert«, sagte sie, »er hat sich erschossen – zehn Schritte vor uns.«

Seine Augen ließen sie nicht los, er schaute sie an, sanft und fürsorglich. »Du hast mit deinem Team etwas Unmögliches geschafft«, sagte er.

Sie legte ihren Kopf auf seine Brust. Er trug ein verwaschenes T-Shirt, auf dem eine verblichene Sonne schien.

»Es war der Oberstaatsanwalt«, sprach sie leise weiter. »Er …«

Max legte ihr zärtlich einen Finger auf die Lippen. »Ich freue mich, dass du endlich neben mir liegst. Birte, meine Frau …«

Sie nickte und hatte das Gefühl, dass ihr gleich die Tränen kommen würden. Sie war so klein und schwach, doch nun lag Max neben ihr.

»Was macht dein Bein?«, fragte sie. »Hat es schlimm geblutet?«

Statt zu antworten, küsste er sie auf die Wange, dann auf den Hals.

Sie schloss die Augen, dann sagte sie plötzlich: »Wollen wir nicht heiraten? Was hältst du davon? Wir fahren ans Meer und heiraten.«

Max küsste sie noch einmal und hielt dann inne. Er roch nach Wärme und Sicherheit. »Hast du mir gerade einen Heiratsantrag gemacht?«, fragte er.

»Ja.« Sie hielt die Augen geschlossen und tastete nach seinem Gesicht, um es zu umfassen. »Ja«, wiederholte sie. »So hat es sich wohl angehört.«

Epilog 2

Er fand einen Parkplatz genau vor ihrem Haus, was er als gutes Zeichen auffasste. Es war drei Uhr in der Nacht. Monday schaute ihn vom Beifahrersitz müde an.

»Was für eine Nacht!« Faller seufzte und hatte das Gefühl, der kleine Pudel tat es ihm nach. In Julias Wohnung brannte nirgendwo ein Licht. Unsicher nahm er sein Smartphone und schrieb ihr eine Nachricht: »Stehe vor deiner Tür. Bist du noch wach?«

Ihre Antwort traf fünf Sekunden später ein. »Komm hoch, du Idiot!«

Keine erbauliche Einladung, aber er hatte sich schon gedacht, dass sie wütend auf ihn war. Vermutlich hatte sie im Netz bereits etwas darüber gelesen, was in Langel passiert war.

Die Haustür summte, kaum dass er sich genähert hatte.

Julia empfing ihn in einem weißen Bademantel. Sie küsste ihn auf den Mund. »Du musst mir nichts erzählen, wenn du nicht willst«, erklärte sie überraschend sanft.

Dann küsste sie ihn wieder und begann ihn auszuziehen.

»Ich muss erst duschen«, flüsterte Faller, als wäre es ihm nun unmöglich, ein lautes Wort auszusprechen.

Während Monday sich im Schlafzimmer zusammenrollte, duschten sie beide ausgiebig. Julia küsste seinen Rücken, seinen Bauch, während sich Faller mit geschlossenen Augen gegen die Wand lehnte und das Wasser auf sich herabprasseln ließ.

Die Worte kamen dann ganz langsam und abgehackt über seine Lippen und wurden auch sofort von dem warmen Wasser weggespült. »Ich glaube, ich habe noch nie so geschrien in meinem Leben wie in dem Moment, als Bahnert sich erschossen hat«, sagte er. »Nicht einmal in New York, als ich auf der Straße stand und beobachtet habe, wie das World Trade Center eingestürzt ist.«

Julia ließ ihn reden. Fast eine halbe Stunde standen sie gemeinsam unter der Dusche.

Seinen Wecker im Smartphone stellte er auf sieben Uhr, und kaum hatte er die Augen geschlossen, Julia in einer Umarmung neben sich, meinte er auch schon, wieder geweckt zu werden.

Sie saß angezogen, mit einem Kaffeebecher in der Hand, neben ihm. »Faller, vielleicht solltest du doch noch ein paar Stunden schlafen.« Sie hielt ihm den Kaffee hin. »Dein Vater ... Es macht ihm bestimmt nichts aus, ein paar Stunden auf dich zu warten.«

Das Wort »Vater« war es, das ihn wirklich weckte. Er nahm den heißen, schwarzen Kaffee und stürzte ihn hinunter.

»Ich hätte gestern Abend schon zu ihm kommen sollen.«

Zehn Minuten später saßen sie im Volvo. Julia hatte Monday auf dem Schoß. Sie überlegte, das Radio anzuschalten, ließ es dann aber. Sie wollten beide nicht hören, ob von den Ereignissen in der Nacht schon etwas in den Nachrichten kam.

Sein Vater war auf eine normale Station verlegt worden. So gut schien sein Zustand bereits zu sein.

Als Faller an die Tür klopfte, hatte er das Gefühl, gleich müsse er eine Prüfung bestehen. Er kam nicht zu seinem Vater, der aus dem Koma erwacht war, sondern zum Literaturprofessor Herbert Faller, der ihn vermutlich durchfallen lassen würde.

Das Bett, auf das sein Blick fiel, war leer, und sofort führte sein Herz einen wilden panischen Tanz auf. Kam er zu spät? War etwas Schreckliches in den letzten Stunden passiert?

Doch dann sah er, dass sein Vater in einem weißen Pyjama am Fenster stand und hinaussah – in den leeren blauen Himmel.

Als sein Vater sich umwandte, war sein Blick flackernd und unruhig. Er war geschrumpft und bleich geworden – dieser Eindruck übermannte Faller.

»Ich bin es«, sagte er dann. »Dein Sohn Robert.«

Sein Vater lächelte. »Das weiß ich doch«, sagte er. »Robert …« Er breitete die Arme aus. »Ich muss mich daran gewöhnen …« Er sank auf einen Stuhl neben dem Fenster.

Woran er sich gewöhnen musste, führte er nicht weiter aus.

»Du hast mich gefunden – damals«, redete sein Vater weiter. Das »damals« klang, als wäre es schon Monate her. »Mit dem Blut an den Händen …« Er schaute auf seine Hände hinab, als würde da immer noch Blut kleben. Die Zeiten schienen immer noch ein wenig durcheinanderzugeraten.

Faller machte zwei Schritte in den Raum hinein. »Es hat sich alles geklärt«, sagte er. »Der Mörder ist gefasst – und noch ein paar andere Dinge sind klar geworden …«

Sein Vater lächelte. »Ich weiß«, sagte er, »von Daniel, Marias Sohn … und … sie hat mich ›Dichter‹ genannt, kannst du dir das vorstellen? Dabei bin ich das gar nicht … Daher … als sie vor der Tür stand, konnte ich sie nicht abweisen … Das konnte ich nicht, aber vielleicht würde sie dann noch leben.«

»Nein«, sagte Faller. »Das Unglück wäre nur woanders passiert, nicht in deinem Gartenhaus, und du hättest diesen Herzanfall nicht bekommen.«

Sie schwiegen ein paar Momente. Von draußen dröhnte der Klang einer Sirene herauf. Sein Vater war nicht verwirrt, dieser Gedanke beruhigte Faller, und er hatte aufstehen können und wirkte nur schwach, nicht jedoch sterbenskrank.

»Wann hast du erfahren, dass du noch einen Sohn hast?«, fragte Faller. Vorsichtig setzte er sich auf das Bett, seinem Vater gegenüber.

»Ein paar Stunden bevor das Unglück geschah. Ich bin deshalb hinunter zum Rhein, um spazieren zu gehen … Ich wollte mich erinnern, aber ich wusste es ja … nicht, dass ich einen Sohn hatte, aber dass sie und ich ein Mal, nur ein Mal …« Er brach ab. »Weiß es Marias Sohn schon? Muss ich es ihm sagen?«

»Ich glaube nicht, dass er es schon weiß«, entgegnete Faller. »Und ja, ich denke, du wirst es ihm sagen müssen. Bald. Nächste Woche wird Maria Derkum beerdigt werden.«

Dank

Mein Dank geht an Marion Heister für ihr einfühlsames Lektorat und dafür, dass sie mich – einmal mehr – vor ein paar Irrtümern bewahrt hat. Einen großen Dank möchte ich Franziska Emons-Hausen, Ulrike Emons, Dominic Hettgen und dem ganzen Team bei Emons aussprechen.

Lesen Sie mehr von Reinhard Rohn

Alle Titel sind auch als eBook erhältlich.

Faller-Krimi

Faller und der Pate von Köln
ISBN 978-3-7408-1762-6

Schiller-Krimis

Falsche Herzen
ISBN 978-3-89705-601-5

Kölnisch Wasser
ISBN 978-3-89705-722-7

Kölner Lichter
ISBN 978-3-89705-869-9

Barfuß in Köln
ISBN 978-3-89705-992-4

Der Richter von Köln
ISBN 978-3-95451-186-0

Kölner Finale
ISBN 978-3-95451-606-3

Kölner Ringe
ISBN 978-3-7408-0205-9

www.emons-verlag.de

Die drei Toten von Köln
ISBN 978-3-7408-0525-8

Nachtengel von Köln
ISBN 978-3-7408-0922-5

Kölner Kasino
ISBN 978-3-7408-1246-1

Liebesroman

Die ersten Tage der Liebe
ISBN 978-3-7408-1884-5

www.emons-verlag.de